이상대 검사와

함께사는 세상

뿌리출판사

존경하는 당신에게

존경하는   님께

이 책과 함께 행복을 나누고 싶습니다.

봉사하고 나누는 삶, 더 많은 사람들에게

"이 검사는 존재 그 자체로 주위 사람들에게 행복을 주는 사람입니다." 검사로서 업무로 만나는 많은 민원인들에게 진실된 마음으로 대하여 검사 생활을 하는 동안 수십 통의 감사편지를 받기도 하였습니다. 검사들의 업무가 이해관계의 다툼에서 어느 한 쪽 편을 들 수 없는 상황임에도 이 검사는 가해자 측과 피해자 측 모두에게 최선을 다하는 모습을 항상 보여주고 있습니다. 이것이 이 검사 주위의 많은 사람들이 이 검사를 보며 따뜻하고, 포근한 행복의 감정, 감사의 마음을 갖게 되는 이유입니다.

"이 검사는" 평소 나눔의 삶, 봉사하는 삶을 살고 있어서인지, 검사 생활 그 자체에도 봉사하는 삶의 모습이 투영되어 있는 듯합니다. "행복한 검사, 아름다운 검사가 되고 싶다는 이 검사의 생활을 보면 그렇게 만들어가고 있고 그렇게 실천해가고 있는 모습을 확인할 수 있어 매우 기쁘고 또한 경이롭습니다." 그러한 활동이 인정을 받아 2008년도에는 법조 봉사대상 본상을 수상하기도 하였습니다. 이번에 이 검사 자신이 평소

널리 전파하기 바랍니다.

서울고등검찰청
검사장 **한 상 대**

생활하면서 느꼈던 그와 같은 행복을 함께 나누고 싶은 마음으로 이 책을 쓰게 된 것에 대하여 검찰인의 한사람으로서 기쁜 마음을 금할 수 없습니다.

이 검사가 살아가면서 만든 아름다운 흔적들, 살아가면서 은은하게 울려 퍼지는 그 행복의 바이러스가 더 많은 사람들에게 전파되기를 기대합니다. 이 책을 통해 독자들이 더 많은 행복을 느끼고 그 행복이 더욱 더 많은 행복으로 다시 만들어질 것을 굳게 믿습니다.

아무쪼록 이 검사의 행복 초대장을 보다 많은 사람들이 받아 행복을 느끼고 그 행복을 널리 나눌 수 있기를 소망합니다

행복을 인식하지 못하는 이들에게 행복을

속세를 살아가는 보통 사람들의 일상은 슬픔과 기쁨이 교차되면서 때로는 불행과 행복을 느끼며 돌고 도는 세상이 되는 것일텐데 그러한 일상에서 행복을 느끼고 행복을 되짚어보는 모습이 중요할듯 하다. 또한 힘들고 지칠 때 찾아오는 행복은 더운 날에 뿌려지는 한줄기 시원한 소나기와도 같은 느낌으로 다가온다.

이 검사의 살아가는 모습을 보면 '주어진 시간을 참말로 진실하게 살아가고 있구나.' 라는 느낌을 받게 된다. 시간의 소중함을 알고 열심히 살려고, 그리고 만나는 사람들에게 행복을 주려고 노력하는 듯하다. 특히 법조인으로서 이 검사의 이러한 노력은 민원인들에게는 감동을 주고 희망이 되어 새로운 삶의 각오로 다져지면서 행복을 선물하는 것이라 생각한다.

누구에게나 행복은 자신의 주위에 있는 것을 발견하는 것이고, 남들이 주는 것이 아니라 스스로 만들어가는 것이며 결국 자신의 노력만큼 그 행복을 느낄 수 있는 것일텐데 이 검사는 항상 주위 사람들에게 그

만드는 방법을 보여주고 있다.

국회 문화체육관광방송통신위원장
국회의원 고 홍 길

행복을 느끼게 해 주는 모습으로 살아가고 있고 나 역시 이 검사로 인하여 순간순간 행복을 느끼게 된다.

　너무 넘쳐 행복을 느끼지 못하는 사람들, 너무 부족하여 행복을 느끼지 못하는 사람들, 자신의 주위에 널려있는 행복을 인식하지 못하는 사람들에게 잊고 살아가는 어린 시절의 추억을 되살려 주듯이 행복을 느낄 수 있는 방법을 알려주고 있다.

　이 검사는 자신에게 주어진 삶을 사랑하기에 더 많은 행복을 느낄 수 있는 것이라는 생각이 들고 특히 주위 사람들에 대한 배려심이 강하고 남들에게 베푸는 삶을 살아가면서 더 많은 행복을 만들어가고 있는데 그 행복에 나도 동참할 수 있어 이 검사에게 감사의 인사를 하고 싶다. 이 검사가 소원하는 행복이 주위에서, 나아가 대한민국 전체로 들불처럼 번져나가기를 바라며 출판을 축하한다.

신앙인으로서의 나눔, 넓게 펼치시기 바랍니다.

석촌동 성당 주임신부
곽 성 민(베네딕도)

이 검사는 서울 혜화동에 있는 동성고등학교를 졸업했고, 나는 그 학교의 선생이자 신부였다. 늘 웃으며 학교생활을 하던 이 검사의 표정이 아직도 기억나는데 참으로 마음씨가 착한 학생이었다. 당시 많은 학생들이 세례성사를 받고 가톨릭신자가 되었는데, 김수환 추기경님께서 직접 세례성사를 집전해주셨고 이 검사도 그렇게 세례성사를 받아 가톨릭신앙인이 되었으며 매년 쑥쑥 커가는 그를 나는 옆에서 지켜보아왔다.

이 검사는 말은 참 적게 하지만 마음은 크고 넓게 베푸는 사람이었다. 가끔씩 나에게 기도를 청했고 며칠 후 꼭 좋은 소식을 전해주었다. 사법시험 때에도 그랬다. 사법연수원을 들어가기 전에 노동 현장을 느끼고 싶은 마음에 안산에 있는 모 섬유회사에서 몇 개월 동안 일을 하기도 하였으며 그 일을 마치고 서울에서 고향 충주까지 2박 3일 동안 혼자 걸어가며 자신을 되돌아보고 앞으로 자신에게 주어질 시간들을 계획하기도 하는 모습을 내게 보여주었었다.

이 검사는 마음씨 좋은 아저씨 타입으로 검사의 티가 전혀 나지 않아 '저런 검사한테 불리어 온 죄인은 참 좋겠다.' 하는 생각을 하고 있는데, 특히 청소년 범죄자들의 선도에 관심이 많고 실제로도 수감 중인 많은 청소년들을 대상으로 개별 상담을 하는 등 자기의 신분을 하느님의 선물로 알고 즐겁게 일하는 그런 검사로서의 모습들을 내게 보여준 그런 '검사님'이다.

결혼(혼배성사) 주례도 내가 하였는데 그 후 가족 모두 독실한 가톨릭 신앙으로 잘 생활하고 있으며 아들 둘은 성당에서 미사 복사 일을 열심히 하고 있다. 신앙인으로서의 이 검사 안에서 예수님이 많은 일을 하고 계심을 느낄 수 있고 그 열매들이 참으로도 많을 것이다. 이웃을 내 자신처럼 여기며 사랑하는 일에 헌신하며 빛과 소금의 역할을 다하려고 노력하는 이 검사가 그 동안 자신이 해온 나눔의 생활 속에서 가졌던 행복, 그 행복을 함께 나누고 싶어 책으로 만들기로 하였다는 말을 듣고 좋은 내용의 책이 되리라 생각해 무척 반가웠다.

글 중에 어떤 내용은 나에게 메일로 보내주었던 것이고 내가 답신을 해 준 내용도 있다. 큰 아이가 첫영성체를 한 날, 그 기념으로 가족 여행을 하면서 첫영성체 교리를 하는 동안에 있었던 아름다운 이야기들도 담고 있다. 바쁜 검사도 이렇게 아름답게 살 수 있음을 많은 이들이 알게 되리라 보며 이제부터 더 큰 열매를 맺을 것을 기대해 본다.

이 세상에서나 하느님 앞에서나 큰 상을 많이 받게 될 줄을 알고 늘 그에게 감사하는 마음이다.

진정한 삶의 의미를 찾으려 노력하고 묵묵히

  내가 이상대 군을 알게 된 것은 이군이 고등학교 학생 시절 당시 스승과 제자로서의 만남에서부터이다. 까까머리의 해맑은 학생으로 수업시간에 염화시중의 미소같이 살포시 머금은 입가의 미소, 종교부실에 드나들며 선생님들과 생각을 나누는 모습을 보면서 그 순수함이 내 마음에 고이 자리하였고, 현재까지도 그 웃음을 잃지 않은채 사회에서 맡은 바 책임을 다하고 있는 것으로 알고 있다.

  이상대 군의 글을 읽어 내려가면서, 우리에게 친숙한 주변에서 일어나는 일들을 조용히 관조하면서 아름답게 관찰하는 모습을 볼 수 있다. 마음을 가다듬고 삶을 되돌아보는 여유를 느낄 수가 있어 좋았다. 살아가는 삶 그 자체가 아름답다는 느낌이 들었다.

  행복이란 주변에 머무르고 있는 것이기에 항상 만날 수 있는 존재이지만 그것을 그렇게 느끼지 못하며 하루하루를 살아가는 사람들도 많은 것이 우리의 현실이다. 무심코 지나치면 그저 아무 것도 아닌듯한 모습이 될 수도 있지만 진실한 마음으로 살피면 그곳에 있는 행복을 만날

나눔을 실천하는 모습이 아름답다.

성동고등학교
교장 이 기 용

수 있는 것이 아닐까?

이상대 군의 삶을 보면서 주위에 있는 행복을 자신의 행복으로 느끼고 그 행복을 주위 사람들에게 전하고 싶은 마음을 읽을 수가 있었고 그러한 모습에서 잔잔한 감정들이 진동하고 있음과 가슴 속의 은은한 여운을 느낄 수 있었다. 삶의 진정한 의미를 찾으려 노력하고 주위 사람들을 진심어린 마음으로 배려할 줄 알고 한 인간으로서 나눔의 삶이 무엇인지 묵묵히 실천하고 있는 이상대 군의 행복 일기를 엿보는 기회를 함께할 수 있어 나 또한 행복하였다.

제1장 이상대 검사와 함께사는 세상 (행복 편지) ···················· 19

행복편지와 함께 ·· 20

제2장 이상대 검사와 함께사는 세상 (어머니와 함께) ·················· 65

마음의 고향인 어머니 ·· 66

제3장 이상대 검사와 함께사는 세상 (가족과 함께) ··················137

행복의 원천인 소중한 가족들 ··138

행복을 나누고 싶어서

　내가 검사로서 생활을 시작하면서 다짐한 것이 아름다운 검사가 되는 것이었다. 그리고 그 아름다움 속에 무엇을 담을 것인가에 대한 고민을 항상 하였고 인간의 따뜻함이 함께 하는 그런 검사가 되고 싶었다. 존경받기 위해 검사가 된 것이 아니기에 검사로서 만나는 사람들과 함께 행복을 나눌 수 있는 존재가 되었으면 좋겠다는 바람을 가지고 있다. 마음의 응어리를 풀기 위해 나와 만나는 많은 사람들이 그 따뜻함을 느낄 수 있도록 최선을 다하려 하였으며 지금도 그 마음은 변함이 없다. 물론 나의 마음과 달리 나의 능력 부족으로 그 마음 속의 그 응어리를 다 풀지 못하는 사람들도 분명 있겠지만 오늘도 더불어 행복을 만들고 더불어 행복을 느끼려고 노력하며 지내고 있다.

　나는 '충주(중원)시 신니면 문락리 동락' 이라는 아주 작은 시골 농촌 마을에서 태어나 그곳에서 어린시절을 보낸 촌놈이고 그러기에 개천에서 용이 났다고 할 수 있을테고 아직도 마음 속 한구석에는 늘 촌놈 검사라고 생각을 하고 있다. 주어진 상황에서 최선을 다할 뿐이고 그에 대한 결과물에 대하여는 주어진대로 받는 것이며 그 이상의 욕심이 없는 소박한 촌놈으로 살고 싶은 것이다. 중학교 2학년 때부터 서울에서 생활하였고 현재도 서울의 중심에서 생활하고 있기에 아직도 나를 촌놈이라고 할 수 있을지는 모르겠으나 마음만은 아직도 그 촌놈의 그 마음이고 그 순수함, 소박함과 성실함을 잃지 않고 그 촌놈의 마음을 간직한 촌놈검사로서 검사생활을 하고 싶은 것이다.

사람들은 누구나 선함과 아름다움을 간직한 채 세상에 나와 나름대로의 행복을 꿈꾸면서 살아가고 있으며 많은 사람들 마음속에 간직되어 있는 그 선함과 아름다움은 다른 사람들을 행복하게 해 줄 충분한 존재가 될 수 있을 것이다. 문제는 이 세상에서 얼마만큼 그 아름다운 마음을 실천하고 있으며 그 행복을 얼마만큼 느끼며 그 행복을 주위 사람들과 얼마만큼 나누며 살아가고 있느냐의 문제일 듯하다. 내게 주어진 상황에서 그 아름다움과 선함이 빛을 발하여 행복을 만들고 그 행복을 주위 사람들에게도 그것이 잘 전달할 수 있게 되었으면 좋겠다. 내가 아닌 우리로서 우리들의 마음속에 아름다움과 선함이 풍성한 하루하루가 되기를 바라는 맘이다.

지금까지 약 15년의 검사생활을 하였지만 아침에 출근할 때면 아직도 설레임의 마음을 가지고 있고 거울을 보면서 오늘은 누구와 행복교감을 할 것인가에 대한 생각을 하며 야릇한 미소를 지어보기도 한다. 나의 도움을 필요로 하는 사람이 있다는 행복감에서 오는 설레임, 과연 오늘 누구를 만나 그 행복을 나눌 것인지에 대한 설레임 등. 검사생활을 하면서 내게 주어진 사건으로 만났던 많은 사람들에게 내가 얼마나 행복을 전해주었는지는 모르겠으나 나로 인하여 행복감을 느꼈다는 내용의 행복편지를 받으면서 나 또한 무한의 행복을 느꼈다. 내가 당연히 해야 할 일을 하였음에도 그것을 행복으로 받아준 그들에게 오히려 내가 감사하는 마음을 갖게 된다. 검사로서 해야 할 일이 있고 응당 해야 할 일임에도 나와 만난 민원인들로부터 나로 인해 행복감을 느꼈다는 취지의 행복편지를 받았을 때 나는 그 민원인보다 더 많은 행복감을 느끼게 된다.

나는 청소년 문제에 관심이 많다. 무엇을 어떻게 하면 청소년들이 훌륭한 성인이 되는데 도움이 될 수 있을까 하는 고민을 많이 하고 있으며 청소년들과 만나기 위해 상담과정도 이수하였다. 그러한 필요성으로 인하여 청소년 시절 한 때의 실수로 죄인이라는 이름으로 생활하고 있는 소년범들을 만날 기회를 많이 만들었고 그들과 만나면서 그들의 고민을 들어주고 나의 이야기를 같이 나누게 되었다. 비록 1시간 정도의 짧은 시간이지만 서로의 마음 속의 이야기를 할 수 있는 기회가 되기도 하였고, 상담이라는 이름으로 만난 그들로부터 태어나 처음으로 마음에 와 닿는 말을 들었다는 취지의 행복편지를 받았을 때 나 또한 검사로서, 인간으로서 주체할 수 없는 행복감을 느꼈다.

어머니와 뜨거운 포옹을 하며 어머니께 미뤄둔 사랑 고백을 하면서 느꼈던 그 행복감, 가족들과 여행을 하면서 가족들이 나의 행복의 원천임을 자연스레 느끼며 다가오는 그 행복감, 계절마다 변화되는 자연 속에서 느끼는 그 아름다움 등을 주위 분들과 함께 나누고 싶다. 어려운 이웃들과 그 어려움을 같이 나누고자 노력하였고 주위 사람들과 그 행복을 나누려 했던 그 모습이 과분하게 법조봉사대상이라는 커다란 결과물을 내게 안겨주었다. 행복으로 넘쳐나는 행복한 검사로서 그 행복을 또한 나누고 싶은 것이고 앞으로도 더 많은 행복을 만들고 그 행복을 다시 주위 사람들과 나누리라는 다짐을 하면서 검사로서, 아들로서, 가장으로서, 인간으로서 살아가면서 느꼈던 행복한 순간들에 대한 지나온 이야기들을 정리하게 되었다.

내가 앞으로 만들어가야 할 시간들이 얼마 만큼인지 나는 모른다. 단지 내게 주어질 앞으로의 시간들을 소중하게 아름답게 만들어 가고 싶고 주어진 상황에서 행복을 느끼며 내가 만들고 나누고 싶은 것이다. 평소 주위 사람들의 아름다운 모습, 행복한 모습을 바라보면서 나도 그 사람의 삶의 방식으로 살아보고 싶다고 느낀 것처럼 나의 생활 방식에서 느낄 수 있는 아름다운 모습과 행복한 모습을 주위 사람들이 보고 느끼며 같은 방식으로 아름답게 살고 싶다는 생각을 하는 사람이 한 사람이라도 있다면 나의 글을 엮은 이 책이 나름의 의미가 있을 것이고 나아가 보다 많은 아름다움과 행복이 창조되고 나누어지기를 바라는 마음이다.

이상대 검사와 함께사는 세상

제1장
행복편지

행복편지와 함께

검사생활 15년 동안 민원인들로부터 매년 1통 이상의 행복
편지를 받았다. 내게 주어진 사건, 그 사건으로 나와 만나게 된
많은 사람들, 그들이 행복을 느낄 수 있다면 나는 더 바랄 것이
없다. 가해자로서 때로는 피해자로서 느끼는 감정들이야 모두
다르겠지만 많은 경우 각자의 아픔이 있을 것이고 그 아픔을
나도 같이 나누고 싶은 마음으로 그들을 만나왔다. 나로 인하
여 그들이 행복을 느끼고 내게 전달된 그 행복이 또한 주위로
멀리 멀리 번져나가기를 바라는 맘이다.

검사생활 5년차부터 소년범들과의 만남의 시간을 가졌다.
20세 전후의 나이에 실수를 하여 구속되어 있는 소년범들을 대
상으로 1주일에 한 명 정도 상담이라는 명목으로 약 500명을
만났고 그 중 20여명으로부터 행복편지를 받았다. 그들과 함께
시간의 소중함, 젊음의 소중함 등에 대하여 같이 이야기를 나
누었으며 나 역시 그들의 삶을 통하여 많은 것을 배우고 느꼈
다. 두려움의 표정에서 시작하여 후회와 반성을 거쳐 용기를
얻는 그들의 모습을 보면서 나는 행복하였고, 세상에 나와서

처음으로 좋은 이야기를 들었고 앞으로 열심히 살겠다는 행복편지를 내게 보내주었다. 그들로 인하여 나는 그들이 느낀 그 이상의 행복을 느낄 수 있었기에 지금의 그들을 다시 만나고 싶고, 어떠한 모습이건 다시 한 번 격려해 주고 따뜻한 식사도 함께 하고 싶다.

광주에서 근무하면서 가톨릭 신자들과 함께 모금을 하여 매월 방과 후 아카데미(마인)에 30만원 정도의 후원을 하면서 학생들을 대상으로 강의도 하고 축구도 하면서 한 달에 한번 봉사활동을 다녔는데 그 과정에서 만난 학생들로부터 행복편지를 많이 받았다. 내가 그러한 행복편지를 받을 자격이 있는지 잘 모르겠지만 내게 그러한 행복편지를 보내준 그 말똥말똥한 눈망울을 가진 그 어린 친구들에게도 감사의 마음을 갖게 된다.

검사님 안녕하세요?

저는 오 모모 입니다.

먼저 검사님의 깊은 마음과 이해에 감사드리며 저에게 보여 준 검사님의 정감에 존경을 표합니다.

저는 한순간의 잘못된 생각으로 너무나 큰 잘못을 저질렀습니다.

이번 일로 저도 많은 것을 보고 느꼈습니다.

세상을 살아가는 방법은 여러 가지겠지만 아직 저에게는 이 사회보다는 열심히 공부하는 것이 더 낫겠다는 생각을 하게 되었습니다.

사랑하는 부모님을 생각하면 내가 왜 그랬을까 하는 생각에 후회도 많이 했습니다.

아직은 공부하고 배울 것도 많은 저에게 기대도 많이 하실 부모님을 자주 생각하게 됩니다.

10년, 20년 후의 제 모습을 생각하면 이렇게 아무 생각 없이 살아서는 안되겠구나 하고 후회를 하고 있습니다.

아직은 하고 싶은 일이 있기 때문에 이제 이런 바보같은 짓은 하지 않고 제가 하고 싶은 공부를 해서 꼭 꿈을 이루고 싶습니다.

저에게 한번의 기회를 주신다면 열심히 공부해서 다른 친구들처럼 대학 생활도 하고 싶습니다.

많은 지도와 관심을 보여주시기 바랍니다.

앞으로 열심히 공부해서 떳떳한 사회의 일원으로 살아가도록 최선을 다하겠습니다.

이번 일로 인하여 검사님을 비롯해 주위의 저를 알고계신 많은 분들께 많은 걱정과 피해를 드려 죄송합니다.

검사님의 넓은 아량과 선처를 바랍니다.

정말 죄송합니다.

2002. 1. 19.

오 모모 올림

검사님께

안녕하세요.

먼저 제가 이 글을 쓰게 된 것은 깊은 감사의 뜻을 전하고
자 입니다.

정말 감사드립니다.

검사님! 제겐 전부인 아주 사랑스럽고 똑똑한 딸아이가 하나
있습니다.

이혼을 결심하고 별거 중이던 한 때 아이가 아빠를 너무도
간절히 보고 싶어해 참으로 마음 아팠습니다.

그러던 중 갑작스런 시부모님의 죽음으로 인해 혼자가 된
아이의 아빠를 용서하게 되었습니다. 유난히 아빠를 좋아하고
따르는 딸아이를 보면서…. 또한 철없던 아이의 아빠도 정신
을 많이 차린 것 같았구요.

성실과 사랑만으로 결심한 사람이었지만 현실은 그렇지 않
더군요.

하지만 제가 아는 건 이 세상에서 가장 소중한 것은 가족이
구, 가정이라는 생각을 합니다. 늦었지만 좋은 아빠, 좋은 남편
이기를 바라는 맘으로 열심히 살려고 노력하는 사람에게 한번
의 기회를 더 주신 점 고개 숙여 감사드립니다. 저 또한 더 많

은 이해와 사랑으로 예쁘고 좋은 가정 끝까지 지키겠습니다.

저희 가정을 새롭게 태어나게 해 주셔서 감사합니다.

그 사람도 새로 태어난 기분으로 열심히 살려고 노력하고 있습니다.

감사합니다. 검사님!

돈은 없지만 아직 젊음이 있기에 지금부터라도 열심히 살다 보면 빚도 갚고 저금도 하면서 좋은 가정을 만들 수 있겠지요?

그 때 저도 면사포도 한번 써보고 싶습니다.

저희에게 희망 잃지 말고 다시금 살 수 있게 해 주셔서 고 맙습니다.

저희 세 식구 서로가 서로에게 의지하며 남들에게 베풀 수 있는 마음의 여유를 가지면서 열심히, 성실히 살겠습니다.

감사합니다. 검사님.

그럼 이만 줄이겠습니다.

바쁜 업무 중에도 끝까지 읽어 주시어 감사합니다.

정말 감사드립니다.

2004. 6. 22.

남 모모의 처 올림

존경과 신뢰의 마음으로 깊이 감사드립니다.
386 세대의 단순·우직한 이 마음이는 칭찬을 떠올릴때
원칙적이고 냉정한 문제로만 인식하고 음미한. 사건에
직접 전화하시며 사려깊이 확인해 주신것은 생각지도
못하고 일방적인 보호우라고 중요시킬로 알았습니다.
사소한 사건도 강강한 지능적인 범죄속에 피해자가 먹는
고통은 큰 시련 원수도 있는데 자상하고 소상하게 처리해
주셔서 많은 위안이 되었고 이상대 님은 국가의 권한에
대한 인식을 달리하게 되었습니다.
마음으로 검뿐이라도 싸두르고 응원을 보내드리고 싶습니다만
으 . . . .
이 다음 이상대 님의 취임잔치때 뜸 작시전화판
기명이라도 연건다는 소식을 접할수 있게 되기를 기대하면서
우리 사회의 으뜸 지도자로 쓰여지시지 성함 후자를
으라 기욕하겠습니다
건강과 여울의 뜻하신바 모두 성희하시고 응응응응
하시기를 기도하겠습니다

2005. 1월에
우두니의 마음아빠
장

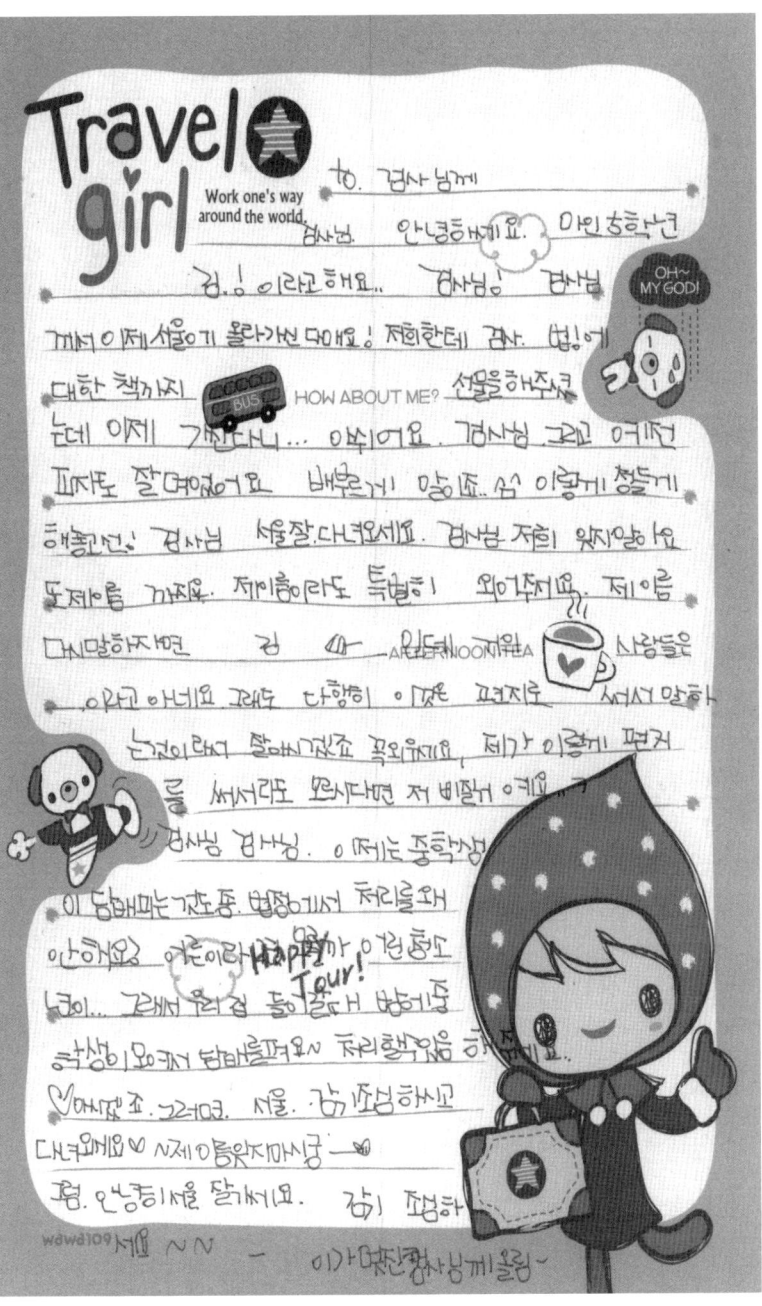

검사님께

안녕하세요. 검사님 ~ 저 최모모 입니다.

검사님께 감사의 마음을 전하고 싶은데 어떻게 전해야 하나 잘 몰라서 그냥 두서없이 제 마음을 검사님께 전하고 싶어서 이렇게 글을 쓰게 되었습니다.

처음엔 억울한 마음에 항고장이란 걸 접수하고 걱정하면서 기다리고 있었는데 검사님께서 전화를 주셨어요. 제 기록을 읽어보니 얘기를 들어봐야 할 것 같다고 검찰청으로 나오라고, 저 그 전화를 받는 순간 정말 너무너무 감격했어요.

제 억울한 심정을 이해해주시고 격려해 주시는 분이 있다는 것이 너무 감사하고 또 감사했습니다. 그런데 검사님을 처음 뵙는 순간 그 감사한 마음은 몇 배로 커졌어요. 검찰청에 가야 하는 상황이 정말 무섭고 겁도 났었는데 검사님이 저를 편안하게 해 주셔서…

진심으로 검사님께서 저를 걱정해주시고 제 얘기를 들어주시는 모습을 보면서 저도 모르게 너무 감사하고 편해서 눈물이 났어요. 그렇게 울기도 하고 억울한 사연을 다 이야기하고 나니 속이 후련했어요.

이번 일로 여러 조사관들을 만나봤지만 다들 피해자인 제

애기를 잘 들어주지 않고 그냥 의무적으로 건성건성 사건을 조사한다는 느낌을 받으면서 우리나라에 억울한 사연으로 사는 사람이 많다던데 그래서 그렇구나 라는 생각을 많이 하게 되었었습니다.

그런데 검사님을 뵙고 나서 제 생각이 달라졌어요. 이렇게 친절하시고 진심으로 애기를 들어주시고 걱정해 주시고 도와주시는 분도 있구나 하고….

제가 30년 동안 살면서 검사님을 만나고 알게 된 것이 저에게는 큰 행운이라고 생각합니다.

검사님께 감사의 마음을 전할 방법이 없어 이렇게 글로 표현할 수밖에 없다는 게 너무 죄송합니다.

검사님께서 저에게 보여주신 따뜻한 마음 절대로 잊지 않고 저도 검사님처럼 다른 사람에게 그 마음을 전하며 살겠습니다.

검사님께서 하셨던 말씀 "누군가를 도울 수 있어 행복하다"는 말씀이 생각나네요. 저도 언젠가는 그런 생각을 하면서 살 수 있겠죠.

우리나라에 검사님 같은 분만 검찰청에 있다면 아마 억울하게 당하고 사는 사람은 대한민국에 한 사람도 없을텐데….

정말 감사합니다. 검사님과 소중한 인연을 맺게 되어서

검사님이 저를 믿어주시고 도와주시고 격려해주신 만큼 저 더 열심히 노력하면서 꼭 보답할게요. 건강하세요.

2009. 8. 11.
처 모모 올림

존경하옵는 검사님께.

잊혀 버린 눈물로와 검사님의 반응으로 풀려 버린 지금 은혜의 감사함을 면전에서 드리기가 힘들것 같아 이렇게 글을 드리게 되었습니다.

검사님.

저희 가정에 빛을 주시고 저에게는 한번더 기회를 주신것 결코 잊지 않겠습니다.

기대에 실망드리지 않고 열심히 살겠습니다 모든 것을 소중 하나것. 한번에 뜻을 이룬다는 것이 쉽지 않음을 잘 알고 살아왔지만 생각이 짧은 저의 불찰이였습니다.

저보다 더 못배우고 더욱 어려운 환경속에서도 더 열심히 사는 사람들이 많다는 것도 잘 알고 있었습니다만 그 미혹함을 깨쳐주신것 감사합니다 기회를 주신분들와 검사님과 아들 5년아들 생각하며 더없이 좋은 이세상 열심히 정말 열심히 살겠습니다.

후일 진정 떳떳하게 검사님께 소주한잔 대접 드릴 날을 만들어 가겠습니다.

검사님의 앞날에 무궁한 발전과 행복이 가득 하시길 내내 빌어 드리겠습니다.

정말 고맙습니다.

1998. 4. 27 박ㅇㅇ

(23×15)

PigBbong

I want to make you happy!
Because seeing you smiling
makes me happy...!

DREAM STORY CHARACTER WORLD

To. 쌤님께......

안녕하세요 쌤님? 마인 아카데미의 6학년 ○○
○ 이라고 합니다. ^_^ 항상 바쁘셨는데도 불구하고 항상 저희를 보러 와주셔서
정말 감사합니다. 저번에 주신 책에 대한 책도 독체나 궁금한
것들에 대해서 정말 많은 도움이 되었습니다. 그런데 항상 올때마다 저
희가 말 안듣고, 떠들고, 까불고, 쌤님께 정말 죄송합니다. 오늘 ○편지를 쓰면서
깊이 반성하는 바입니다. 저번에 사주신 피자나 빵에 대한 궁중
같은 것, 쌤님이 하시는 일 등 많은 것을 얻어 가서 정말~~
감사합니다. ^_^

그리고 저번에 정기저장으로 보내진 V.I.P나 그런 것도 모두
너무 재미있고 정기저장이 재밌고, 기쁘게 보내나니까 정말 기분좋고, 뿌듯
해요. 처음봤을때 좀 떨렸지만 아나아에는 그런 떨림이 하나도
없어요. 곧 크리스마스와 함께 새해가 다가오고 있습니다.
쌤님과 함께 따뜻하고 보람있는 크리스마스 보내길 빌구요
새해에는 더 건강히 지내시 오래오래 쌤요~ 건강하세요 쌤님~!!
메리 크리스마스~♡ 2006.12.11 <월>요일

From. 현 ○○

메리 크리스마스~♡

존경하는 검사님

대전교도소에 수감중인 53번 김 모모입니다.

감사하고 허스러운 마음으로 검사님께 깊이 글을 올립니다.

지난번 검치때 두려움과 놀라움으로 나갈 때의 그 마음은 뭐라고 표현할 수가 없었습니다.

그날 오후에 항소 심리가 있었거든요.

그러나 뜻밖에도 검사님실로 가서야 계장님 말씀을 듣고 안도의 한숨을 쉬었습니다.

검사님의 그 좋으신 말씀을 명심 또 명심 이곳에서의 생활을 저의 마지막 삶의 기회로 삼고 아이들을 위하여 더 성실히 열심히 생활할 것입니다.

존경하는 검사님.

그래도 이곳 생활에서도 보람도 있고 희망도 있습니다.

그것은 저에게 힘과 용기를 주는 저의 아이들이었습니다.

계장님 말씀대로 옆길로 삐뚤어지지 않고 그래도 이 못난 어머에게 앞으른 엄마에게는 행복만 남았어요 하는 아이들이 저에게는 있으니까요.

또한 죄인인 저에게 그 따뜻한 말씀을 해주시는 검사님과 계장님의 고마움을 어찌 다 표현을 하겠습니까.

저에게 얼마의 형이 더 선고될런지는 모르겠지만 이곳에서의 생활을 마치고 나가면 앞으론 좀 더 보람된 삶을 살고자 노력할 것입니다.

세상에서 얼마가 최고라 생각하는 아이들을 위하여 또한 멀은생활을 통해 작은 힘이나마 봉사하며 열심히 살겠습니다.

존경하는 검사님.

8월 19일이 저의 마지막 선고입니다.

머쑥한 처인 선고가 끝난 후에 검사님께 글을 올리겠습니다.

안녕히 계세요.

2005년 8월 14일

김 모모 올림

고마우신 검사님께 올립니다.

오늘도 비가 내렸어요.

이 비로 인해 더위는 조금이나마 식힐 수 있지만 이 비로 많은 피해를 입는 사람들을 생각하니 하루빨리 비가 그만 내렸으면 하는 바람으로 요즈음 하루하루를 보내며 생활하고 있습니다.

그 동안 가정에 별고 없으시고 몸은 건강하셨는지요.

검사님께서 걱정해 주시고 기도해 주신 덕분에 저는 이곳 생활을 잘 하고 있고 건강하게 잘 지내고 있습니다.

검사님의 편지로 인해 저 자신에 대해, 그리고 또 저와 가족들의 앞날에 대해서 다시 한번 생각하게 되었습니다.

검사님의 편지가 저에게는 큰 위안이 되었고 큰 힘이 되었습니다.

어려운 현실일수록 그 어려움을 극복하고 무엇을 성취하게 되면 그 보람은 더 크겠고 또한 더 아름다울 것이라는 말씀을 가슴 깊이 새기도록 하겠습니다.

가끔 이런 생각을 하곤 합니다. 어떻게 제가 이곳까지 왔는지를 저도 잘 모르겠네요. 물론 제가 선택한 길이 잘못되었고 저의 미련한 행동의 결과인 것을 알지만 어렸을 때 제 모습을 생각할 때면 좀 덜기지가 않습니다.

　그렇다고 남들 핑계 댈 수도 없고, 제가 선택하여 이곳에 있다는 사실도 인정할 수밖에 없음을 잘 알고 있습니다.

　빗물로 인하여 세상이 깨끗해지듯이 저의 과거도 지금 내리는 빗물로 인해 깨끗이 씻겨 내려갔으면 하는 바램입니다.

　그럼 건강하시고 또 연락드리도록 하겠습니다.

1998. 6. 29.

이 모모 올림

이상대 검사님께

바보는 천재를 따를 수 없고 천재는 끈질긴 사람을 이길 수 없으며 끈질긴 사람은 즐기며 일하는 사람을 이길 수 없다.

그 동안 건강하셨습니까 검사님!

저 천 모모입니다.

저번주에 검사님과 많은 얘기를 나누면서 저에게 해주셨던 말씀들이 기억에 남아 이렇게 두서 없지만 짧은 편지 한통을 쓰게 됐습니다.

지금까지 이렇게 많은 죄를 짓고 징역을 살지만 이토록 좋은 말씀을 해주시는 분은 검사님이 처음인 것 같습니다. 누군가가 저에게 이렇게 따뜻하고 친절하게 대해줬던 기억이 없습니다. 양 부모님을 모두 잃고 새부모님의 무관심 속에 살다보니 제가 이렇게 범죄를 저지르는 것 같습니다.

하지만 이제야 절실하게 깨닫습니다. 세상 그 누구보다 부끄럽지 않고 떳떳하게 저를 키우시려고 많은 노력과 희생만 하시다 돌아가신 저의 부모님을 욕되게 하지 말아야겠다는 생각이 듭니다.

검사님을 알고 나서부터 제 각오가 달라졌습니다. 이제 철 없는 어린 나이도 아니니 이번 징역을 살고 나가서는 남들보다 더 열심히 살아야 겠다는 생각이 듭니다. 어떤 것으로도 이런 저의 최책감을 씻을 수 없을 테지만 제가 그 동안 많은 피해를 입혔던 모든 피해자 분들을 생각하면서 앞으로 남을 위해 열심히 봉사하는 사람으로 떳떳하게 살아갈 것입니다.

지금까지 살면서 가장 힘든 시기에 좋은 조언을 해주시고 무엇보다도 저의 마음을 바로 잡아 주셔서 정말 감사하다는 말씀을 드리고 싶습니다.

이 마음 평생 잊지 않고 꼭 갚아드리도록 하겠습니다.

이상대 검사님!

앞으로도 많은 조언 부탁드립니다.

이곳에서 나가는 날 검사님을 먼저 찾아뵈어야 할 것 같습니다.

저를 다시 살게 해주신 분이 바로 검사님이기 때문이죠. 나가서 더욱더 좋은 모습으로 찾아 뵙도록 하겠습니다.

날씨가 많이 추워지니 몸 건강관리 잘 하시고 감기에 유의하시기 바랍니다. 다음에 또 편지 드리도록 하겠습니다. 감사합니다 검사님!

2007년 11월 5일   최 모모 올림

검사님께

신년을 맞이하여 새해 복 많이 받으십시오.

안녕하십니까? 저는 얼전에 검사님과 면담을 한 이 모모라고 합니다.

얼전에 검사님의 따뜻한 배려에 너무나 감사했습니다.

검사님과 면담을 끝낸후 여러가지 생각이 떠올랐습니다. 그 중 한가지가 희망이었습니다. 전 여태껏 저만을 바라보고 살았습니다. 어머니가 아버지와의 다툼으로 집을 나가시고, 그 후 동생이 나가버리면서 저는 아버지를 아주 많이 미워하게 되었습니다. 하지만, 검사님의 말씀대로 밖에서 제가 나오기만을 기다리시는 아버지가 저보다 더 힘이 드시다는 생각을 하니 저도 모르게 눈물이 앞을 가렸습니다.

그리고 저는 생각했습니다. 비록, 어머니와 동생이 제 곁엔 없지만, 이젠 혼자계신 아버지를 저의 새로운 인생의 목표로 생각하며 아버지와 새로운 인생을 살 것이라고 말입니다.

비록 저희 가족이 아무리 복이 없다 하여도 언젠가는 좋은 일이 있지 않겠습니까? 하늘은 어렵게 사는 사람들을 도와주시니까요.

그리고 노력한만큼 좋은 일이 있을 거라고 생각합니다.

검사님 정말 감사합니다. 저에게 이런 점을 깨우치게 해주셔서 뭐라고 해야 할지 모르겠습니다.

1월 8일이 저의 2심 재판날입니다. 어떤 판정이 나올지 사실 겁이 납니다. 하지만 판사님께서 주시는 판정이 어떻게 되든 그 판정에 만족하겠습니다.

그리고 사회에 나가게 되면 이젠 정말 오토바이와 자동차는 면허를 취득한 뒤에 꼭 타겠습니다. 이제서야 그 차이가 얼마나 큰지 알았으니까요. 그리고 1가지, 이번에 이런 곳에 들어온 것을 좋은 경험으로 삼고, 다시는 나쁜 짓을 하지 않을 것입니다.

검사님께 여쭈어 볼 말이 있습니다. 저는 육군 하사관에 가고 싶었는데 1년 이하의 징역을 받으면 못가는가요?

전, 지금 하늘에게 감사하고 있습니다. 검사님과의 만남을 주셔서요. 제가 지은 죄에 대한 판결을 받고, 사회에 나가서 검사님께 한번 찾아뵙겠습니다.

그럼, 검사님의 가정에 행운이 깃들기길 바라오며 내내 건강하시길 진심으로 기원하오며, 이 글을 올립니다.

새해 복 많이 받으세요.

1999년 1월 1일
부산교도소에서 이 모모 올림

욕심이 생기면 죄을 낳고 죄가 자라면 죽음을 가져옵니다.

(야고보 1장 15절)

안녕하세요! 그 동안 건강히 지내셨죠. 답장 감사합니다.

검사님의 답장(편지)을 받고 오늘 하루 기분이 좋았습니다.

전 그날 상담을 받고 너무 감사했고 마음이 따스했습니다.

세상에 이 못난 놈에게 관심 가져주는 사람이 있고 사랑해 주니 너무너무 행복했습니다. 정말 감사합니다.

2007년도 1월도 4일 남았습니다. 편지가 도착 할 때쯤은 2월···.

어제부터 추워지고 눈도 많이 내리네요. 감기 조심하시고 건강하세요.

하느님 말들은 다 좋고 맞는 말들 밖에 없는 것 같아요.

욕심 때문에 범죄를 하고 이런 곳에 들락거리는 등 죄가 크면은 진짜루 죽음까지 오는 것 같습니다. 그래서 정신을 차리지 않으면 저도 큰 벌을 받을 것 같아요. 무섭습니다. 좋은 날이 꼭 올 거라 믿어요.

지금부터 노력하지 않으면 앞으로도 마찬가지가 될께 뻔한데. 미래를 위해서라도 열심히 인생을 살아야 할 것 같습니다. ^^

재판 결과는 좋지 않게 끝났습니다. 3월 복역받아서 6월 1일날 만기입니다. 처음에는 망연자실 힘 없는 놈은 늘 이런 식이야 등 생각도 했지만 이것도 내 운명이구나 생각하고 지금은 열심히 수형생활 중입니다. 앞으로도 마찬가지이고 잘 지낼게요.

예전에는 가난 등 내가 왜 이렇게 태어났지 하는 등 부모님 원망도 했고 부자들만 보면 나도 폼나게 한번 살자는 식으로 살았습니다. 지금 생각하면 다 내 욕심이고 그냥 헛된 망상, 부질없는 행동들이었습니다. 지금 제 마음은 욕심없는 삶 등 하느님의 어린 양, 새 사람이 되고 싶지만 겁이 나고 진심을 못 보여드리고, 약속은 못하겠습니다. 약속했다가 또 사고라도 친다면 배신자가 되고 사랑을 잃게 됩니다. 죄송해요. 하지만 전 노력하면서 열심히 살거예요. 그것만은 약속해요. 형도 대구교도소에 수감되어 마음이 아픕니다. 앞으로 우리 형제에게 행복과 사랑 넘치는 날들이 오길 기도할뿐 더는 없습니다. 검사님께서 우리 형제 잘 살도록 기도 응원해주세요. 저도 늘 검사님의 가정에 하느님의 축복, 행복, 사랑 넘치도록 빌겠습니다. 세상을 조금더 넓게 보고 사랑하면서 살도록 할게요.

다른 곳에 가셔도 좋은 일들만 있으시고 하시는 일마다 최고인 승리자가 되세요. 아셨죠? 진심으로….

저는 나가는 날까지 웃고 미소짓는 모모로 출소할 거예요. 찡그리면 친구가 없어지고 제 자신이 악마가 되는 것 같아서~ 행복한 미소로 사람도 사귈 것이고 좋은 모습으로 지낼게요. 검사님 좋은 하루 되시고 추우신데 감기 조심하세요. 이놈들이 너무 추워서 무섭거든요. 밥 챙겨드시고 오늘 하루도요~

주님안에서 승리하는 날, 미소짓는 날, 칭찬하는 날, 감사하는 날 행복하세요. 진심으로 감사드리며 이만 줄이겠습니다.

1월 27일 광주교도소 작은 방 독방에서…
최고이고 싶은 죄인 모모가 올립니다

검사님 전상서

귀에 익어가는 기상나팔 소리와 함께 눈을 떠 소리없이 내리는 빗줄기를 보며 문득 이런 생각을 해 보았습니다. 저 빗줄기 중 한방울의 비도 헛되이 쓰이지 않을지언정 지금 제가 서 있는 자리가 바깥 세상 사람들에게는 절대 부끄러운 자리란 걸 새삼 느꼈습니다.

검사님! 아니 선생님이라 부르겠습니다.

선생님을 마지막으로 본 게 벌써 4개월이 지났습니다.

그때는 하늘색 관복의 까까머리였지만 지금은 청의단삭한 모습으로 변해 있습니다.

오래전 부터 편지드리려고 했지만 이제야 쓰고 있습니다.

때론 낯선 세상에 온 듯한 기분이 들 때도 있지만 이젠 제 앞의 놓여진 잔을 숙연하게 받아들이고 있습니다.

머격에 있을 때 아무 것도 모르고 갈 곳도, 마음을 두어야 할 곳도 모르고 방황하고 있을 때 선생님의 따뜻한 말씀 한마디는 한여름 갈증을 해소하는 오아시스와도 같았습니다.

선고 재판을 앞두고 두번째로 찾아간 사무실에는 처음 때와 달리 무척 편안했습니다.

사회에 나가면 소주나 한잔 하시자던 선생님의 말씀이 기억 납니다. 짧은 시간동안의 만남이었지만 너무나 감사했습니다.

어쩌면 저도 선생님의 업무중 일부였을지라도 제게는 너무나 큰 위안이고 힘이었습니다.

어쩌면 선생님 기억속에서 지워졌을지 몰라도 제 가슴속에는 선생님의 모습을 지워버릴 수 없습니다.

선생님 덕분에 재판은 순조롭게 이렇다 할 변동은 없었지만 잘 되었습니다.

비록 징역살이를 하고 있지만 매일 수신하며 생활하고 있습니다.

이런 기회를 애시당초 갖지 않는 게 가장 바람직하지만 이렇게 된 것도 다 방탕하고 시험에 빠졌던 제게 내리는 하나님의 충고라 여기고 갱생의 길로 돌아가고 싶습니다.

선생님! 제 주위의 사람들에게 감사해야 할 일이 한두가지가 아닙니다. 그 중에 한 분이 선생님 입니다.

제게 큰 힘이 되어 주셨던 은혜 잊지 않겠습니다.

이곳 천안 소년의 동산에 찾아온 초여름의 날씨도 식혀줄 좋은 일만 있을 것입니다. 물은 저의 노력이 필요하다는 사실도 알고 있습니다. 역심히 하겠습니다.

선생님! 사무실 책장에 있던 가족사진에 활짝 핀 웃음이 항상 가정에 가득하길 기도하며 이곳에서나마 짤막한 감사의 마음을 전해 봅니다. 건강하십시오. 항상 길잃은 어린 양들을 위해 수고하시는 모습이 참 아름답습니다.

그런 줄일까 합니다. 또 편지드리겠습니다.

99. 6. 2.

선생님을 존경하는 안 모모 올림

검사님

유난히 힘들고 다사다난 했던 을유년도 막이 내리고 병술년 새해가 밝아 왔습니다.

꼭 한해 좋은 일만 가득하시고, 가정에 축복과 화목, 행복이 넘치시길 바라며, 지금처럼 건강하시길 간절히 바라며 기도드립니다.

2주일전 부부장님과 면담을 나눴던 박 모모 입니다.

너무나 좋은 말씀을 많이 듣고, 많은 걸 느끼고 깨달은 시간이었기에 이렇게 서면으로나마 감사의 인사 올립니다.

사회의 질서를 어지럽히고 죄인이라는 이름으로 수형생활하고 있는 저에게 죄인이 아니라 사람으로서 따뜻한 대우와 힘과 희망을 주신 검사님 정말 감사합니다.

말이 먼저 앞서는 사람은 결국엔 말로 끝나게 됩니다. 저 또한, 그런 미련하고 어리석은 사람이었구요. 이제는 행동으로 먼저 실천해서 그 다음 말로 뱉을 수 있는 현명하고 지혜로운 사람이 되겠습니다.

검사님, 훗날 저도 검사님처럼 불우한 이웃을 돌보며 이 사회에 꼭 필요한 사람이 될 수 있도록 불철주야 노력하겠습니다.

피고인, 죄인, 이런 부끄러운 호칭이 아니라 사람답게 사는 박면승이 되어 좋은 모습으로 인사드릴 수 있는 그날을 그리며, 올 한해 힘차게 첫발을 내딛고 후회없는 삶 살겠습니다.

이러면 또 많이 앞서는 건가요? ^^

꼭, 행동으로 실천해 옮길 것을 약속드리며 두서없이 쓴 악필 줄일까 합니다.

추운 날씨에 감기 조심하시고 건강 유의하시길 바라고 올 한해 너무 앞만 보며 정신없이 달리시는 것보다 여유를 갖고 편안하게 달리는 행복한 한해가 되시길 바랍니다.

새해 복 많이 받으십시오.

* 이렇게 염치없이 무례를 범하는 편지 정말 죄송합니다. 너그럽게 용서해 주십시오.

고난이 내게 유익이라. 이로 인해 내가 주의 율례를 배웠나이다.

- 아멘 -

2006. 1. 2.

박 모 모 올림

존경하는 검사님께

요즘 하루도 이 큰 죄인 숨쉬며 부끄러운 삶을 살고 있습니다.

이렇게 좋은 세상을 왜 그렇게 고통스럽게 만들어 버렸는지 아무리 후회하고 돌이켜 봐도 소용이 없는 지금의 현실이 너무나 괴롭고 고통스럽습니다.

25년간을 살아오면서 단 한번도 상상하지도, 생각하지도 못한 큰일을 저질렀습니다.

저의 나이 스무 살 때 만난 장 모모와의 만남과 인연이 이렇게 비극적으로 되어버렸습니다.

6년여간의 시간동안 가족 이상으로 지내며 많은 추억과 정이 무색할 만큼 저는 너무나도 어리석고 무모한 짓을 하고 말았습니다.

젊은 나이에 안타깝게 세상을 떠난 장 모모씨에게 너무나도 죄송하고 죽을 죄를 졌습니다.

그리고 그날 그 상황에서 엄청난 공포와 충격을 느꼈을 장 모모에게 정말 죄스러울 뿐입니다.

보잘 것 없는 저 하나 때문에 두 가정의 행복이 순식간에 사라지고 여러 사람에게 고통을 주었습니다.

저도 알 수 없는 그날 그 순간 감정을 절제하지 못하고 이성을 잃어버린 채 끔찍한 짓을 해버린 제가 너무나도 원망스럽습니다.

저는 제 마음 하나 다스리지 못하고 사악한 마음의 종이 되었습니다.

고귀한 생명이 저의 무모하고 어리석은 짓으로 저버리고 말았습니다.

비겁한 변명같지만 제 자신도 믿을 수 없었습니다.

왜 그토록 무책임한 짓을 했는지 제가 너무나도 고통스럽습니다.

저 하나로 인해 피해자의 가족들이 겪었을 분노와 고통, 그리고 저의 어머니의 통곡의 눈물을 저는 죽을 때까지 잊지 못할 것입니다.

정말 이곳에서 저의 죄를 씻고 새 사람이 되어서 부모님 살아 생전에 가슴에 박힌 못을 빼드리고 자식된 도리를 한번이라도 할 수 있게 법이 허락되는 길이 있다면 지금까지 살아온 날보다 살아갈 날이 많은 저에게 선처를 허락해 주신다면 남은 평생동안 진심으로 사죄하고 깊이 뉘우치며 사회에 속죄하는 마음과 자세로 죄스럽게 살겠습니다.

죄송합니다.

2007년 7월 28일

피고인 김 모모 올림

조경하는 검사님께

글 첫마디를 무엇으로 시작을 해야할지 도무지

엄두가 생겨질 않습니다.

검사님의 넓으신 아량으로 이해 해주시길 간절히

부탁스럽니다.

오늘 검사님과의 면담에서 검사님께서 해주신

많은 덕담을 통해 제가 알지 못하고, 지내왔던

것들을 느낄수 있었던 중요한 계기였자고

생각 합니다.

어쩌면, 평생을 모르고 살어가야 했던 아주

중요한 것들을....

검사님께서 저에게 전하려 하였었던 모든것들을

알순 없지만, 조금은 아주 조금은 느끼게되어

제가 앞으로 생활하고, 삶을 살아가는것에

있어서 많은 도움을 얻게된것 감사다.

저 처럼 사회에 물의를 일으킨

사람들에게, 따뜻한 마음으로

관심 갖아 주서..

좋은 말씀들 다시

한번 되새속이 검사의

인사 올립니다.

TAE JEON

감사님께서 말씀하셨던 김치럼 있을것 자없는
사람들이 사회의 혼란 일으키는가 하면
하고 싶어도.. 이룰수 없어도 노력하는 사람들이
있읍니다. 얼마나 창피할수 없는지 모릅니다.
앞으로.. 지금 생활에서 어거지러기 느끼고 있는것은
계기로. 열심히 정말 열심히 생활하는 모습
보이 드리겠읍니다.
다시 한번 감사님의 말씀에 대해 감사인사
읽니다.
감사님께서 이루시고자 하는 모든일들 출취시길..
두손모아 간절히 기도드립니다..
항상 건강 하시옵고.. 다시 한번 감사합니다.

05년 6월 29일.
김   올림 -

이상대 검사님 보세요..

뜻밖의 편지라 놀라셨는지도 모르겠네요..

검사님께 다녀온후 감사의 마음은 늘상 갖고 있었는데 무어라 마음을 전해드려야할지 망설이다 이렇게 두서없이 편지를 씁니다..

안녕하세요.

전에 상담하신다고 불러셔서 만났던 정 입니다.

세상의 날씨와 이곳의 날씨는 조금 틀리답니다.

이곳은 11月이 가장 춥게 느껴진다는 달이거든요..

다들 월동 준비로 세상은 바쁘겠지만 저는 세상에 나갈 준비를 하느라 마음만 분주하답니다.

세상에서 생각하기에 저는 너무나 독특한 세계에 있어요.

밖에서 한번도 접해보지 않았던 생활이나 또 식당일들로 인해 특이한 체험을 하고 있으니까요.

솔직하게 말하면 저에게는 조금은 성숙하게 살아갈수 있게 만든 기회였다는 것도 부정할수가 없답니다.

이곳에 있는 어른들이 다 저에게 그러세요.

차라리 어려서 겪어서 다행이라고..

이번일을 통해서 다시는 정직하지 못하게 사는 일은 하지 않겠다 수도 없이 다짐하고 있답니다.

왜 저라고 세상의 화려함이 생각이 나지 않겠냐고 하시겠지만 세상에 나가면 저보다 정신 세계가 어린 친구들에게 작은 충고라도 해줄수 있지 않을까.. 란 생각을 해봅니다.

고마우신 검사님!

저에게 가적방의 기회를 주신 모든분들과 절 격려해주신

모든분들의 마음 진심으로 감사드립니다.

열심히 살겠습니다.

지금의 생생한 경험을 토대로 어떤 어려움에도 긍정적으로

사는 그런 제가 될께요.

또한 검사님 하시는 일 모두 잘되시기를 항상 바랍니다.

언제나 건강하세요.

2005. 10. 29

김 올림.

P.S: 참참!

검사님이 저에게 해주셨던 말씀!

정말 감사드려요.

저에게 최고의 희망의 말씀이 었던거

절대 잊지마세용 ~

이상대 검사님께

입추가 지나갔는데 날씨는 아직도 덥습니다.

검사님은 일을 하시느라 바쁘신 것을 알면서도 여쭈어볼 것이 있어 편지를 쓰게 되었는데 이해하여 주시기 바랍니다.

지난 달 11일에 검사님과 상담 시간을 갖고 진심으로 감사한 마음을 갖고 있습니다.

검사님께서 기회를 주시어 어머니와 전화통화를 하면서 저는 마음이 아프고 과거를 되돌아보니 어머니 속을 많이 썩여드렸다는 생각이 들었고 못난 행동들에 대하여 진심으로 반성을 하게 되었습니다.

검사님과 상담을 하고 나서 저는 새로운 인생을 맞들고 좋은 사람이 될 수 있으리라 믿게 되었고 결심도 하였습니다.

이곳에서 생활하면서 많이 힘이 듭니다. 못 살 것도 같습니다.

그리고 저는 앞으로 이곳에 다시 오지 않고 착하게 행동하고 법도 잘 지키고 가끔씩 검사님이랑 만나고 상담을 하겠습니다.

검사님!

저는, 제가 이곳 생활을 다 하고 나가서 다시는 이곳에 들어오지 않을 것이라고 굳게 다짐하고 있습니다.

그 동안 잘 지내시고 몸 건강히 잘 지내시기 바랍니다.

2008. 8. 20.   양 모 모 올림

이상대 검사님께

　주예수님! 내 마음 속에 오시어서 나의 모든 죄를 용서해 주세요. 하며 하루를 시작하려 하지만 문득 창 밖 하늘을 바라보며 이런 생각에 잠기어 봅니다.

　저는 죄인입니다.
　저의 죄를 용서해 주시길 청하는 마음으로
　하루를 시작합니다.
　형님, 주님께서 주신 볕과 함께 인사드립니다.
　상대 형님 안녕하십니까. 오늘 날씨가 참으로 화창하네요.
　이 화창하고 아름다운 날씨에 형님께서 주신 그 소중한 충고를 받들어 이놈 부족하지만 주님께 청하곤 합니다.
　그 기도가 주님께 닿길 바라며 하루를 시작하고 또 하루를 정리하다 보면 이런 생각에 잠시 잠깐 잠기어 봅니다.
　아, 난 이 세상에서 사라져야 할 존재일까 아니면 필요한 존재일까 하면서 하루를 멍하니 보낼 때도 있습니다.
　형님께서 주신 그 소중한 충고를 생각하면서 말입니다.
　그러기 위해선 부족함이 많아 염치불구하고 형님께 부탁드립니다.
　다름이 아니오라 이놈이 부족함을 채우기 위해 공부를 하고 있습니다.

공부를 하다 보니 국어사전과 영한사전이 필요하게 되어 부탁을 드리게 되었습니다.

이놈의 부족함을 채워주신 주님과 상대 형님께 감사드리며 서신을 올립니다.

몸 건강하시길 바랍니다.

2005. 5. 27.

하 모모 올림

행복나눔 이상대 검사와 함께사는 세상

검사님께

안녕하십니까?

여러 가지로 수고가 많으시죠?

직접 찾아 뵙고 벌금을 납부해야 하는데 부득이 우편으로 발송합니다.

이런 사고가 처음이라 무척 당황했는데 따뜻하게 대해 주시는 것 같아 무척 감사했습니다.

그리고 이번 사고를 통해서 많은 경험을 했습니다.

앞으로 보험관계나 안전운전 외 모든 면에서

조심하도록 하겠습니다.

안녕히 계십시오.

감사합니다.

2000. 4. 4.

강 모모 누나 강 모모 올림

검사님께

검사님 안녕하세요.

저는 6학년 현 모모 입니다.

검사님과 피자를 먹던 날이 엊그제 같은데 벌써 수요일이 마지막 시간이네요. 한 달에 한번 있는 시간이라서 아쉬웠지만 너무 즐거운 시간이었어요.

솔직히 말씀드리면 피자 먹을 때가 가장 좋았어요. 그리고 법을 알 수 있는 좋은 책을 주셔서 너무 감사했어요.

저는 학교생활과 친구들과 함께 지내는 일상과 저의 장래 희망이 선생님이라 "검사"라는 단어만 알고 있었지, 많이 접하지 못했었거든요. 그런데 이번 기회에 많이 알려주셔서 너무 감사했어요.

비록 제가 많이 떠들기는 했지만 그래도 장기 자랑 시회를 봤을 때에는 열심히 했어요. 그렇죠?

수요일 마지막 시간에는 더 열심히 하도록 하겠습니다.

그리고 저에게 좋은 추억주셔서 감사해요.

앞으로 공부 열심히 하고 검사님처럼 훌륭한 사람이 될게요.

지금까지 정말 감사했어요.

더 건강하시길 바라구요. 그럼 안녕히 계세요.

2006. 12. 11. 월   현 모모 올림

검사님께

　저는 방과 후 아카데미에 다니는 치평초등학교 6학년 3반에 재학중인 미래의 검사가 되고 싶은 조 모모 입니다.

　바쁘신데도 불구하고 저희들을 보기 위해 와주셔서 감사합니다.

　마인에 오셔서 저희들에게 좋은 지식만 알려주시고 가셔서 감사합니다.

　제가 검사가 되려면 어떻게 해야 하는지 질문을 하였을 때 그 질문에 대한 답변을 제가 알아듣기 쉽게 설명해 주셔서 감사합니다.

　앞으로 한번 밖에 못 만나지만 그 동안 저희에게 알려주신 유익한 정보는 조금씩 성장해 가면서 그 지식에 대한 범위를 조금씩 늘려 가겠습니다.

　지난번에 주신 책에 대한 내용을 완벽하게 이해하는 것은 아니지만 어느 정도는 알 것 같아요.

　앞으로 공부를 열심히 하여 몰랐던 내용을 알아가겠습니다.

　짧은 만남이었지만 유익한 정보 감사합니다.

　그럼 안녕히 계세요.

2006. 12. 11. 월요일

조 모모 올림

안녕하세요. 검사님

바쁘신데도 저희를 보러와 주신 것 감사드립니다.

얼마 전 책 한권 선물해 주셨죠?

그 책으로 지식을 차곡차곡 쌓아가고 있어요.

용돈이 얼마 없어서 책 한권 사려면 큰 맘 먹고 사는데 정말 감사드리구요. 6학년 졸업이 얼마 남지 않은 것처럼 검사님 보는 날도 얼마남지 않았네요. 푸른 새싹이 돋던 날, 개나리가 나를 반기던 날, 엄마 손잡고 학교 입학한 것이 엊그제 같은데 벌써 6년이란 세월이 지나가 버렸네요.

엄마의 이마에도 주름살이 자리를 잡아가고, 저는 벌써 예비 중학생 준비를 하고 있어요.

검사님! 저는 태어나서 검사님이란 직업을 아주 중요시 여겼어요. 검사님 저는 책으로 지식을 쌓는 사람이 되어 검사님처럼 훌륭한 직업을 가져서 어느 정도 돈이 모이면 저기 굶주림에 지쳐가는 낯먼촌 어린이를 돕는데 쓸 거예요.

남은 2학기 마무리 잘할게요. 그럼 이만 줄일게요.

2006. 12. 11. 월요일

정 모모 올림

TO. 검사님께

　검사님 안녕하세요. 마인 6학년 긴 모모라고 해요. 검사님! 검사님께서 이제 서울에 올라가신다매요. 저희에게 검사, 법에 대한 책까지 선물을 해주셨는데 이제 가신다니 아쉬워요. 검사님 그리고 예전에 피자도 잘 먹었어요. 배부르게 많이죠. 이렇게 정들게 해놓고선!

　검사님 서울 잘 다녀오세요. 검사님 저희 잊지 말아요. 또 제이름까지요. 제이름이라도 특별히 외워주세요. 제 이름 다시 말하자면 긴 모모인데 거의 사람들은 수운이라고 아네요. 그래도 다행히 이것은 편지로 써서 말하는 것이라서 잘 아시겠죠. 꼬 외우세요. 제가 이렇게 편지를 써드렸는데도 모르신다면 저 삐칠거예요.

　검사님, 검사님 이제는 중학생이 담배피는 것도 좀 법정에서 처리를 왜 안해요. 어른이라면 모를까 어린 청소년이 그래서 우리 집 들어갈 때 밤에 중학생이 모여서 담배를 펴요. 처리할 수 있음 해 주세요. 아시겠죠.

　그러면 서울 감기 조심하시고 다녀오세요. 제 이름 잊지마시궁.

　그럼 안녕히 서울 잘 가세요. 감기 조심하세요

모모가 멋진 검사님께 올린

검사님 에게... ♡♡♡♡

검사님 오늘 즐거웠습니다.
다음에 또 이런날이 왔음해요.
검사님. 힘내세요.
우리가 있잖아요.
검사님 힘내세요.
우리 가 있어요.
검사님 화이팅이예요.

♥ 대전에 근무할 당시 한 달에 한 번 정도 소년소녀가장들과 식사자리를 만들고 선물을 마련하여 나누어 주는 행사를 하였는데 1년 동안 약 250명 정도를 만났다. 행사를 진행함에 있어 처음에는 어색해 하지만 잠시의 시간이 흐르고 조금 가까워졌다는 느낌이 들면 하고 싶은 이야기들, 마음속의 이야기들을 많이들 하곤 하였는데 어느 행사가 끝날 무렵 한 어린이가 내게 위의 작은 쪽지를 접어 전해준 적이 있다. 그 쪽지에는 위와 같은 내용이 적혀 있었고 그 어린이로 인하여 나는 무한의 행복을 느꼈다. 그래서 그 어린이와 단 둘이 다시 한 번 만나 저녁을 같이 하며 이런 저런 이야기를 할 시간을 만들었다. 그 어린이가 나로 인하여 조금의 행복을 느꼈다면 나는 분명 그 이상의 행복을 느꼈기에 그 어린이에게 감사하는 마음을 갖게 되었다.

이 검사님께

찬미예수

교육자가 되어 훌륭한 제자가 있다는 기쁨이 이렇게 큰 줄 은 몰랐지요.

상대가 있어 우리 학교 선생님의 어려움에 큰 힘이 되리라 멀으니 얼마나 가슴 흐뭇한지….

황모모 선생님이 결과적으로 때렸지만 일의 시작이 의도적 이었기에 이러한 사건이 발생되었지요. 황 선생님은 국가유공 자이고 장애자이기에 마땅히 선처되어야 하지 않을까 생각이 되고 잘 처리가 되면 좋겠어요.

교직자가 폭행치상이 되는 경우는 어려움이 많지요, 포상에 서도 떨어지고 잘못하면 직장을 잃게 되기 때문에….

상대가 하는 모든 일에 하느님이 함께 하시고

또한 하느님의 좋으신이 상대가 하는 일을 통해 이 세상에 드러나기를 바라면서 건안을 빕니다.

95. 11. 4.
박 모모 에메러따 수녀

평화를 빕니다

어떤 생각 -이 해 인-

산 너머 산

바다 건너 바다

마음 뒤의 마음

그리고 가장 완전한 꿈속의 어떤 사람

상상 속에 있는 것은 언제나 멀어서 아름답지

그러나 내가 오늘도 가까이 안아야 할 행복은

바로 앞의 산

바로 앞의 바다

바로 앞의 내 마음

바로 앞의 그 사람

놓치지 말자

보내지 말자.

~~~ 한 해 동안 보내주신 따뜻한 관심어린 사랑을 되돌 아보는 마음으로 몇 자 적어봅니다.

"그 사람은 존재 자체로 사랑의 향기를 풍긴다." ~~~~ 나도 그러고 싶어. ^-^… 이런 마음이 들게 하시는 부장님만의 향기가 줄곧 주변의 한사람 한사람들 마음 안에 훈풍을 불어 넣고 계심을 혹여 알고 계시는지요!!!

겸손의 향기, 그분의 거룩함을 느끼게 하는 부장님과의 만남을 보내고 있는 저의 오늘이 언젠가 추억 속에 기억될 때 그 따뜻함이 제 주변의 어느 누군가에게도 전해지리라 생각해 보네요.

빛이 어둠을 떨어내는 새벽아침에 낙엽이 흩뿌려진 산책길을 걸으며 스르륵 푸스럭 소리 낼려는 듯 땅 아래로 내려앉는 나뭇잎들을 바라보며 아! 하고 탄성을 지를 수밖에 없었는데요. 오늘 건네주신 부장님의 선물에서 적잖은 삶의 묵상거리를 또 이어서 건네받은 느낌입니다.

이 감사함을 늘 간직하며 제 곁에 그 누군가에게도 잘 전하겠습니다.

주님의 은총이 늘 함께 하시길 기원할게요.

2007. 12. 21.
위 모모 프란치스카

♥ 광주에 근무할 당시 직원으로부터 받은 글이다. 지금 생각해보니 당시 내가 무슨 선물을 주었는지 기억도 없다. 단지 위와 같은 편지를 받고 감동하지 않을 수 있는 사람이 또 있을까? 내가 왜 행복할 수밖에 없는지 그 이유가 위 편지에 그대로 간직되어 있어 또한 행복하다.

제2장
어머니와 함께

마음의 고향인 어머니

그리운 고향과 같은 어머니
늘 그리움이고
보고 싶음이 함께 한다.
충주에서 혼자 생활하시는 어머니를 생각하면
항상 부끄러움이 앞서고,
마음이 아프다.
자주 찾아뵙지 못하는 자신의 모습
100킬로미터 거리에 계시는데
내가 행복을 느끼고 있을 때
어머니는 무엇을 하고 계실까
하는 생각이 저절로 떠오른다.
어머니를 생각할 때면 항상
잘 해야 할텐데
잘 살아야 할텐데
라는 생각을 하게 된다.
어머니라는 이름으로

희생과 사랑으로
온 삶을 엮어 오신 그 분
가족들 모두 모여
어머니께 사랑 고백을 할 수 있어
행복했던 시간들의 기억 등과 함께
앞으로 더 잘 하겠다는 다짐과 함께
어머니와 함께 했던 시간들을 되살려 보았다.

고향의 푸근함

　토요일 저녁, 늦게 일을 마치고 가족들과 함께 어머니를 뵙기 위해 충주로 출발을 하였더니 밤 9시가 되어서야 고향에 도착하여 어머니를 뵐수 있었다. 아이들은 피곤한 듯 일찍 잠자리에 들고 아내와 함께 어머니로부터 이런 얘기 저런 얘기를 들으면서 술 한 잔을 나누는 자리를 하게 되었다. 그 동안 지내시면서 있었던 동네의 사소한 이야기들로부터 시작하여 아들과 며느리에게 들려주고 싶은 이야기가 끝이 없이 이어진다. 그 이야기를 듣고 있는 나로서는 혼자 생활하시는 어머니께서 당신 아들에게 하고 싶었던 말씀이 그리도 많았구나 하는 생각이 들면서 자주 찾아뵙지 못하는 자신을 되돌아보게 되고 자주 어머니의 이야기를 들어줄 기회를 만들어야겠다는 다짐도 하게 된다.

　가족 모두 잠자리에 들고 혼자 개구리들의 합창 소리를 들으며 밤길을 거닐어 본다. 어린 시절에는 밤 시간에도 이곳저곳에서 즐거운 일들이 많이 진행되었는데 이제는 쓸쓸함을 넘어서 시골의 그 밤길은 무섭기조차 하다. 밤하늘을 수놓고 있는 그 수많은 별들, 지금까지의 나를 지켜준 별은 어느 별일까, 지구상에 그 많은 사람들에게 각자의 별이 있다고 한다면 나만의 별이 아니고 그 누군가와 공유하고 있는 별이 아닐까? 나와 함께 별을 공유하고 있을 그 사람은 과연 누구일까 하는 생각을 해 보게 된다.

아침이 되어 혼자 산에 오르니 길조차 찾기 어려운 뒷동산이 되어 있었고 수풀이 무성한 산길을 혼자 걷다보니 쓸쓸함과 함께 조금의 무서운 기운이 드는 것이 평소 나쁜 짓을 많이 해서 그런 것은 아닐까? 어린 시절에는 나무 그 자체가 땔감이었기에 나무를 하는 것이 생활의 중요한 한 부분을 점하였고, 초등학교 내지 중학교 시절의 나에게도 산에서 나무하는 일이 보통의 일이었다. 당시에는 참나무 베는 일이 종종 있던 일이었으며 참나무를 많이 땔감으로 베어내 소나무가 대다수를 차지하게 되었었는데 20~30년이 지난 지금은 다시 활엽수인 참나무가 많은 부분을 점하게 되면서 소나무가 햇볕을 쬐지 못하여 말라죽는 현상에 이르게 되었다는 것이 세월의 흐름과 자신의 지난 시간을 느끼게 해 준다.

　집에 도착하여 뒤뜰을 둘러보니 붓꽃의 자태가 아름답고, 앵두, 복숭아, 살구 등 각종의 과일들이 올해의 햇빛 아래에서 자기의 몸을 만들어 가고 있는 모습이 보인다. 어떻게 매년 자신의 맛을 만드는지, 어찌 그 꽃과 그 향기를 변함없이 간직하는지 신기하다. 사람들도 매년 다시 태어날 수 있다면 어떨까? 사람다움으로, 사람의 순수로, 사람의 겸손으로, 사람의 향기로 매년 다시 시작할 수 있다면 좋겠다. 라는 생각을 하게 되고, 내가 사람으로 무엇을 잘못하고 있는지 자신을 돌아보게 된다. 내가 어머니를 그리워하듯이, 어머니께서도 당신의 부모님을 그리워하시겠지 라는 생각이 들었고, 비록 돌아가신 외조부모님이지만 담에는 어머니를 모시고 당신의 부모님 산소에 가봐야겠다는 생각이 들었다.

2008. 5.

어머니의 밥상

늘 그러하듯이 푸근한 그곳, 비가 내려 촉촉하기까지 한 그곳 충주에 다녀왔다. 이제 새싹들이 그 색의 진한 변화를 시도하는 모습들이 눈에 들어온다. 풀밭에서 어린 풀벌레를 찾는 아이들의 모습, 이제 막 세상에 나온 듯한 어린 방아깨비, 항가치, 때까치 등 어린 시절 그렇게 불렀던 그런 곤충들이 그 모습으로 세상에 나와 있다. 아이들은 어른 손톱만한 개구리를 잡으려고 이리 뛰고 저리 뛰고, 풀섶에 있는 풀벌레들이 무심한 나의 발걸음에 두려워 떨고 있는 것은 아닐까? 아이들과 함께 하는 신나는 추억 쌓기 시간이 된다.

어머니와 함께 하는 식사, 어머니께서 손수 만들어주신 반찬들이 함께 한다. 오이무침, 호박무침, 배추김치, 열무김치, 콩자반, 깻잎, 된장찌개, 무 장아찌, 마늘쫑 장아찌, 그리고 고추장 등 어린 시절 나를 키워준 음식들이 전부 등장을 한 듯 하다. 도시락에 제일 많이 등장했던 것은 콩자반과 마늘장아찌였던 것 같다. 왠지 나의 오늘을 도와준 그 식물들을 대함이 왠지 내게 은혜를 베풀어준 분의 자식들을 만난 듯한 느낌이 든다.

나를 키워준 무리들의 후손들과의 만남의 시간인 듯하고, 지금까지 늘 변함없이 맛있는 그 맛, 물론 어머니께서 해 주시니 그 맛은 변함이 없는 것이리라. 충주에만 다녀오면 이 작은 한 몸을 주체하는 것조차 쉬운 것이 아님을 항상 느끼게 된다. 한 공기의 밥으로 정리가 되지 않고, 어머니의 손맛에 항상 정량을 넘어서는 모습에 내가 자라온 당시의 환경을 다시 한 번 떠올리게 된다.

밖에서는 비가 주룩주룩 내린다. 술 한잔이 그리운 분위기이다. 아버지와 같이 하던 술 한잔이 생각난다. 오이와 고추장, 생마늘과 고추장, 고추와 고추장을 안주로 마시던 소주 한잔, 막걸리 한잔. 아버지가 살아 계시면 다시 한번 했을 듯한 그 한잔이 그립다. 이승과 저승에서 같이 술 한잔을 나눌 수 있다면 다음에 다시 충주에 가는 날을 아버지와 함께 술마시는 날로 정하고 싶다. 아버지께서 제일 좋아하시던 소주와 매운 고추와 고추장을 준비하여….

♥ 어머니의 정성이 담긴 음식을 먹고 아이들과 가족과 함께 행복한 시간 보냈구나. -조인-
♥ 상대야. 너희 시골집에는 우리 벗들이 애들하고 몰려가도 함께 지낼 공간이 있냐? 뭐 꼭 잠잘 공간까지 필요한 것은 아니고 평상에 밥 차려먹고 집 근처 산야에서 애들이 뛰놀 수 있다면 네 고향집에서 한번 뭉쳤으면 좋겠다. -김일-
♥ 아버지가 아직 내 곁에 있으니 더 잘 모셔야겠구나. -임운-
♥ 어머니! 그 이름은 영원의 힘이라오. 그 마음 길이길이…. -주도-
♥ 사부곡을 읊을 수 있음에 그대는 행복하였네라~~ -서혜-
♥ 이번 주는 당직 등으로 인하여 찾아가 뵙지 못하였는데, 아, 나의 어머니, 그 이름만 들어도 벌써 그리워집니다. 토속적인 그 맛도 그립습니다. -이일-
♥ 싱그러운 아침…. 왠지 숙연해 지는군요…. 누구나 마음속에 있는 어머니가 무척 그리워 질 듯 싶은 그런 글입니다 -김민-

어머니께 사랑 고백을

오랜만에 전체 가족 모임을 가졌다. 가족이라는 것이 무엇인지 늘 그리움과 보고 싶음이 함께 한다. 아버지께서는 이미 세상을 떠나셨고, 4남매를 잘 키우시고 이제 홀로 고향집을 지키고 계시는 어머니, 그 어머니를 중심으로 모임을 가졌고, 어머니를 생각할 때마다 맘 한 구석이 아림은 어쩔 수가 없다. 둥지를 잊지 않고 있다는 말로서 해결될 수 없는 상황들….

4남매가 어머니를 모시고 부산에서 작은, 그러나 아름다운 모임을 가졌다. 어머니로부터 사랑받고 싶어서, 어머니를 사랑하고 싶어서 만든 자리였다. 늘 어머니의 따뜻한 품이 그립지만 그 그리움을 표현하기 어려운 아들로서 어머니께 사랑 고백을 하고 싶어서 특별히 내가 자리를 만들게 되었던 것이다.

전국에 흩어져 살다 보니 같이 모이기가 힘든 2촌들과 그의 가족들, 어머니를 모시고 넓은 바닷가에서 넓은 맘을 만들기도 하고 해변에서 맛있는 저녁도 먹고 아름다운 밤이 되었다. 저녁 식사를 마치고 어머니를 모시고 사랑하는 어머니를 중심으로 가족들만의 이벤트가 시작되었다.

우선으로 어머니에 대한 감사의 마음을 감사패에 담아 증정하였다.

"귀하는… 어려운 환경 속에서도 자식들을 훌륭하게 키워내셨고, 자식들에게 하해 같은 사랑을 베풀어 주셨기에 그 딸들과 아들이 한결같은 마음으로 어머니께 감사하는 마음이며 앞으로도 어머니로부터 받은 사랑을 널리 실천하고 평생 동안 어머니께 효도할 것을 다짐하면서 그 맘이 변치 않으리라는 다짐을 이 감사패에 담아 드립니다."

어머니를 향한 감사의 마음을 어찌 그 작은 감사패에 다 적을 수 있겠는가만 그래도 자그마한 증표를 만들어 드림이 나름대로 의미가 있을 듯 하였다.

다음은 자식들이 어머니께 드리는 감사의 선물, 어머니를 향한 소중한 맘들이 모여 이루어진 것이기에 그 어느 것에 비할 바 아닌 가장 소중한 그 무엇이라고 표현하면 될 듯싶다. 앞으로 더 사랑하겠다는 다짐과 함께.

마지막으로 각자 어머니께 하고 싶은 말을 하고 어머니와 포옹하기.

첫째부터 막내까지, 모두들 마음속에 담아두고 표현하지 못했던 이야기들을 늘어놓았다. 때로는 눈물을 글썽이며….

나의 순서.

"… 늘 죄송스럽고, 시간을 되돌려보면 어머니 마음을 아프게 해드린 일들만 생각나고…. 어머니께 늘 하고 싶었지만 하지 못했던 말 한 마디가 있습니다. 사랑합니다."

이렇게라도 자리를 마련하여 하지 않으면 평생 할 수 없을 듯한 그 말 한마디, 오늘을 위해 그리도 아껴 두었던 것은 아닌데 그리고 어머니와의 깊은 포옹. 어린 시절 그리도 따뜻했던 품이건만 언제부터인지 접근하기 어려웠던 그 따뜻한 품. 몇 번이고 되풀이되는 사랑의 의사 표현.

"앞으로 자주 표현하겠습니다.

사랑합니다.

많이 많이 사랑합니다.

앞으로도 변함없이 영원히 영원히 그 이상으로 사랑하겠습니다."

비록 많이 늦었지만 어머니께 사랑 고백을 할 수 있는 내 자신이 너무 행복하였다. 그리고 많이 다짐을 하였다. 자주 표현하기로.

다음 날 어머니와 함께 아기 예수님을 맞이하기 위한 미사에 참례를 하였다. 어머니를 오래오래 지켜달라는, 아기 예수님을 향한 기도와 함께.

2006. 12. 27.

♥ 상대의 따뜻한 마음을 느낄 수 있는 글이다. 역시 너는 너다. -이동-
♥ 네 아름다움이 오래도록 그 향기를 잃지 않길 바라네. -임운-
♥ 글을 읽다 보니 항상 옆에 계시는 울 어머니한테 아무 것도 못해 준 내가 밉구나!!! -공석-
♥ 육이오 사변으로 어머니를 사별한 나는 자네가 한없이 부럽네. 나도 어머니가 살아계신다
   면 해 볼 수 있을 텐데…. 자네의 극진한 효심과 신심이 나를 감동시키네. 자네처럼 훌륭
   한 자식을 둔 어머니의 마음은 얼마나 행복하실지. -양기-
♥ 어머니께 저도 사랑표현을 잘 해 드리지 못했는데 용기 내어 표현해 봐야겠다. ˘˘ -최정-
♥ 검사님 새해 복 많이 받으시고 건강하시고 어머님께서도 더욱 건강하시고 오래 오래 행복
   하게 사시길 바랍니다. 검사님이 올리신 글을 읽을 때마다 항상 잔잔하면서도 깊은 감동과
   여운이 남습니다. 좋은 글 감사합니다. -김용-
♥ 안녕하세요? 부장님! 허계장 안사람입니다. 저와 같은 간절한 바람을 기도하셨군요. 표현에
   인색한 저라 주무시는 친정엄마의 모습을 보며 마음으로 간절히 기도했습니다. 새해에 부
   장님께서도 건강하게 지내시기 바랍니다. -곽경-
♥ 표현함에 적잖은 어려움이 있고 서툴지만…. 더 늦기 전에 어머니를 품어 안고 그 동안 감
   추어두었던 사랑을 고백해야겠네요. -김종-

에어컨과 선풍기

　자연과의 만남은 태어나면서부터 시작된다. 어찌보면 잉태 순간부터라고 할 수도 있고 더 나아가 우리가 생각할 수 없는 순간부터 이미 내가 살아갈 자연은 아름답게 시작되었을지도 모르겠다. 어머니의 부르심에 주말을 이용하여 작은 아이와 함께 충주에 다녀왔다. 그냥 앉아 있는 것조차 고통인 듯한 무더위다. 이런 곳에서 혼자 생활하시는 어머니의 모습을 보면서 가슴이 답답해 옴을 느끼게 된다.

　어린 시절에도 그 무더위는 있었을텐데 어찌 견뎠을까 하는 생각이 들 정도로 무서운 무더위다. 아이에게 등목을 시켜주지만 그 순간 뿐이고 흐르는 땀을 어찌할 수가 없다. 그래도 다행스러운 것은 자연 그대로 있으니 환경오염을 일으키지 않는 것이고, 자연과 더불어 함께 하는 모습일 것이라는 자부심을 느끼게 된다. 도시에서 에어컨을 틀어 놓고 사는 모습, 자동차를 운전하면서 에어컨을 트는 그 자체가 환경오염일테고, 환경을 파괴하는 죄악이 될 수 있겠다는 생각에 이른다. 우리들은 매일같이 자연을 이용하면서, 자연을 파괴하면서 살고 있다.

　잠시 시골에 머물면서 자연과 함께 있다는 생각이 드는 순간 옆에서 씽씽 돌아가고 있는 선풍기가 보인다. 선풍기를 무엇으로 돌리는 것인지에 대한 생각에 이르자 나 또한 순수한 자연과 함께 하고 있는 것이 아님을 느끼게 된다. 도시에 있건 시골에 있건 다같이 자연을 이용하고, 자연을 파괴하고 있는 것이다.

　물론 그 정도의 차이는 꽤 되겠지만….　　　　　　　2005. 7. 25.

시골 풍경

한달만에 방문한 시골의 모습, 아들과의 만남을 위해 어머니께서 준비하신 작업들은 가래질, 밭 진입로 정리, 고추 말뚝 박기, 산에서 나무 가져오기 등이다. 작은 논에서의 가래질, 예전에는 3명이 같이 하던 가래질이었는데 오랜만에 해보니 힘들기도 하고, 여린 풀을 흙으로 덮어야 하는 것이 마음을 아프게 하기도 하지만 어찌보면 그것이 현실의 삶인 듯도 하다.

가래질, 써래질 그 단어 자체를 떠올리는 것만으로도 정겹다는 느낌이 들고 잊혀진 추억들 - 어린시절 막걸리 심부름을 하면서 주전자 꼭지를 이용하여 마시던 한모금의 막걸리 등을 떠오르게 한다. 그 시절에는 제비들을 많이 볼 수 있었는데 요즈음은 보기 드문 현상이 되었다는 것이 작은 차이라면 차이일까?

다음에는 밭 진입로 정리하기. 농로를 포장하며 밭과의 진입로를 만드는 과정에서 너무 많은 밭 부분이 메워져 있다고 하시면서 진입로를 정리하라고 하신다. 사람의 힘으로는 정말로 힘이 든다. 지나가는 포크레인이 있다면 간단히 3~4번으로 끝낼 수 있을텐데.

다음은 고추 말뚝 박기. 고추가 쓰러지지 않도록 말뚝을 박는데 간단한 손망치로 하지만 150여개가 넘으니 그것도 쉬운 일이 아니다. 어머니께서 가꾸시는 고추에 일정 지분을 확보하려면 그래도 이 정도의 노동은 감수해야 하는 것일까? 잘 자라고 있는 마늘밭에서 잡초를 뽑으며 과연 잡초와 비잡초의 차이가 무엇일까 하는 생각을 해 보게 된다.

인간의 시각이 그 기준이 될 것이고 또한 내가 알고 있는 풀과 모르는 풀의 차이일 듯도 하고, 모두 소중한 존재들일 텐데, 비록 식용이 아니어서 조금은 가치 인정을 많이 받지 못하는 식물일지라도 더 소중한 존재일 수도 있고, 신이 보다 더 소중한 가치를 그 식물에 부여하였을 수도 있을텐데….

앞마당 한 구석에는 채송화, 봉숭아 등이 자기들 맘대로 나오고 있는 모습이 보인다. 주위를 둘러보니 온통 산이고 내가 딛고 서 있는 이 땅의 소박함을 느끼게 된다. 트랙터들의 시끄러움이 조용한 시골의 적막감을 깨워준다. 마당 한 편에는 이른 봄에 사온 병아리 5마리가 이미 중닭이 되어 있다. 살아 움직이는 것을 보면서 식용을 생각하는 사람들, 조금은 무섭다는 생각도 든다.

잘 자라고 있는 상추만 보면 뜯어먹고 싶어지는 나의 모습은 조금 다른 차원일까? 그 모습을 드러내기 시작한 앙증맞은 살구와 수줍은 새색시의 볼처럼 이미 연지를 바르고 있는 앵두의 모습이 반갑다. 뒷뜰에는 잡초와 함께 자라고 있지만 그 화려함을 잃지 않고 있는 붓꽃이 같은 색의 제비꽃과 그 색의 선명함을 자랑하고 있다. 애기똥풀(양귀비과, 꽃말 몰래주는 사랑)의 노란 색도 반갑기 그지없다.

고향의 그 아름다움과 그 향기로움에 취할 수 있는 나 자신은 너무도 행복한 녀석임을 알게 된다. 촌놈이 도시생활을 하면서 지친 몸을 이끌고 그곳을 방문하면 그곳에는 항상 열려있는 그 무엇이 나를 반갑게 맞이해 주고 그 넉넉함을 안고 나는 다시 생활전선에 나서게 된다. 모두들 다 태양과 함께 잘 자라고 있음에 감사하게 된다.

2007. 5. 16.

옥수수의 추억과 함께 한 시골길

어머니께서 전화를 하셨다. 옥수수 먹으러 오라고, 누나들과 동생에게 혹시 시간이 어떻게 되는지 물으니 똑같은 전화를 받았다는 말들을 한다. 부산, 울산, 서울 등에서 살고 있는 어머니를 중심으로 한 가족들. 쉽게 오기 힘든 곳에 있는 가족들에게도 옥수수를 말씀하신 어머니, 물론 방학이 되었으니 자식들 데리고 한번 오라는 말씀이시지만, 자식들에 대한 그리움이 옥수수로 표현된 것은 아닌가 하는 마음이 들면서 자주 찾아뵙지 못하는 자신의 부끄러운 모습을 떠올리게 된다.

어린 시절 많이 먹던 옥수수, 그 맛을 잊지 못하여 거리에서 파는 옥수수를 먹고 싶은 생각이 전혀 없다. 맛있는 옥수수를 내미는 어머니의 모습을 떠올리면서, 큰 애와 아내는 성당 일로 같이 갈 수 없어 작은 애와 함께 주말을 이용하여 충주로 향했다. 어머니의 그 옥수수를 먹으니 예전의 그 맛 그대로 맛있다. 몇 자루 먹으니 배부름도 느끼게 된다. 어머니께서 해 주시는 밥을 먹으니 그 또한 어머니의 사랑과 함께 하기에 더할 수 없는 맛있는 세상이 된다. 호박과 새우젓 등을 넣어 만드신 호박찌개는 돌아가신 아버지께서 특히 좋아하시던 반찬인데 작은 애도 맛있다며 잘 먹는다.

어머니께서 손수 해 주시는 밥을 먹으며 아내 없이 혼자 내려갈 일은 아닌 듯한 생각이 든다. 아들과 손자를 위해 반찬을 하고 밥상을 준비해

주시는 어머니의 모습이 안쓰러움으로 다가온다. 내가 돕는다 해도 한계가 있고, 굽은 허리를 보는 것만도 마음이 아픈데.

옥수수의 추억과 함께, 옥수수의 아픔과 함께 한 시골길이 되었다.

2005. 7. 25.

♥ 옥수수를 이북에선 강냉이라고 한단다. 울 아버지가 너무너무 좋아하셨다. 아버지의 어린 시절에 밥 굶기를 밥 먹듯이 하실 적에 강냉이로 하루 끼니 때우신 시절의 그리움으로 강냉이를 많이 드셨다고 하신다. 그래서 얼마 전 기일에 강냉이를 제사상에 올렸단다. -이동-

♥ 한 자루의 옥수수통 속에 숨은 모정이 새록새록 살아오는 복입니다. 한번쯤 잊고 산 고향 집엘…. -최진-

♥ 마치 한 편의 서정시를 보는 듯…. 자연스런 시골의 풍경과 먹을거리는 늘 마음속에 자리 잡고 있는 향수 같은 존재네요. 그냥 짠 해오네그려. 이번 주엔 시골에 함가서 옥수수, 호박찌개, 토마토 등 자연그대로를 느껴보고 싶네그려. -김용-

♥ 가슴 깊이 공감되는 아름다운 글이군요. 부장님의 어머님은 만인의 어머니의 표상이시네요. 저도 어머니가 손수 만들어주시는 모싯잎떡이 그리워서 시중에서 떡을 사먹어 보면 달기만 하고 맛이 없어서 곧 쓸쓸해지고 맙니다. 천만 번을 더 들어도 기분 좋은 말이 곧 '어머니'이죠. 그래서 제가 어머니께 '만약 내가 다시 태어난대도 엄마 딸로 태어나면 좋겠다'고 했더랬더니, 의외로 감동하시더구만요 -김정-

♥ 돌아가신 어머니 생각나게 하여 눈물이 날려고 하네요. 다시 한번 고향의 부모님을 생각하게 하는 좋은 글입니다. -이상-

♥ 옥수수를 생각하니 지난 시절 외가댁이…. 지금은 모두 떠난 빈가 거미줄에 세월의 덧없음만 바람소리에 윙윙거리고…. 인간 내음 물씬 풍기는 글 잘 읽었습니다. 감사드립니다. -김을-

♥ 옥수수가 익어가는 계절 저도 이번 주말에 옥수수 따러 갑니다. 보성으로 -서현-

♥ 거의 매주 어머님께 가 뵙고는 하는데, 항상 옥수수를 냉장고에 준비해 두셨다가 집을 떠날 때는 한 봉지씩 주시곤 한다. 벌써 옥수수 냄새가 나는 것 같다. 어머니에게 가 봐야지. -이일-

♥ 자당께옵서 세월의 무게에 눌려 허리는 굽어졌을망정 자식에 대한 자애로움은 변함이 없으시니 옥수수의 내음에 다름없지요. 생활이 어려워도 정감이 넘쳐나던 그 시절…. 구수한 옥수수 내음처럼 가슴속깊이 스며오는 옛 정취와 향수를 느끼게 하는 한편의 서정시를 읽는 것 같아 가슴이 뭉클해 옵니다. -마재-

감을 따면서

토요일에 시간을 내어 모교인 동락초등학교에 다녀왔다. 후배들과 즐거운 대화시간을 갖고 선배로서 후배들에게 해 주고 싶은 이야기도 하고, 후배들이 궁금해 하는 것에 대하여 설명도 해 주고, 내가 마련한 선물을 그들에게 나누어 주니 모두들 좋아하는 눈치이다.

충주 집에는 금요일 저녁에 들르게 되었는데, 어머니께 서울에 일이 있어 토요일 행사가 끝나면 바로 올라갈 것이라고 하니 그러지 말고 감을 따 침을 담가 줄테니 그것을 가지고 저녁에 올라가라고 하신다. 거절할 수 없는 어머니의 말씀대로 그렇게 하기로 하였다. 그리하여 아침에 감을 따려고 하니, 감이 높은 곳에 있어 따기도 힘들었고 그럭저럭 50여개를 따 침을 담가 놓고 초등학교에 들러 아이들과 함께 시간을 보내고 집에 도착하니 이것저것 할 일들이 늘어서 있음을 알게 되고 어머니와 함께 집안 일을 하게 되었다.

예전에 많이 보아왔고 같이 하던 작업임에도 왠지 생소하게 보이는 것들도 많다. 마늘을 놓기 위해 마늘 쪽을 나누는 작업을 하였다. 100개씩 묶여있는 10접을 어머니와 함께 나누니 그것도 쉬운 것이 아니었다. 이것을 밭에 직접 심어야 할 텐데 심는 것이 훨씬 더 힘들겠다는 생각이 든다. 겨울을 찬 흙 속에서 견디기에 마늘이 사람 몸에 좋은 것은 아닐까 하는 나만의 생각도 해 보면서.

　그것을 마무리 하니 말린 벼를 가마니에 담아 광에 쌓는 작업이 기다리고 있다. 20킬로그램짜리 20여개, 예전에는 짚으로 만든 가마니에 담았고 그것이 무척 큰 사이즈였던 기억이 난다. 허리를 굽혀 담기도 힘들고 부대를 추스르기도 힘이 든다. 다 담고 나니 광으로 옮겨 쌓는 문제가 남게 되고 20킬로그램 하나의 무게는 견딜만 하지만 20여개를 옮기는 것은 정말 힘들었다. 그렇다고 어머니 앞에서 힘들다는 말을 할 수도 없고, 어머니께서는 그냥 다른 사람 불러 할테니 놔두라고 하시지만 시작한 일이니 마무리를 해야 함을 알기에 힘든 내색을 하지 못하고 땀을 흘리며 마무리를 하였다.

　이러한 경험에서 정말이지 쌀 한 톨이 왜 소중한 것인지를 알기에 아이들에게도 밥 한 톨 남기거나 버리면 안된다고 늘 이야기를 하게 된다. 부대를 다 쌓고 나니 날은 이미 어두워지고 있다. 그래도 그날 하려 했던 감을 따는 일을 마무리 하지 못한 것이 아쉬움으로 남는다. 어머니 머리 속에 늘 해야 할 일로 남아있을 텐데. 어머니와 함께 저녁을 같이 하고 아침에 담가 놓았던 감을 가지고 서울 집으로 향한다. 단순한 감 하나의 가치는 크지 않겠지만 자식을 생각하는 마음, 어머니의 마음이 가득한 감과 함께.

　어머니 집을 떠날 때면 늘 마음이 무겁다. 별 것 아니라고 하시지만 하시는 그 일을 하지 않으셔도 될 텐데. 모든 것이 부족한 나 때문이라는 생각에 늘 편하지가 않다.

2001. 11. 8.

달래를 캐며

　향긋한 봄향기에 취해 시골길 이곳저곳을 혼자 거닐다가 봄의 모습으로, 봄의 향기로 봄이 피어나는 흙 속에 조용히 뿌리를 내리고 서있는 달래를 만났다. 어린 시절에 봄나물로 많이 캤던 그 달래가 아직도 거기에 있는 듯하였고, 달래를 만난 순간 그 자체에서 이미 봄내음이 물씬 풍기는 것이 마치 3월 초 어머니와 함께 했던 거문도 여행에서 맛보았던 달롱(달래의 방언) 무침의 맛이 다시 내게로 전해져 오는 듯한 느낌이 들었다.

　거문도 사람들은 야생 달롱의 무침이라고 하면서 맛있다고 하였고, 나 역시 맛을 넘어 봄향기를 먹는 듯한 느낌이었다. 반찬으로서 봄향기가 가득한 달롱 무침의 그 맛, 달래를 캐면서 그 달롱의 맛을 연상하게 된다. 제법 많은 달래를 캐 다듬고 씻고, 여러 번 씻음에도 검불이 계속하여 나온다. 거문도에서 달롱 무침을 먹을 때 자잘한 검부러기를 보며 왜 이리 깨끗하게 씻지 않았을까 하는 생각을 해 보았었는데 그 달래가 그리 쉽게 깨끗해지는 것이 아닌 듯하다.

　여러 번 헹구어 씻는 모습을 보신 어머니께서도 거문도에서 별것 아닌 것으로 보였는데 그 달롱의 맛이 꽤 좋았다고 하신다. 역시 사람의 입맛은, 아들과 어머니의 입맛은 비슷한 것일까? 어머니의 손맛이 가미된 달래 무침, 3월 초 느꼈던 거문도의 봄내음이 4월 초가 되어 충주까지 올라온 것일까? 봄향기가 그득한 달래 무침과 함께 행복한 봄마중을 하는 듯 하다. 봄나물 그 어느 것 하나 봄향기를 품고 있지 않는 것이 있을까마는 봄향기가 그 달래의 줄기를 따라 나의 온 몸으로 전류처럼 흐르고 있음을 느끼게 된다.

맛있는 봄향기에 취하다보니 나도 그런 봄향기를 품고 싶고 그런 봄향기를 발산할 수 있는 사람이 되고 싶다는 생각과 함께 과연 나는 어떠한 향을 품고 어떠한 향을 발산하며 살아가고 있는지 되돌아보게 된다. 푸른 하늘 아래, 생긋 웃는 그 봄의 모습이 아름답다.

2007. 4. 3.

♥ 직접 캐어 먹는 달래의 맛은 사먹는 달래와 비할 수 없겠지.…. -신익-
♥ 달래라…. 그 이름도 이쁘네…. -이동-
♥ 봄나물의 향기에 취해보는 것도 좋을 듯. -조인-
♥ 냉이 무침에 쑥국, 돌 나물에 도토리묵, 작년에 담근 갓김치, 파김치…. 거기에 숭어회를 곁들여 지난 주 회진(보성)에서 맛있게 먹은 기억이 아직도 생생한데…. -양기-
♥ 남도의 정취를 물씬 풍기며, 봄내음을 전해주어 고맙습니다. 봄내음을 맡기 위해 교외로 나가봐야 할 텐데…. 언제 시간 내서 아이들과 봄나들이를 가봐야 하겠습니다. -민현-

소중한 사람, 소중한 사랑

어머니를 뵙기 위해 충주에 갈 일이 있어 큰 아이와 함께 토요일 아침에 내려가 일요일 아침에 올라올 예정이었고, 그런 예정사항을 어머니께 말씀드리니 작은 아이와 며느리는 왜 내려오지 않느냐고 물으신다. 작은 아이가 토요일 저녁에 성당에서 일이 있어 같이 내려가지 못하게 되었다고 말씀드리니 그럼 토요일 늦게라도 작은 아이, 며느리와 함께 내려오라고 하신다. 어머니 맘 속에는 아들과 큰 손자 외에도 그리움의 대상이 더 있구나 하는 생각으로 결국 나는 큰아이와 함께 먼저 내려가고 나머지 가족들은 저녁에 내려가기로 하였다.

가는 길에 남한산성 부근에 있는, 두부를 맛있게 하는 식당에 들러 두부를 주문하여 포장하고, 지방도를 이용하여 충주로 향하니 여유로움이 함께 달리고 있었고 늘상 가는 길이지만 보이지 않던 것들을 많이 보게 된다. 보아달라고 외치는 간판들의 외침소리도 들을 수 있고, 능력있는 후손들 덕택에 양지에서 따뜻한 햇볕을 쬐면서 옹기종기 모여앉아 오순도순 세상사는 이야기를 하고 있는 영혼들의 모습들도 보이는 듯하다. 사회에서 손자 자랑을 하기 위해서는 만원을 내고 해야 한다는 말들이 있고 요즈음은 만원씩 내고서도 손자 자랑을 하는 사람이 하도 많아서 손자 자랑을 하려는 사람에게 오히려 만원을 주면서 손자 자랑을 막는다고 하던데 위 영혼들은 같은 후손 내지 후손의 후손들의 이야기들로 쉴 틈도 없는 것은 아닐까?

　시골집에 도착하여 어머니와 함께 두부를 앞에 놓고 술잔을 함께 나누는 자리가 만들어진다. 아버지께서 살아계실 때에는 아버지와 함께 소주 각 한 병에 추가 한 병, 두 병이 진행되었는데… 어머니와의 술자리가 아버지를 더 생각하게 만들기도 한다. 항상 그곳에 계신 어머니, 그래서 내가 더 행복한 것인데 나는 그 행복을 마음속에 소중하게 간직하고 그 행복을 지키기 위해 무엇을 어떻게 하였으며 현재는 무엇을 어떻게 하고 있는 것인지 되돌아보게 된다. 지난번에 내려왔을 때 우연히 보게 된 어머니의 건강진단서, 비타민과 칼슘 등이 부족하다는 내용 등등… 아들로서 어머니의 그런 건강진단 내용도 모르고 있었다는 자책감, 어찌 보면 연세 드신 어른들께 당연히 챙겨드려야 하는 것들인데도 챙겨드리지 못한 사실에 마음이 아팠다. 그런 아들임에도 70대 중반이신 어머니는 40대 중반을 향해가고 있는 아들의 건강을 오히려 염려하신다. 항상 건강한 몸을 보여드리는 것이 어머니께 의무라는 생각도 든다.

　특별히 잘해드리는 것 없는 아들일지라도 당신께는 소중한 존재이고 행복을 만들어주는 존재가 되는 것일까? 세상에는 눈감으면 볼 수 없으나 늘 그곳에 존재하는 것이 많다는 느낌이 든다. 아들과 손자들, 그리고 며느리를 보고 싶은 마음이 얼마나 크실까 하는 생각과 함께, 매일같이 아들을 포옹하면서 사랑한다는 말을 해주는 자신인데 뒤집어 생각하면 나 역시 어머니께 그와 똑같은 존재로서 그런 사랑을 받고 자랐고 현재도 받고 있음에도 왜 나는 자주 어머니께 그만큼 그렇게 표현하지 못하였는지 반성을 하게 되고 이제부터라도 만나고 헤어질 때 필수 코스로 포옹과 함께 어머니께 사랑고백을 해야겠다는 생각이 든다.

　내가 무조건적인 사랑을 받고 있음에 나 역시 어머니께 그런 무조건
적인 사랑을 표현하고 싶은 것이다.

2009. 4. 3.

♥ 글을 읽으며 맑은 부장님 얼굴 뵙는 거 같아 반가웠습니다. 부모님의 사랑, 다시 한번 생각
　하게 해 주셔서 감사해요.~ 입사 초, 어떤 검사님이 동백꽃을 가장 사랑한다고 하셨는데
　전 그땐 "에, 그 꽃이 예뻐요?" 했었답니다. 그러나 지금 동백꽃을 바라보면 어떤 향기롭고
　화려한 꽃보다 아름답습니다. 세월이 흘러감에 따라 세상의 아름다움을 깊이 있게 볼 수
　있게 됨을 감사드립니다. 부장님 항상 건강하세요~ ^^ -장완-
♥ 부장님 글을 읽다 보면 항상 잔잔한 감동이 일어납니다. 저도 이번 일요일에 어머님 모시
　고 봄나들이 시켜드리기로 약속했는데 어디로 모시고 가야 할지 아직도 정하지 못해서 걱
　정입니다. 더구나 어머님께서 친하게 지내시는 경로당의 할머니 세 분(혹시 네 분이 될지
　도)과 같이 가자고 하셨고 소녀처럼 들떠서 기대하고 계시는데 어디를 구경시켜 드리는
　게 좋을지 걱정입니다^^ 남한산성, 양평 부근, 미사리, 통일동산, 포천 등 어디로 가야할지
　요. 연세는 모두들 80대이시고요…. 어디든 좋다고는 하시는데…. -김용-

아버지의 기일을 맞이하여

아버지의 기일을 맞이하여 충주에 다녀왔다. 지난 해에는 내가 중국에 있었던 관계로 참석하지 못하였기에 처음 맞는 기일이라고 할 수도 있다. 왠지 슬프다. 아버지에 대한 아름다운 추억이 별로 없지만 그래도 아버지를 생각하니 그냥 슬프다.

나를 돌아보며 한숨도 나오고 마음도 아프다. 아내는 왜 한숨이냐고 한다. 무슨 이유가 있을까? 그냥 그리운 것이고 그냥 마음이 아픈 것일 뿐 시간이 흐르면서 나의 존재를 느끼게 되고 나의 정체성을 느끼게 된다. 내가 나로서 오늘 존재하는 것.

지금 창문 밖에서 비가 내리고 있다.
다시 소주 한잔을 마셔야 할 분위기다.
축축하다.
마음이 축축하다.

2004. 11. 26.

마늘을 캐면서

　마늘을 캘 때가 되었으니 특별한 일이 없으면 날짜를 맞추어 내려올 수 있느냐는 어머니의 말씀을 듣고 7살에서 9살까지의 아이들 5명을 데리고 충주를 다녀왔다. 비가 조금 내리는 날씨였고 쨍쨍 내리쬐는 것보다는 오히려 좋았다. 아이들에게 마늘을 캘 수 있느냐고 하였더니 한결같이 자신이 제일 많이 캘 것이라고 하더니만 몇 개를 만져보고 몇 개를 캐 보고는 자신들이 할 수 있는 것이 아님을 알고는 더 이상 밭에 발을 들여놓지 않고 자기들끼리의 시간을 보내기에 바쁜 모습들이다.

　돌아가신 아버지께서 병원에 입원하여 계셨고, 어머니께서 병간호를 하고 계실 당시에 동네 어른들께서 대신 놓아주신(심어주신) 마늘이기에 내게는 또 다른 느낌으로 다가온다. 마늘을 캐면서 같은 땅에서 자란 마늘임에도 마늘마다 생김새와 크기가 서로 다른 모습을 보면서 신기하였고, 자식 농사라는 표현도 조금은 이해할 수 있을 듯 하였다. 부모 마음에 잘 성장하여준 아이들을 보면서 뿌듯함을 느끼듯이 잘 자라준 농작물을 보는 농민들의 마음 또한 마찬가지가 아닐까 하는 느낌과 함께 그 마늘을 보면서, 내가 수확하는 입장은 아니지만 나 역시 감사하는 마음을 갖게 된다.

　아이들을 데리고 내려온 책임을 다 하기 위해 경운기에 아이들 5명을 태우고 경운기 드라이브를 하였다. 털털거리며 시골길을 달리는 경운기 안에서의 아이들의 얼굴에는 신기한 느낌들로 가득 차 있었고, 가는 중간 중간에 아이들에게 자연을 느끼게 해 주기 위해 뽕나무 열매인 오동과 산딸기 등을 따주었더니 아이들은 나름대로의 맛을 음미하면서 새로운 세계를 접할 수 있다는 사실에 즐거워하는 표정들이었다. 경운기를 세우고 네 다리와 아직 꼬리가 달려있는 올챙이를 잡아 만져보도록 하니 정말 신기한 눈빛들로 바라본다.

개울에 도착하여 올갱이(다슬기)를 잡아주었고, 미꾸라지도 잡아 주었더니 추어탕을 떠올리는 아이들의 모습들이 오히려 반가웠다. 저수지의 필요성 등에 대하여 나름대로 아이들에게 설명을 해 주고, 높은 곳에 저수지가 만들어져 개울에 물이 조금밖에 없는데도 개울물에 있는 작은 생명체를 살펴보고자 하는 아이들의 몸과 눈동자들이 너무도 바쁘게 움직이고 있음도 확인할 수 있었다. 아이들로 하여금 시골의 풍경을 느끼게 해주고 아이들과 함께 즐거운 시간을 함께하고 집에 돌아오니 모두들 즐거운 표정들이다.

아이들과 함께 하면 내가 그들로부터 많은 것을 배울 수 있기에 언제나 즐거운 시간이 된다. 다음에는 옥수수를 따러 또 내려오기로 하고 아이들과의 충주에서의 시간을 즐겁게 마무리한 하루였다.

2003. 6. 26.

♥ 기꺼이 아이들을 데려가 주는 마음, 쉽게 접하지 못하는 자연을 느끼게 해 주려는 마음, 행여 다칠까 챙겨주시는 마음, 그 큰 사랑에 늦게나마 감사드립니다. -주*주-
♥ 고향의 푸근함 느끼시고 아이들에겐 자연과 벗할 좋은 기회를 만드셨군요. -김가-

비닐하우스 가족들

　어머니께서 비닐하우스에 있는 배추를 뽑을 때가 되었고, 김치를 담가주시겠다고 하시며 다녀가라고 하시어 고향을 다녀왔다. 비닐하우스에는 상추, 아욱, 고추, 강낭콩, 방울토마토, 배추 등이 옹기종기 사이좋게 잘 지내고 있었다. 어릴 적에, 강남에서 온다는 제비와 강낭콩이 무슨 관련이 있는 것이 아닐까 하는 생각을 하곤 했었는데 그 때 그 모습대로 그 강낭콩도 변함없이 잘 자라고 있었다.

　상추와 아욱은 이미 황혼기에 접어들어 자식농사를 마무리 짓는 시점

이 되어 내년의 준비를 하고 있었다. 내가 자라던 그 시절에는 동네에 방울토마토라는 것이 없었는데 언제부터 그 방울토마토가 비닐하우스의 새로운 가족으로서 한 구석을 점하고 있는 것이 어린 시절과 달라진 현재의 모습이다. 밭에서 잘 자라고 있는 상추만 보면 왠지 반갑고 가까이 가서 만져보고 싶고, 먹고 싶은 그 마음은 변함이 없어 그 유혹에 항상 넘어갈 수밖에 없다.

어머니께서 만들어 주신 김치가 너무 맛이 있어, 저녁을 먹고 서울에 도착한 시간이 밤 10시가 되었는데 새로이 밥 한 그릇과 김치 한 무더기를 소화해 냈다. 한달에 한번쯤 고향의 푸근함을 느낄 수 있는 나는 정말로 행복한 녀석이다. 그런 행복이 주위에 많이 퍼져 나갔으면 좋겠고 모두 모두 행복 속에서 행복을 느끼며 행복을 꿈꾸며 지내기를 바라는 마음이다.

2001. 6.

♥ 결혼 15년이 넘도록 아직도 그 맛이 그리워지는 것은 부모님들의 무조건적인 희생이 있음이 아닐까 생각해 봅니다. 지난 주 다녀온 고향, 단맛이 가실 새라 비오기 전에 따 두었던 참외는 아이들이 보고 자지러지게 웃을 만큼 못생겼지요. 하지만 그 맛만은 가락시장에서 방금 올라온 큼지막하고 미끈하게 잘생긴 참외와는 비교도 안될 만큼 일품이었답니다. 비닐하우스 안에 몇 포기 꽂아둔 참외가 올해는 그런대로 타이밍을 잘 맞춰 손주들 먹일 수 있게 되었다고 행복한 웃음을 지으시던 부모님, 난 그분들을 위해 얼마만큼의 나 자신까지 내어놓으며 희생할 수 있었던지 돌이켜 봅니다. 내 아이가 자라 고향에서 자라던 내 나이만큼이 된 지금, 이제야 끝없는 그 사랑을 알게 되었습니다. -조정-

어머니의 목걸이

한달에 한 두번 다니는 어머니의 집, 내가 나고 자란 곳인데 왠지 지금은 어머니의 집처럼 느껴진다. 늘 마음 한 구석의 미안한 맘과 함께 하게 되고, 어머니를 뵐 때마다 어머니와 무슨 추억의 시간을 만들 것인지 이런 저런 생각을 하게 되고 이번에는 토요일 오후시간을 이용하여 어머니를 모시고 수안보 온천에 가게 되었다. 겨울에는 누가 뭐래도 온천욕이 좋을 듯하여.

어머니도 겨울에 온천을 다니시는 것을 좋아하신다. 아버지가 계실 때는 세 명이 같이 가기도 하였는데 이제 단둘이 다니게 되었다. 어머니를 모시고, 어머니는 항상 승용차 뒷좌석에 타신다. 편하신 모양이다. 아버지가 돌아가신 후 둘이서 지내는 것도 색다른 느낌이 든다. 어머니와 함께 따뜻한 욕조에 들어앉아 있는 시간, 사람이 그리운 어머니와 세상을 살아가는 이야기를 나누면 시간가는 줄 모른다. 말주변이 없는 아들도 어머니의 말씀을 들으며 어머니와 함께 어머니의 역사를 듣게 된다.

온천욕을 마치고 어머니와 함께 이마트에 가서 어머니께서 필요로 하는 물건 이것저것을 사면서 자주 나오시기 힘드시니 한바퀴 더 돌고 오시라고 하니 물건 하나를 더 집어 오신다. 그 많은 물건들 중에 필요한 것이 그리도 없나요 하니 허허 웃으신다. 참 많기도 한 물건들, 다 세상 사에 필요한 물건이건만 어머니에게 필요한 것들이 그리도 없을까 하는 생각을 하면서, 어머니께 과일 중에 드시고 싶으신 것을 골라 사시라고 하니 살 것이 없다고 하시기에 오렌지 한박스를 집어 카트에 담는다.

어머니와의 만찬, 철없던 시절에는 어머니께서 해주시는 밥이 최고라고 하면서 어머니의 손맛을 재촉하였지만 이제는 그것이 아님을 알게 되고 더구나 혼자 해 드시는 모습을 생각하면, 무슨 밥맛이 있으실까 하는 생각과 함께 마음만 아림을 느끼게 된다. 어머니께 좋은 것이 무엇일까 하면서 식당 골목을 다니던 중 어머니의 의견에 따라 오리집을 선택하게 되었고 오리 한 마리를, 죽까지 두 명이 모두 먹었으니 참 많이 먹었다는 생각이 든다.

아내와 아이들이 저녁에 내려오기로 하였으나 갑자기 눈이 내리고 날씨가 추워지자 어머니께서 다음에 내려오라고 하시고 며느리, 손자들과의 만남은 이루어지지 못하였다.

아침에 일어나니 새로이 가족이 된 강아지들의 깨갱 소리가 귀를 즐겁게 한다. 어머니의 적적함을 해소해주는 귀여운 소재라는 생각에 고맙기도 하다. 집을 떠나 삶의 현장으로 되돌아갈 시점, 어머니께서는 가래떡을 만들어 주시고, 배추, 무, 파 등 이것 저것 주섬주섬 담아주신다.

서울로 출발하려 하는데 어머니께서 자그마한 봉투를 내미신다. 궁금하여 무엇이냐고 여쭈며 열어보니 목걸이였다. 언제 차시던 것인지도 모르겠는 고이고이 보관하시던 당신의 목걸이인 것이다. "금 목걸이 1 냥짜리인데 5돈짜리 반지 2개를 만들어 손자 며느리들에게 나중에 전해줘라." 라는 말씀과 함께, 받아야 하는 것인지 받지 말아야 하는 것인지…, 나중에 주시라고 해도 극구 만류하시며 당신이 앞으로 어찌될지 모르니 잘 간직하고 있다가 잘 전해주라는 말씀으로 강조를 하신다. 당신의 손자들이 이제 5학년, 3학년이 되는데, 작은 아이의 소망이 '운동 잘하는 교황님'이라고 하는데 등등의 생각을 하면서 나만의 웃음을 만들어본다.

서울에 도착하여 전화를 드리니 만두를 깜박하고 보내지 못하셨다고 하신다. 동치미 고추를 넣어 손수 만드신 어머니표 만두. "다음에 내려가서 먹으면 되지요."라고 말씀드리니 내일 택배로 보낼테니 아이들과 함께 먹으라고 하신다. 다음 날 택배를 받았다는 아내의 전화를 받고 어머니께 전화를 드리니 "지난 주말에는 아들하고 온천도 가고, 이마트에서 필요한 것도 사고, 아들하고 식사도 하고 용돈도 받고 하여 행복하였다." 라고 하신다. 오히려 그 말씀에 가슴이 미어져온다. 잘 해야 할텐데 라는 생각과 함께.

2005. 12. 28.

가을비

가을비가 내린다.
추적추적
내리는 가을비에
나무들이 떨고 있다.
이미 옷을 다 벗어버린 나무들도 있고
쌓인 낙엽을 보면서
세월을 느끼게 된다.
나의 흔적들도 낙엽과 함께 뒹굴고 있는 것은 아닐까?
늘 그렇게 낙엽은 지지만 그 낙엽을 바라보는 느낌은
늘 다르다.
지난 해의 것과
지금의 것과
다음 해의 것
가을비가 내리고
겨울이 되면
마음 시린 사람들이 많을텐데…
마음 아픈 사람들이 많을텐데….   2005. 11. 8.

어머니께 보내드린 선물

　금요일 오후, 고향 충주에서 홀로 지내시는 어머니를 뵈러 가기로 약속한 날이다. 주말을 이용하여 가족들과 함께 찾아뵙기로 하였는데 갑자기 다른 일이 생겨 가족들과 함께 가는 날을 2주간 미룰 수밖에 없는 상황이 발생하였다. 한 달에 한두 번 있는 어머니와의 만남이 무산되고, 그 깨어진 약속 때문에 아쉬움을 말씀하시는 어머니의 음성을 들으니 내 맘도 편치가 않다. 아들, 며느리, 손자들을 만날 날을 손꼽아 기다리셨을 어머니의 실망감을 채워드려야 할 아들로서의 책임과 의무를 느끼게 되고 어찌 할 것인가를 잠시 생각하게 되었다.

　나의 마음속에 가장 소중한 존재로서 보고 싶은 어머니이지만 자식이 부모를 그리워하는 마음과, 부모가 자식을 보고 싶어 하는 마음을 어찌 비교할 수 있을까? 하물며 홀로 계시는 어머니께서 느끼실 그 아쉬움이 무척 크실 것이라는 생각에 이르게 되었다. 갑자기 스쳐지나가는 KTX의 "당신을 보내세요!" 라는 광고 문구처럼 '나' 라는 존재를 즉시 어머니께 선물로 보내기로 하였다. 광주에서 충주까지 버스로 선물이 이동하는 시간 약 3시간 30분 정도, 비록 KTX처럼 빠르지는 않지만 선물이 잘 전달되기를 바라는 맘으로….

　퇴근 후 직행버스에 선물을 싣고 설레는 맘으로, 그리운 맘으로 출발을 한다. 충주에 도착하여 편의점에 들러 어머니와 함께 마실 술 한 병과 불고기 등 이것저것 안주를 마련하고, 시내버스가 끊어진 시간이라 선물을 택시에 실어 보낼 수밖에 없었다. 자정이 되어서야 비로소 선물을 어머니께 무사히 배달하고 나니 어머니께서도 선물에 흡족하신지 환한 미소로 선물을 맞이하신다. 어머니를 도와 함께 저녁을 차려 늦은 저녁을 간단히 마무리하고 어머니와 함께 술 한 잔을 나눈다. 세상사에 대한 이야기를 나누며 어머니와 아들이 같이 마시는 술, 소중한 선물을 받으셨기 때문인지는 모르겠으나 어머니께서는 술이 맛있다고 하신다. 제가 없는 동안에 술꾼이 되신 것은 아니냐는 나의 한마디에 그럴지도 모르지 라고 하시며 사랑의 미소를 지으신다. 단둘이 즐기는 시간, 모자의 정을 나누는 자리가 계속된다.

　선물, 어릴 적에 별로 받아보지 못하였기에 그 선물의 가치도 잘 모른다. 어려운 농촌시절 생일날이면 미역국과 수수팥떡을 해 주시던 어머니, 이제는 그것이 그리움의 조각이 되었지만 당시에는 그것이 생일날 있을 수 있는 전부라고 알았었다. 요즘에는 너무도 많은 먹을 것, 입을 것 등이 있지만 70년대 초 농촌에서야 무슨 선물이 있었겠는가? 그냥 열심히 뛰어놀 수 있는 자연 그 자체가 축복받은 가장 큰 선물이었다. 한편 내가 어머니께 선물로서의 가치는 얼마나 될까 라는 생각과 함께 어머니께 "선물을 받으신 기분이 어떠세요?" 라고 여쭈니 "최고의 선물을 보내주어 고맙다." 라고 화답하신다.

　어머니를 뵐 때마다 늘 그러하듯이, 지난 번 시골을 방문하였을 때부터 현재까지 있었던 동네 상황들에 대하여, 누구누구는 어떻게 지내고 있고, 무슨 일들이 있었는지 등 자세한 이야기들이 진행이 된다. 당일 평화의 댐으로 관광을 다녀오셨음에도 지친 모습이 없으시다. 그런 모습을 보면서 맘에 드시는 선물을 받으신 약효가 아닐까 하는 나만의 생각을 해 보게 된다. 어머니의 그 많은 이야기를 들어줄 수 있는 나의 행복함, 아들에게 즐겁게 이야기를 해 주시는 어머니, 어머니의 즐거운 이야기를 오래오래 듣고 싶은 소망을 가져본다. 평소 말주변이 없는 선물도 어머니의 이야기를 들으면서 같이 맞장구를 치기도 하고 나의 이야기들도 늘어놓게 된다. 비록 멀리 떨어져 살아가지만 맘 깊은 곳에는 서로를 위하는, 비록 표현하기는 어려우나 서로를 생각해주는 애틋한 맘이 새록새록 자라고 있음도 느끼게 된다.

밝은 햇살이 퍼지면서 하루가 시작되었음을 느끼게 되고, 맛있는 아침을 준비하신 어머니, 한결같이 자연이 준 선물 그 자체로 이루어진 것들이다. 자연과 함께 자란 인공의 선물이 자연 그 자체와 만나는 시간이다. 예전에는 어머니의 손맛이 그리워 집에서 식사를 많이 하였으나 이제는 그것이 나만의 추억일 뿐 어머니께는 또 다른 고통일 수 있음에 조심스럽기도 하여 고향에 내려오면 어머니와 함께 밖에서 식사를 자주하게 된다. 또한 어머니를 뵐 때마다, 언젠가는 내가 식사를 준비하여 어머니와 함께 하겠다는 다짐을 하지만 그냥 공수표만 날리고 있을 뿐 실천이 잘 되지 않는다.

식사를 마치고 집 주변 이곳저곳을 살펴본다. 자연과 함께 잘 자라고 있는 자연 그대로의 모습들, 가지가 늘어질 정도로 매달려 있는 살구들, 어릴 적에는 그것도 좋은 먹을거리로서 자연이 주는 선물이었는데, 이제는 관심을 가져주는 사람도 적고, 예전의 그 맛도 아닌 듯한 입맛의 변덕스러움, 선물의 종류가 바뀌어가듯이 자연의 선물도 선물로서의 가치가 변해가는 것은 아닐까? 어머니는 돌아다니고 있는 선물에게 이것저것 이야기를 해 주신다. 자연에 대하여, 자연의 선물 등등에 대하여. 움직이는 선물이 이곳저곳을 둘러보고 집에 도착하니 밖에 나가셨던 어머니도 돌아와 계신다. 이웃집에서 소주 한 잔 권하는 것을 사양하시고, 아들과 함께 술을 한 잔 하기 위해 그냥 오셨다는 어머니의 말씀, 어머니와 함께 술잔을 부딪치면서 어머니의 마음을 받아 간직할 수 있는 나는 행복한 놈임을 느끼게 되고, 같이 할 수 없어 더 그리운 아버지가 더욱 그리워진다.

시간은 흘러 떠나야 할 시간, 선물이 왔다가 다시 떠나고, 받으셨던 선물을 되돌려주셔야 하는 어머니로서는 다시 마음 한 구석이 벌써 허전하신 듯 하다. 만남과 헤어짐 속에서 늘 느끼는 아쉬움이지만 "담담주에 다시 내려올게요."라는 말과 함께 선물은 다시 떠나간다. 바리바리 싸주시는 고추, 가지, 오이, 감자, 토마토 등등, 모든 것이 어머니의 마음이자 자연 그 자체의 선물인 것들, 박스 한 개에 가득 채워진 어머니의 사랑, 박스가 무거운 만큼 어머니의 사랑도 무거운 것일까! 어머니께 배달된 선물이 다시 떠난다. 그리움과 함께….

그리운 가슴으로, 넓은 가슴으로 어머니와 뜨거운 포옹을 하며 작별인사를 나눈다. 어머니의 자식 사랑과 나의 어머니에 대한 사랑을 어찌 감히 비교할 수 있을까마는 "사랑합니다. 어머니께서 저를 사랑하시는 것보다 제가 더 많이 어머니를 사랑합니다. 건강하시어 오래 오래 술 한 잔을 나눌 수 있는 어머니와 아들이 되었으면 좋겠습니다." 라는 말씀을 전해드림과 함께.

2006. 7. 24.

♥ 벗의 따사로운 마음을 배우고자 하지만 나는 이틀 동안 아이들을 맡겨 놓고도 전화조차 하지 않았네. 같이 할 시간이 얼마 남지 않았음을 알면서도 왜 이리 게으른지. 마음만 바쁘다네. 진정 내게 중요한 일이 무엇인지 생각하게 하는구나. -임운-

♥ 일요일이 아버지 생신이라 식구들, 친척과 식사하고 용돈 조금 드렸는데 자식으로서 잘하고 있는지 다시한번 생각해보게 된다. -최재-

행복 나눔 이상대 검사와 함께사는 세상

어머니와 함께 남도여행을

늘 그리움의 대상이신 어머니, 나 또한 어머니의 그리움의 대상일까? 어머니와 단둘이 떠나는 여행을 하고 싶었는데 내가 광주로 오게됨을 계기로 어머니께 광주로 오시어 가을여행을 하시자고 말씀드리니 흔쾌히 동의를 하시었다. 어머니와 함께 하는 가을여행, 사랑하는 사람과의 동행은 항상 아름다울 수밖에 없는 듯하다. 늘 부끄러운 자식을, 늘 자랑스럽게 생각하고 계실 듯한 어머니와 함께.

토요일 아침 일찍 어머니와 함께 해남으로 출발하였다. 비가 조금씩 내려 운치를 더해 준다. 해남에서 윤선도 등의 삶의 흔적을 둘러보고 그 시절의 그 사람들을 가슴으로 만나보고, 우수영 관광지를 둘러보며 이 나라의 오늘을 있도록 만들어준 이순신이라는 사람의 흔적을 가슴에 새겨본다. 요즈음처럼 어지러운 시대에 그분들이 계시다면 무슨 말씀을 하실지 왠지 궁금해진다.

진도대교를 넘어 1시가 지나 급하게 점심을 먹고 진도 향토문화회관에서 2시에 개최되는 국악 공연을 관람하였다. 초원이의 다리가 백만불 짜리가 되듯이 그 공연도 충분히 백만불 이상의 가치가 될 수 있겠다는 생각이 들었다. 그것도 무료로, 인간문화재들이 등장하는 공연임에도, 판소리, 사물놀이, 민요, 창극 등 그날의 주제인 '봄이 오는 소리' 처럼 봄이 오는 길목에서 아름다운 소리를 들을 수 있어 좋았다.

태어나 처음으로 접하는 백만불 짜리 국악 공연 모습에 내 가슴이 한국 사람의 가슴임을 느꼈고, 공연이 끝나고 운림산방을 둘러보고, 소치 기념관에 들러 그 시대 그만큼의 큰 인물들이, 그렇게 훌륭한 가문이 있었음에 새삼 놀랄 수밖에 없었다(남도 문인화의 맥을 5대에 걸쳐 이어 온 가문).

진도라는 작은 섬이 그냥 남쪽 바다의 작은 섬이라고 생각했었는데 오늘의 잠시 둘러봄으로, 단순히 작은 섬이 아니라 정말로 보배로운 섬이라는 사실을 알게 되었다. 인간문화재들이 출연하여 그와 같은 공연을 할 수 있는 곳이 또 있을까 하는 생각에 무료가 아닌 유료로라도 널리 알리고 싶다는 생각이 들었다.

차를 몰아 다시 해남으로 돌아와 숙박할 곳에 짐을 풀고 주변의 식당에서 저녁을 하면서 어머니와 함께 걸친 동동주 한잔, 마음을 담아 주고받으니 동동주의 맛 또한 더 맛있는 듯하다. 아침 7시에 어머니와 함께 해남 성당에서의 미사 참례, 어머니께서는 무슨 기도를 하셨을까?

어머니를 향한 아들의 마음을 누구는 알고 계시겠지. 어머니의 손을 잡고 드리는 주의 기도.

가는 날이 장날이라고 그날 해남에서 땅끝마을마라톤 대회가 개최되어 교통 통제에 막힐 것을 우려하여 바로 완도로 향했다. 완도에서 전복죽으로 아침을 정리하고, 완도의 해신 촬영 세트장을 둘러보았다. 별 기대를 하지 않았는데 다른 곳과는 달리 당시 촬영된 사진들을 곳곳에 걸어 놓아 드라마를 본 적이 없는 사람들에게도 좋은 관광이 될 수 있을 듯하였고, 다른 드라마 촬영장보다 좋다는 어머니의 평가와 함께 잘 왔다는 생각이 들었다.

완도에서 완도수목원, 어촌민속전시관 등을 잠시 둘러보고 점심을 생각하다가 이왕 떠난 김에 보길도까지 가기로 하여 배를 타고 1시간 10

분 정도 소요되는 보길도에 가게 되었다. 귀가시간을 맞추기 위해 보길도에서 머무를 수 있는 시간이 2시간 정도, 식당에 예약을 해 놓고 윤선도 유적지인 세연정 등을 둘러보고 식당에 도착하니 3시가 조금 넘은 시간이 되었고 급히 식사를 마치고 다시 배를 타고 해남의 땅끝마을을 향한 여정에 올랐다. 어머니를 모시고 다시 올 기회가 또 있을까 하는 생각에 무리하게 완도, 보길도, 땅끝마을로 조금은 힘든 여정들이 이어졌다. 땅끝마을에 이르러 전망대에 올라 넓은 남쪽 바다를 둘러보는 것으로 여정을 마치고 차를 돌려 다시 광주에 도착하니 저녁 8시가 넘었고, 늦은 저녁을 먹고 관사로 돌아와, 그리운 사람이 방문하면 같이 하려고 미리 준비한 와인을 꺼내어 어머니와 와인 한잔을 나누며 어머니와의 오붓한 여행을 정리하였다.

어머니께서는 아들과 함께 여행을 잘 다녔고, 가기 힘든 곳들을 같이 다니게 되어 행복한 여행이었다고 하신다. 아들로서 항상 미안한 마음 뿐인데, 그 미안한 마음을 조금이나마 보답했다는 생각에 조금의 위안을 받는다. 오래 오래 나의 옆에서, 아름답게 살려고 노력하는 아들을 지켜봐 주시기를 바라는 마음으로.

2006. 4. 5.

♥ 난 한달 전에 처랑 단둘이 여수 향일암을 다녀왔는데 참 좋더라. 그런데 상대 글을 보니 한참 부끄러워진다. -윤덕-

♥ 상대야! 나도 한번 엄마랑 다녀오고 싶구나. 어디 어디 어떻게 가는 것이 좋은지 들를 장소와 이동 시간 등을 좀 알려 주렴. -김일-

♥ 어머니와 사랑할 수 있는 관계가 좋은 것이지. 그렇지 못한 사람도 많더라. 상대가 살아가는 모습이 참 보기 좋다. -지병-

♥ 오늘 이렇게 아름다운 글을 읽게 되어 자네에게 감사하네. 아내와 함께 한 여행이었다면 이토록 잔잔하면서 가슴 뭉클한 감동은 아니었을 텐데…. 효도를 한다는 그런 진부한 사고를 떠나 연인처럼 애틋한 그리움의 대상으로 만나서 함께한 모자간의 여행이 한 폭의 수채화처럼 청량하여 마음이 다 즐겁네. -양기-

추석 빔

　명절에 시골에 가면 어머니와 우리 가족들 밖에 없다. 큰 집은 울산에 있기에 작은 집인 우리 집은 조촐한 명절을 그야말로 가족들과 함께 보내게 된다. 가족 구성원의 많고 적음을 떠나 함께 할 수 있는 가족이 있다는 것이 행복이고, 추석이건 설이건 가족들과 함께 할 수 있고 같이 나눌 수 있는 가족들이 있다는 것이 행복이다. 어린 시절에는 추석이 되고 설이 되면 설레는 마음이었다. 시골에서 특별한 선물을 받을 수 있는 날이었기 때문이기도 하고 먹을 것이 많은 날이기도 하였기 때문이다. 부모님은 설이 되고 추석이 되면 추석빔, 설빔이라는 이름으로 시장에서 새 옷도 사 주셨고 기회가 되면 시장에서 자장면도 먹을 수 있었다. 당시의 어린 내게는 자장면이면 최고였고 행복하였다.

　내가 성인이 된 어느 시점부터 그런 새옷을 얻어 입을 기회가 없어졌는지 모르겠으나 새로이 등장한 것이 양말이다. 아내와 아이들과 나를 위하여 어머니께서는 명절 때마다 양말 한 켤레씩을 준비해 주신다. 요즈음은 양말이 흔하여 기워 신는 일이 없지만 어렸을 적에는 많이도 기워 신었던 그 양말이 다시 등장을 하였다. 그 양말을 받으면서 어머니의 마음을 느껴보곤 한다. 어머니의 양말에 담긴 마음은 어떠한 맘일까 하는 생각을 하게 된다. 잘은 모르겠지만 어머니의 그 맘을 느끼며 열심히 아름답게 살아야 하겠다는 생각과 함께 올해의 양말을 신어본다.

2009. 10.

어머니의 휴가

어머니께 휴가라는 단어가 있을까? 자식들이 내려오면, 자식들이 같이 동행하자고 하면 그것이 곧 어머니의 쉬는 시간이자 어머니의 휴가가 아니었을까. 시골에서 그냥 시간 가는대로, 계절이 바뀌면 바뀌는대로 그렇게 살아오신 어머니의 시간은 그렇게 또 지나가고 있었던 것이다.

올해에는 어머니의 여름휴가라는 이름으로 어머니와 함께 하고 싶었고 어머니와 둘이서 오붓하게 여행을 하면서 어머니의 지난 이야기들을 또한 듣고 싶었다.

금요일 오후 고향 충주에 내려가 어머니와 이런 저런 이야기를 하며 하룻밤을 지내고, 토요일 아침에 일어나 어머니를 모시고 평창으로 본격적인 나들이 행사를 하게 되었다.

간밤의 비바람에 떨어진 은행나무 열매를 보면서 은행나무도 "아이쿠 내 새끼"라고 하며 탄식을 하고 있는 듯한 마음이 내게로 전달되어 온다.

승용차 뒷좌석에 편히 앉아계신 어머니, 마치 내가 회장님 사모님을 모시고 다니는 기사가 된 듯하다. 평창에 도착하여 이효석 문학관, 이효석 생가, 물레방앗간, 가산공원, 무이예술관 등을 둘러보고 오후에는 허브나라, 방아다리 약수와 앵무새학교 등을 다녔다. 메밀꽃필무렵의 이효석 그 존재 자체로 봉평 마을 전체가 유지되고 있는 그 모습이 부럽기도 하고 훌륭한 한 사람의 역할이 중요하며 결국 사람이 소중하다는 느낌이 팍팍 전달되어진다. 메밀차, 메밀국수, 메밀전병, 허브 빵과 허브차 - 송어회로 이어지는 즐거운 맛의 세계도 같이 하였다.

소중한 사람, 사랑하는 사람과 같이 한다는 것은 기타의 조건과 무관하게 마음 따뜻한 모습일텐데, 거기에 더하여 그 맛있는 음식과 아름다운 볼거리 등이 함께 하니 이것이 진정 최고의 행복이 아니고 무엇이겠는가 하는 생각이 들었다. 허브나라 동산에서, 향기까지도 아름다운 그 수많은 허브꽃을 보면서 그 아름다움이 나의 몸 속에 들어가 내게 그 아름다움이 전달되어지고 결국 나도 아름다운 사람이 되었으면 좋겠다는 생각에 미치게 된다. 아름다운 세상에서 살아가면서 그 아름다움을 얼마나 더 아름답게 만들었는지, 그 아름다움을 추하게 만든 부분은 또 어느 정도였는지 하는 반성의 시간도 갖게 된다.

이곳저곳을 둘러보시고, 아들과 함께 맛있게 식사를 하시면서 어머니께서는 지나온 시간들 이야기를 내게 많이 전해 주신다. 저녁을 먹고 숙소에 들어와서도 어머니의 옛날이야기는 계속되었고, 지난온 시간들을 다시 되돌아볼 수 있는 시간들, 어머니의 옛날이야기에 시간가는 줄 모르고 자정이 넘는 시간까지 어머니의 이야기를 들을 수 있었다.

어머니께 자식들 키우느라 고생 많으셨는데 하나뿐인 아들을 서울로 유학보내고 많이 힘드셨지요 하고 여쭈니 그래도 가야 할 방향으로 잘 가주어 오히려 고마웠다고 하시면서 아들이 속 썩인 적은 별로 기억이 없다고 하시기에 그 별로의 내용을 여쭈시니 다시 기억이 없다고 하신다. 유학 중이던 아들을 위하여, 어머니께서 짐을 이고 지고 서울로 오르락내리락 하셨을 때를 생각하면 지금도 마음이 너무도 아프다는 말씀을 전해드리니 그랬냐고 하시면서 그래도 당시에는 기쁨으로 하셨다고 하신다.

한 인간으로서 아름답게 살려고 노력하고 있고, 그런 과정에서 지난해에 법조봉사대상도 받게 되었고, 촌놈으로서 주어진 위치에서 그 역할을 충실히 하려 하고 있고 더 이상 바랄 것이 없다고 말씀드리니 주위에서도 칭찬을 많이 한다고 하신다. 특히 이웃 마을에 있는 조손가정 고등학생 4명을 후원해주고 있는 것에 대하여 어른들의 칭찬을 자주 듣는다고 하시기에 그 중에 올해 고등학교를 졸업하는 한 명이 이미 엘지에 들어가게 되어 있고 다음 주에 정식 발표를 할 것이라고 말씀드리니 아범이 힘써준 것은 아니냐고 물으시고 나는 그냥 웃을 뿐이었다.

제가 앞으로 어떻게 살았으면 좋겠느냐는 질문에 특별한 바람이 없으시고 단지 건강하게 행복하게 지금처럼 생활하면 더 이상 바랄 것이 없다고 하신다. 제가 이 자리에 있게 된 것이 다 부모님께서 그 동안 많이 베풀어주신 덕분일 것이라는 말씀에는 돌아가신 아버지 말씀을 많이 하신다. 평소 정이 많으셔서 많이 베풀어주셨고 기타 등등 좋은 일을 많이 하셨다고 하시면서 이런 저런 일들에 대하여 장황하게 이야기를 해주신다.

결국 평소 느끼는 '내가 뭣이 잘났기에 이처럼 행복에 겨운 모습으로 살아가고 있는가'에 대한 죄송스러운 마음만 확대 재생산되고 있음을 느끼게 된다. 깊어가는 밤과 함께 어머니의 뜨거운 사랑에 감사하는 맘이 새록새록.

아침이 되어 어머니와 함께하는 휴가 중 마지막 식사를 하고 어머니를 고향집에 모셔다 드리고 떠나오는 시간, 어머니와의 깊은 포옹으로 시작된 어머니와의 짧은 2박 3일, 어머니와의 뜨거운 포옹으로 어머니의 휴가에의 동행을 마무리하면서 어머니와 함께 행복한 시간을 같이 할 수 있어 행복한 자신이었음을 느끼게 된다.

자주 어머니의 마음을, 어머니의 아픔을 어루만져 주어야 할 나 자신인데, 부모님께서 많이 베푸는 삶을 사셨기에 내가 이 자리에 있는 것인데, 하늘에 계신 아버지께서는 지금도 그곳에서 나를 위해 기도를 많이 하고 계실텐데, 내가 잘 해야 할텐데, 잘 살아야 할텐데….

내게 주어진 나만의 시간이 얼마인지 나는 모른다. 오늘인지 내일인지 모르는 삶 속에서 나로 인하여 주위 사람들이 행복할 수 있다면 더 바랄 것이 없겠다.

오후에는 서울시립 소년의집에 있는 대녀들을 만나러 가야 하기에 짧은 휴가로 마무리할 수밖에 없음이 아쉬움이었다. 소년의집에 계신 수녀님으로부터 단순한 대모 대녀 관계가 아닌 그곳 아이들에게 하나의 가족으로 이어주고 싶고, 그 아이들을 가족 구성원으로 이어주기 바란

다는 취지의 말씀을 듣고 아들밖에 없는 우리 가족들은 새로이 2명의
대녀를 소중한 관계로 만나고 있는 것이다. 어머니께 그 취지를 말씀드
리니 잘 해주라고 하신다.

어머니 감사합니다.

제가 잘 할게요.

오래오래 저와 함께 행복한 시간들 많이 만들었으면 좋겠습니다.

2009. 9. 2.

♥ 평소에 항상 아프다고 누워계시다가도 가끔 "엄마 드라이브 갈까?" 하면 벌떡 일어나시어 옷을 챙겨 입으시는 나의 어머니 ~ 어머님께 필요한 건 진짜 관심인거 같아. -유인-

♥ 어제는 모씨가 오늘은 상대가 나를 꾸짖는구나. -임운-

♥ 부모님 모시고 여행 간 게 언제던가…. 후유. -최재-

♥ 상대의 어머니 관련 글을 읽으면…. 늘 부끄러운 생각만 든다. -조인-

♥ 기행문을 따라 읽으면서 함께 기도드립니다. 늘 베푸시는 모습을 뵈면 받으실 것이 많으실 듯합니다. 떠올리기만 해도 푸근한 어머니가 저도 되고 싶습니다. 부모님 모시고 여행간 것이 언제던가…. -주*주-

♥ 친구야! 글을 읽노라니 이 사람 마음이 짠해져 옴을 느낄 수 있었네그려…. -김형-

♥ 결혼과 동시에 어머니라는 자리는 세상을 떠날 때까지 휴가가 있을 수 있을까요? 몸은 쉬고 있어도 항상 자식들 걱정에 맘을 태우고 있으실 테니…. 마음이 따뜻해지는 글, 잘 읽었습니다. -임선-

♥ 어머니. 정말 좋으신 분이구, 또 그 좋은 어머니를 그렇게 받아들이고 이해하고 모시고, 그런 아들의 그 모습 정말 좋아 보여요. 행복한 가을맞이 하세요. -김혜-

♥ 어머니가 계셔서 좋으시겠습니다. 부럽습니다. -김영-

♥ 글을 읽다 보면 항상 잔잔하게 스며드네요. 오랜 시간 보다 보니 에세이집을 시리즈로 읽는 듯합니다. -백지-

♥ 저도 그 여행에 함께 한 듯한 기분마저 듭니다…. 항상 부장님 글은 따뜻하면서 저 자신을 많이 반성하게끔 만듭니다. 항상 건강하십오 ~ -정선-

♥ 잘 읽고 잘 느끼고 잘 보고 갑니다. -고명-

어머니의 앞모습

자식과 부모 사이
어느 정도의 그리움이 쌓여 있는 것일까.
혼자 생활하시는 어머니
약 100킬로미터의 거리를 두고 생활하고 있는 나
어머니의 가슴 속에 쌓여 있을 그리움의 부피
생각처럼 잘 되지 않는 그리움의 안부 전화
어머니를 만나고 헤어질 때면 다시 아픔이 된다.
차를 운전하며 후사경으로 살피는 어머니의 앞모습
다시 그리움이 쌓이는 모습
자식 생각으로 끝이 없을 어머니의 가슴 속 아픔들
뒷모습이 아닌 앞모습을 보는 내 마음이 아프다.
하물며 뒷모습은 더 안타까울 듯 하다.
떠나는 사람이 더 힘들 것이라는 생각을 해 왔는데
홀로 남겨지는 사람이 더 힘들 것이라는 생각도 하게 된다.
홀로 떠나는 사람과 홀로 남는 사람 중에 누가 더 아플까.
홀로 남겨지는 어머니의 앞모습
홀로 새겨야 하는 그리움
홀로 지켜야 하는 아픔들

2007. 1. 9.

행복나눔 이상대 검사와 함께사는 세상

모내기를 하면서

　오랜만에 드높은 하늘이 있다는 것을 확인할 수 있었던 주일이었다. 고등학교 동문 체육행사에 참석할 예정이었는데 어머니께서 주일에 모내기를 할 것이라고 하시면서 시간이 되면 내려오라는 명을 받고 모내기를 도와드리게 되었다. 그리운 친구들과 동문들을 만날 기쁨에, 초대 명예검사를 배출한 동성고등학교 동문 체육행사에 가고 싶었는데 그래도 우선순위는 어머니와 함께 하는 것이라는 생각이었다. 고향으로 향하는 길은 항상 즐거운 것을 기다리는 듯한 설레는 마음이 함께 한다. 어머니께서 계시고, 그리움이 넘치는 고향으로 가는 길, 늦은 시간에 고속버스를 타고 내려가는 길에 차창 밖으로 보이는 희미한 모습들이 푸근함으로 다가온다.

　아침에 일어나 내가 할 일은 모판을 나르고 모판 밑에 덧자란 뿌리들을 제거하는 일이었다. 그야말로 단순노동이고 힘들기도 하였지만 노동의 고통과 노동의 즐거움을 함께 느낄 수 있었다. 초등학교 다니던 시절에는 모내기 봉사활동도 많이 다녔었는데 그 때의 기억이 새롭다. 그 때부터 벌써 막걸리의 맛을 느껴보곤 하였는데 이번에는 차를 운전할 일이 없어 노동 후에 술 한 잔을 할 수 있었다. 넓은 들판에서 먹는 그 막걸리의 맛이 좋았고 밭에서 상추를 뜯어 삼겹살과 함께 하는 그 술 한 잔의 맛은 그 무엇에 비할 수 없는 맛이었다. 어머니와 함께 하는 한 잔의 술이 오래오래 갈 수 있기를 바라는 맘도 보태어졌기 때문일까?

　오전에 모내기를 마치고 오후에는 지난번에 심었던 고추밭에 말뚝을 박는 일을 하였는데 이미 조그마한 고추가 달려 있는 것도 있었다. 일을 마치고 들판을 둘러보니 '우리들은 파릇파릇 움트는 새싹' 의 표현 그대로 싱싱한 모습들이었다. 온통 봄의 푸르름이 함께 하고 있었고, 뒤뜰에 있는 살구나무에도 살구가 많이 달려 있고, 보리수나무, 감나무, 배나무, 복숭아나무 등이 각자의 길을 열심히 가고 있었다. 아버지가 심어 놓으신 자두나무에도 자두가 많이 달려 있었으며 앵두는 이미 발그라니 붉은 얼굴로 변해가고 있었고, 잣나무 상수리에 매달려 있는 잣들은 올해도 여지없이 청솔모의 차지일 듯 하였지만 풍성함을 준비하는 그 모습들이 모두 행복해 보였고 나의 주일 역시 풍성하여 좋았다.

먹어치운다는 말

먹을 것이 한 두개 남아 있을 때 따로 보관하기도 어렵고 하니 그냥 먹는 것으로 처리를 한다는 의미이다. 요즈음에는 먹거리가 그야말로 넘쳐나고, 식당에서는 각종의 반찬이 늘 여유 있게 나오고 많은 양의 음식들이 그냥 쓰레기장으로 직행을 하고 있다. 옛날 옛적의 양반들은 하인들을 위해 어느 정도의 음식을 남기곤 하였다고 한다. 어린 시절, 먹을 것이 부족하던 그 시절에는 하나라도 더 챙겨주고 싶은 마음이 조금은 가미된 의미로서 먹어치운다는 말을 사용하였을 것이라는 생각이 들고 어머니의 먹어치운다는 말씀에도 그러한 마음이 가미되었을 것이라는 생각이 든다.

그냥 먹을 것이 있다는 것 그 자체가 행복이던 어린 시절이 그리울 때가 있다. 요즈음도 어머니와 함께 무엇을 먹을 때면 종종 어머니로부터 먹어치우라는 말을 듣게 된다. 아내는 정말로 싫어하는 단어라고 한다. 하나를 먹더라도 맛있게, 먹고 싶은 마음으로 먹어야지 어찌 먹어치운다는 표현을 써가면서 먹을 것을 먹어야 하느냐는 반문이다. 물론 맞는 말이다. 하나를 먹더라도 즐겁게 먹어야지 마지못해 쓰레기 처리하듯 먹을 것은 아니기에. 하지만 어머니의 그 먹어치운다는 말씀 속에는 조금이나마 더 챙겨주고 싶은 맘이 가미되어 있음을 알고 그러기에 어머니의 맘으로 받아들인다.

식당에서 식사를 주문할 때는 항상 그 양을 걱정해야 하는 것이 요즈음의 상황이다. 아내와 아이들 2명을 포함한 4명이 몇 명 몫을 시킬 것인지? 물론 대부분의 경우 3인분으로 부족하기에 4인분을 주문하지만 항상 남을 음식이 걱정된다. 아이들과 아내가 음식을 조금씩 남기는 경우, 그것도 반찬이 아닌 주식을 남기는 경우 나는 그 남은 음식이 아까워 더 먹게 된다.

　어린 시절 음식을 남기면 벌을 받는다는 말을 참말로 자주 들었고, 밥 한 톨에 들어있는 소중한 땀방울의 의미를 너무도 잘 알고 있기 때문에 남길 수가 없다. 그렇지 않아도 몸관리를 힘들어하면서도 먹는 음식을 남긴다는 것이 쉽게 수용이 되지 않고 조금은 의무감이라는 생각도 들곤 한다. 예전에는 속죄의 마음으로 토요일 점심을 굶곤 하였는데 주 5일 근무가 되면서 토요일 점심을 가족과 함께 하게 된 요즈음은 가끔 평일 점심을 생략하곤 한다.

　내가 버린 음식에 대한 속죄와 가족들이 버린 음식에 대한 속죄의 마음도 있다. 그래도 1년에 한번 정도 풀코스 마라톤을 준비하면서 몸관리를 할 수 있으니 그것 또한 행복이리라.

2005. 12. 1.

아버지께 드리는 편지

아버지! 아버지는 지금 어디 계신가요. 한 달 정도 중환자실에 계셨고, 한 달 정도 일반 병실에 계셨었지요. 병원에 계시는 동안 아버지께 많은 이야기를 해 드리지 못한 것이 마음에 남아 꿈속에서라도 잠시 아버지를 뵙고자 하나 나타나지 않으시고 아버지의 죽음, 장례식 등과 관련된 여러 모습들이 꿈속에 나타나곤 합니다. 중환자실에 계실 때 당신의 어머니를 보고싶다고 하시면서 눈물을 보이셨는데 만나셨는지요. 병원에 계실 동안에라도 평소 제가 잘못한 것에 대하여 용서를 빌었어야 하는데 그러지 못하였습니다. 잠시나마 보다 더 편하게 해 드리려는 마음으로 제가 아버지께 해 드렸던 말씀은 단지 "걱정하지 마시고 편안하게 계세요. 담당의사의 말에 의하면 조만간 다 낫는다고 합니다. 제가 곧 집으로 모셔 갈게요."라는 말씀뿐이었습니다. 아버지께서 중환자실에 계실 때 제가 아버지께 여쭤 보았지요. "상대가 아버지의 속을 많이 썩여 드렸지 않느냐?"고. 아버지께서는 그야말로 정신이 없던 상태였기에 저에게도 존대말을 하시곤 하셨었는데 그 상태에서도 저에게 "아니라고, 전혀 그렇지 않다."고 하셨지요. 제가 알고 있는 바에 의하더라도 저로 인하여 아버지께서 여러 번 슬픔의 눈물을 흘리셨던 것을 기억하고 있는데도 말입니다. 아버지께 용서받지 못한 부분에 대하여 용서를 받기 위해 꿈에서라도 잠시 아버지를 뵙고자 하나 아버지는 매정하시게도 나타나지 않으시네요. 아버지께서 산소호흡기에 의존하여 어렵게 호흡을 하고 계시는 것을 보면서 저는, '아버지께서 평소 무슨 잘못을 그렇게 많이 하셨기에 죽음을 앞두고 이와 같이 고생을 하실까' 하는 부끄러운 생각까지도 하였다는 사실을 부끄럽게 고백하지 않을 수가 없습니다. 아버지를 사진으로나마 처음 대하신 많은 분들이 아버지의 모습이 선하시고 어디선가 많이 뵌 듯하며 좋은 일을 많이 하셨을 것 같다고 이야기를 해 주셨습니다. 사실 아버지는 70년대 새마을 운동을 전후하여 그야말로 가정보다는 주위의 일에 더 바쁘셨지요. 항상 따뜻한 마음으로 주위를 살피셨고, 큰 사랑을 보여주셨지요. 요즈음에도 안암 전철역을 지날 때면 고대병원에 아직도 계실 아버지께 문안인사를 드려야 할 것 같은 느낌을 받곤 합니다. 아버지는 2달 동안 병원에 계시면서 어찌보면 준비된 죽음이었고, 아버지의 죽음 앞에서도 눈물이 나지 않을 것 같았는데 막상 하관예절을 하면서 무심한 눈물이 얼굴을 적시더군요. 때마침 하얀 눈이 조금 내려 아버지의 가시는 길을 하얗게 밝혀 주었습니다. 아버지를 생각하시는 주위 분들의 많은 기도가 있었습니다. 아버지께서는 아름답게 삶을 마감하시고 더 아름다운 곳으로 가 계시겠지요. 이제 조금씩 아버지의 무게를 느낍니다. 아버지께서 살아 계실 동안 다하지 못하신 부분은 이제 저의 몫이겠지요. 제가 살아있는 동안 최선을 다해 열심히 아름답게 저의 삶을 만들어 가도록 하겠습니다. 아버지를 생각하며 올해에는 보다 일찍 아기 예수님을 맞이하고자 크리스마스 장식을 일찍 만들었습니다. 아버지를 위해 많이 기도하도록 하겠습니다. 편히 계세요.

2002. 12. 2.

♥ 아래 글은 평소 모 수녀님으로부터 받은 내용으로 그 무엇과도 바꿀 수 없는 큰 위안을 받았기에 옮겨 보았습니다.

♥ 이 검사님
검사님의 아버님을 위해 미사를 봉헌하는데 아주 좋은 느낌을 받았습니다. 실은 연락을 받고 생미사를 본당에서 봉헌하려고 준비를 했다가 학교 미사가 매주 토요일에 있어 '우리 학생들이 미사할 때 검사님 아버님을 위해 기도하면서 미사하면 좋겠다.'라고 생각하고 있었는데 귀천하셨다고 하기에 생미사를 연미사로 바꾸어 학생들과 함께 기도하며 미사를 봉헌했지요.
그런데…. 미사드릴 때 정말 가슴 따뜻한 아주 큰 평화를 얻었습니다. 아버지 바오로 어르신께서 아주 아주 편안하게 계시다는 것을 느낄 수 있었는데 내가 느낀 그것을 인간의 언어로 다 설명하기란 어렵습니다.
바오로 어르신께서 천국에 계시리라 믿습니다.
또 하늘나라에서 검사님을 많이 도와주시리라 믿구요.
아버님 일로 아내 카타리나도 효도하셨어요.
헌혈도 많이 하는, 약한 이들을 위한 검사님의 사랑에 찬사를 드립니다.
건강에 유의하기 바라며 카타리나에게도 인사 전해 주기를 바라면서 하느님의 축복이 검사님의 가정에 충만하기를 기도합니다.
-박 에메리따 수녀-

♥ 친구의 얼굴은 잘 모르겠지만, 나도 4년여 전에 아버님을 보내드린 적이 있었네. 중환자실에서 기계에 의한 호흡을 하시며 괴로워하시던 아버님의 모습이 문득 떠오르는구만. 착잡한 그 심정을 겪어본 사람만이 알지 않을까 싶네그려. -조인-
♥ 글이 가슴을 아리게 하는군. 아버님에 대해 다시 한번 생각하게 되었어. -박희-
♥ 신앙을 통해 많은 위안을 받는 자네가 부럽군. -황인-

고구마의 울부짖음

주말을 이용하여 고향 충주에 다녀왔다. 지난 추석에 동네 어른들께 저녁 식사를 대접하겠다고 했던 그 약속을 지키기 위해서. 내가 다니던 초등학교의 운동장 내에 게이트볼을 할 수 있는 공간이 있고, 초등학교를 중심으로 주변 마을에 살고 계시는 어른들이 여유시간에 그곳에 오셔서 게이트볼을 하시면서 한가로운 시간을 보내시곤 한다.

아침 일찍 내려가 어머니와 함께 세상 살아가는 이야기를 나누면서 올해의 새로운 수확, 고구마를 캐게 되었고, 매년 변함없이 내게 소중한 것을 내어주는 땅의 소중함과 자연의 위대함, 그리고 어머니의 수고하심 등을 다시 한번 느끼게 되는 순간이 되었다.

고구마와 함께 하면서 고구마와 이런 저런 대화를 나누게 되고 비록 조금이나마 고구마의 심정을 느낄 수가 있었는데 어느 고구마는 겸손으로, 어느 고구마는 아픔으로, 어느 고구마는 분노와 함께 수확이라는 이름으로 나에게로 왔다.

그런데 한편의 고구마는 내게 조금의 시간을 더 줄 수 없느냐는 말을 전해왔다. 자신의 성장을 위해 조금의 시간과 조금의 태양빛이 더 필요하다고 하면서 조금의 시간을 더 주면 자신의 완성을 위해 그 짧은 시간을 아끼고 아껴 사용할 것이라고 한다.

그 맘 속으로 들어가보면, 그리고 조금의 시간이 더 주어진다면 보다 더 실한 고구마가 될 것은 분명한 듯 하지만 나는 그렇게 할 수가 없었다. 이제는 하나씩 둘씩 마무리를 할 시점이고, 이미 심판은 내려진 상태로서, 각각의 고구마들에게 각각의 소망을 다 들어줄 수 없고 더구나 수확의 시점이었기에 그 고구마에게 별도의 시간을 더 줄 수는 없는 입장이었다.

그러면서 나의 이 순간도 그 고구마와 비슷하겠다는 느낌이 들었다. 내가 지금 이 순간에 해야 할 일들, 꼭 해야만 할 일들이 있을 것이고, 조금의 시간을 더 요구할 수 없는 일들이 분명 있으리라는 생각, 내가 지금 하지 않으면 반드시 후회할 일이 있을 것이라는 사실 등등.

내게 주어진 시간이 얼마나 될 것인지, 그 마지막 순간이 언제일지 그 누구도 알 수 없는 상황, 열심히 주어진 상황에서 꼭 해야 할 것을 꼭 해야겠다는 나름의 생각들….

어머니와 함께 고구마를 캐고 나서 저녁 시간에 어머니와 함께 동네 어른들을 모시고 함께 저녁식사를 하게 되었다.

같은 동네에 사시는 분들 중에 게이트볼을 하지 않는 어른들을 빼놓을 수 없다는 생각으로 포함을 시키니 20분이 넘는 숫자가 되었다.

어른들에게 술잔을 채워드리고 나서 어른들에게 "저와 함께 이러한 자리를 같이 해 주시어 감사합니다."라는 말씀을 드리고 한편 "앞으로도 이런 기회를 자주 주십시오."라는 말씀도 전달을 하였다. 물론 많은 부분 나의 하기 나름임을 알면서도….

어른들을 뵐 때마다 돌아가신 아버지가 생각난다. 비슷한 연배임에도 이미 세상을 정리하신지 5년이 되신 아버지, 비록 같이 하시지는 못하시지만 다른 세상에서 당신의 아들이 당신의 친구분들께 저녁 식사 대접을 하는 모습을 지켜보시고 계실 듯한 생각이 들었다.

나머지 시간들도 잘 엮어가야 하리라는 생각과 함께….

2008. 10. 2.

♥ 동네 분들에게 정말 좋은 일 하셨네요. -박서-
♥ 자신의 일상에는 늘 검소하고~ 남을 대할 때는 넉넉한 모습, 후배님의 행복했던 하루가
  눈으로 그려지네요. -최범-
♥ 글을 통해 이 검사의 세심하고 사려 깊은 측면을 보여주네요. 항상 열심·성실·봉사로 살
  아가는 후배님. -임명-
♥ 가슴이 뭉클합니다. -한희-

오동도, 거문도 그리고 백도

여수로 봄을 맞이하기 위해 봄을 찾기 위해 여행을 다녀왔다. 어머니와 함께 동생 가족과 함께, 여행사를 통하여 토요일 아침 7시경 거문도로 향하는 배를 예약하였는데, 며칠 후 여행사로부터 단체 여행객이 있는데 동행을 하면 어떻겠느냐고 한다. 새벽 5시 30경 출발한다고 하기에 일찍 출발하는 것도 좋겠다는 생각에 합류하기로 하였다. 어머니와 동생 가족을 금요일 저녁에 광주로 내려오라고 하여 같이 저녁을 먹고 관사에서 잠시 잠을 청한 후 새벽 2시경에 광주에서 출발하여 안개가 자욱한 고속도로를 이용하여 여수에 도착하니 새벽 5시경이 되었다.

약 600명의 단체객이 모집되어 행사가 진행되었다. 뱃노리 등의 공연도 좋았고, 바다가 고요하여 잠자기에 아주 좋았다. 거문도에 도착하여 점심을 먹게 되었는데 달롱무침(달래의 사투리), 톳 무침, 쑥국 등으로 하는 간단한 아침 식사가 참 맛있었다. 그야말로 그곳에서 나는 자연 그 자체로 하는 식사라고나 할까. 백도로 출발하여 30여분간의 바닷길이 이어졌다. 그곳의 날씨가 좋은 날이 많지 않다고 하는데 그날의 날씨는 더할 나위 없이 좋았다. 어머니를 모시고 가는 입장에서 천지신명께서 도와주신 것일까?

백도의 모습, 아름답다는 표현 이상은 없겠지만 자그마한 섬의 모습, 예전에는 오를 수 있었다고 하는데 지금은 자연보호 차원에서 오를 수 없음이 안타까움이다. 배에는 백도를 설명해주시는 분이 승선하여 무슨 무슨 바위라고 열심히 설명을 해 주신다. 백도를 한바퀴 돌고 다시 거문도로 오는 길은 파도가 없으니 그저 잠이 잘 온다.

거문도에 도착하여 등대에 올랐다. 언제 다시 올 수 있을까 하는 생각이 들었고, 다시 와서 등대에서 숙박을 한번 하고 떠오르는 밝은 해를 바라볼 수 있을 수 있다면 좋겠다는 생각이 들었다. 푸르디 푸른 바다의 모습, 동백숲에는 동박새들이 더불어 살고 있다고 한다. 가족들이 같이 점심을 같이 먹고 거문도 영국인 묘소에 올랐다.

러시아 남하를 막기 위해 거문도를 점령한 영국군들. 역사를 교실에서 십년이 넘게 배웠고, 거문도에 대하여도 중요한 역사적 사실로 알고 있었음에도 그 거문도가 도대체 대한민국의 어디에 붙어있는지도 모르면서 지내왔던 자신의 모습이 부끄러움으로 다가온다. 여행을 다니며 역사를 가슴으로 느끼면서 나의 역사, 나라의 역사에 대하여 체계적으로 배우고 싶다는 생각이 들게 되고 조만간 열심히 공부하여 역시(歷試)에 참가하고 싶은 생각을 해 보게 된다. 다시 여수에 도착하여 이름도 처음 들어보는 맛있는 생선과 함께 저녁 식사도 하였고, 다음 날 아침에는 아들의 어머니를 위한 기도와 함께 어머니와 미사 참례를 하였다.

어머니와 함께 여수의 항일암, 오동도 등을 다니며 다시 하루를 보내니 그야말로 하루가 다 지나가고 다시 헤어질 시간이 되었다. 어머니께서 당일 충주로 가시겠다고 하시는데 여수에서는 교통편이 없고, 광주에서는 시간이 안되고 하여 승용차로 어머니를 대전까지 모셔드리고 나는 다시 광주로 내려오니 저녁 9시가 되었다. 힘든 여행일정이었지만 그래도 어머니와 함께 역사의 흔적을 더듬고 느낄 수 있었다는 것이 큰 수확이었던 것 같다.

2007. 4. 7.

씨암탉

주말을 맞아 가족들과 함께 어머니를 뵈러 충주에 다녀왔다. 그리운 고향의 이곳저곳을 둘러보니 어린 시절에 뛰놀던 그 모습들이 떠오르고 수풀이 무성한 산길을 거닐며 이런저런 생각들을 하게 된다. 어린 시절에는 산에서 땔나무를 많이 했고 참나무도 많이 베었었는데 이제는 농촌에서도 화석연료를 사용하게 되면서 땔나무의 필요성이 없게 되었고 산길을 걸어 조금만 들어서도 길을 찾기조차 어려울 정도로 무성한 숲이 되었다.

산에서 내려 와 집에 도착하니 점심시간이 되었다. 닭장에서 들려오는 알 낳았다는 닭의 울음소리. 반가움에 닭장에 가보니 달걀 1개가 덩그러니 놓여있다. 따끈따끈한 달걀의 온기가 나의 손을 거쳐 가슴 속으로 전해져 왔다. 반가운 마음으로, 수고한 닭에게는 조금 미안한 마음으로 날 달걀을 먹어보고 싶은 마음이 생겼다. 어린 시절의 추억이 나를 유혹하여 살짝 먹어보니 별 맛이 없었고 하나의 생명이 사라졌다는 느낌만 들었다.

어머니께서는 아들, 며느리, 손자가 왔으니 닭 한 마리를 잡으셨고, 나를 위해서, 며느리를 위해서, 그리고 모두를 위해서 한 마리의 닭이 희생 되었다. 하나뿐인 닭똥집이 어디로 갈까 궁금하였다. 닭을 앞에 놓고 먹는 도중 어머니께서 닭똥집인 듯한 것을 골라 나에게로 주시려 하였는데 인삼 뿌리였다. 그래도 아직은 아들이 우선인가 하는 생각을 하게 되고, 봄에 잠시 병원에 입원하였던 아들이 걱정이 되시어 그런 것이겠지 하는 생각도 해 보게 된다. 어머니 맘 속에 아들의 건강을 걱정하시게 만들었다는 죄의식도 잠시 스쳐 지나간다. 잠시 후 그 모습을 드러낸 닭똥집, 아내가 가위를 가져와 그 작은 것을 몇 토막을 내어 모두에게 나누어준다. 아내는 그 닭똥집의 의미를 알고 있을까?

2008. 5. 14.

어머니의 어머니를 찾아서

　오월은 가정의 달, 홀로 고향집을 지키고 계시는 어머니를 뵙고 함께 이런 저런 이야기를 나누다가 갑자기 어머니의 어머니에 대한 생각이 났다. 그래서 어머니께 "다음 번 내려올 때는 어머니의 어머니를 뵈러 가시지요."라고 말씀드렸더니, "아들과 함께 가서 외할머니를 뵈면 외할머니께서 무척 좋아하시겠다."라고 하시면서 어머니께서도 흡족해하신다. 내 맘 속에 계신 어머니가 내게 소중한 존재임과 같이, 돌아가신 지 이미 40여년이 지났지만 어머니의 맘 속에도 소중한 존재로서 어머니의 어머니가 계실 듯한 생각이 떠올랐던 것이다.

　할아버지와 할머니 산소는 명절이면 돌아보기도 하고, 시간이 되면 가끔 찾아보면서 외할아버지와 외할머니 산소에는 언제 가 보았는지 기억이 없다는 사실을 인식하게 되면서 어머니를 모시고 외할아버지와 외할머니 산소에 가 봐야겠다는 생각에 이른 것이다. 할아버지와 할머니, 외할아버지와 외할머니는 내게 모두 같은 소중한 분들임에도 언제부터인지 한 쪽을 잊고 살아왔다는 사실이 나의 지난 시간들을 되돌아보게 만들었다. 외할아버지와 외할머니가 돌아가신 후 외갓집을 언제 가보았는지조차 기억 속에서 아련하였던 것이다.

　어머니를 모시고 외갓집을 가는 길, 어머니께서는 예전에 자라고 뛰어놀던 그 길조차 낯설다고 하신다. 하물며 내게는 그 길의 흔적조차 기억 속에서 사라져버린 듯하다. 어머니를 모시고 당신의 아버지, 어머니를 찾을 기회를 만들지 않았던 자신을 생각하며 죄송한 맘이 나보다 먼저 앞서가고 있었다. 학자로서 제자들을 많이 배출하셨던 외할아버지께서는 내가 초등학교 때 돌아가셨고, 외할머니는 나의 백일 때 외손자를 보러 오셨던 것이 나와 얼굴을 마주한 마지막이었다고 한다. 그래서 외할머니는 내게 있어 뵙고 싶은 마음 이전의 궁금함의 대상이었다.

외갓집, 30여 년 전 내가 뛰놀던 외갓집의 뒤뜰에 있던 배나무는 아직도 그 자리를 지키며 나를 기억하고 있는지 반갑게 맞아준다. 감을 비롯한 가을의 주인공들도 하나 둘 가을을 준비해가고 있는 모습들, 어디서 많이 보던 그런 모습들이다. 외삼촌과 외숙모 두 분이 지키고 계신 외갓집, 어머니와 함께 이어지는 여흥 민씨 집안 이야기들, 어머니께서 알고 계시는 그 동네 사람들의 살아가는 모습들에 대한 이야기들이 쉼 없이 진행이 된다. 그 많은 동네 이야기들이 내게는 마치 옛날이야기를 듣고 있는 것처럼 느껴진다.

어머니를 모시고 당신의 어머니, 아버지의 산소로 향하는 길, 지나가는 어른들에 대하여 누구누구라고 하시면서 나로 하여금 그 분들께 인사를 드리라고 하신다. 물론 그분들이 나의 어린 시절을 기억하고 계시는지는 모르겠으나 나의 입장에서는 낯선 분들이다. 어머니를 알고 계시는 그 어른들, "아, 아들이구나. 서울에서 모모를 한다는…" 하신다. 나는 누구인지 모르는, 언제 다시 뵐 수 있을지 모르는 그분들께 반갑게 인사를 하게 된다. 마치 오래 전부터 알고 있었던 분들께 인사를 드리듯이. 어머니의 아들로서 그 분들께 나의 모습은 어떠한 모습일지 궁금하기도 하다.

풀이 무성하게 자란 묘 앞에서, 그래도 조금의 기억이 남아있는 외할

아버지, 외할머니와의 시간들을 떠올려보게 된다. 내가 어릴 적에 외할 아버지께서는 내게 비가(사탕)를 많이 사 주셨던 기억이 나고, 가마니 를 짜시면서 외손자의 막걸리 마시는 모습이 신기하셨는지 한잔 두잔 주시어 결국 외손자로 하여금 흔들흔들하는 순간까지 가도록 하셨던 기억도 난다. 외할머니께서는 외손자를 위해 나의 백일 때 옷 한 벌을 사오셨고, 집안 어른 환갑잔치와 나의 백일이 겹치어 외손자가 치일까 봐 하루 종일 외손자를 지켜주셨다고 하신다. 외할머니께서는 일찍 돌 아가셨기에 외할머니에 대한 기억은 주위에서 해 주는 이야기가 전부 일 뿐 나만의 기억은 없다.

하루하루 살아가며 나이가 들게 되고 자신을 더 돌아보게 되면서 주 위에 챙겨야 할 일도 많아짐을 느끼게 된다. 어머니께서는 오랜만에 외 갓집에 다녀오는 길에, 외갓집 동네의 이런 분 저런 분들께 안부 인사도 하고, 큰외할아버지댁과 작은외할아버지댁에도 들러야 한다고 하시면 서 겸사겸사 이곳저곳을 들르신다. 자식으로서 미리미리 챙겨야 할 일 들을 챙기지 못하였음을 하나 둘 확인하는 절차를 진행하고 있다는 느 낌이 들었다. 비록 늦기는 하였지만 그래도 오랜만에 '아들의 역할을 조금이나마 하는구나' 하는 느낌과 함께.

어머니와 함께 소중한 시간을 마무리하고 집으로 돌아오는 길에 어머 니께 감회를 여쭈어보니 오랜만에 당신의 부모님께 안부 인사를 드리 게 되어 미안한 맘이 들기도 하였지만 그래도 그런 기회를 갖게 되어 무 척 좋았다고 하신다. 1년에 한번 정도는 모시고 갈 테니 가고 싶으실 때 말씀하시라고 하였더니 "아들 덕분에 자식 역할을 하게 되는구나." 하시 면서 흐뭇해하신다. 어머니의 그 마음, 그 모습이 내게로 전달되어 나의 마음 한 구석에 가지런히 자리를 점하고 있음을 느낄 수 있었다.

♥ 사람답게 …아들답게 사는구먼…. 난 오늘 아침에도 어머니께 짜증만 부리고 나왔는데….
  난 왜 이렇게 살까??? ㅜㅜㅜ -이순-

♥ 군대 휴가 나와 곶감 가득한 마당에서 당신들을 본게 마지막이었지…. 할머니를 보내시고
  매일 마루턱에서 먼 산만 보시다가 몇 달 만에 님을 따라 가신 할아버지…. 돌이키니 내게
  도 많은 추억이 있다. 조청, 순두부, 개구리 탕, 호롱불, 화장실과 이야기.. 그리고 추억.
  -임운-

♥ 명절과 벌초 때는 꼭 외할머니 산소에 들르곤 하는데…. 나한테는 별거 아니지만 어머니한
  테는 남다른 감정이 있으시겠지. 학교 갔다 집에 들어가면 항상 외할머니가 반기면서 밥을
  챙겨주시고 그랬는데, 그 때는 외할머니의 관심과 애정이 귀찮아서 짜증도 많이 냈는데….
  지금 생각해보면 차암…. -윤덕-

♥ 누구나 가슴에 와 닿는 진실한 내면을 느낀 것 같네요. -이수-

♥ 어머님께 참 좋은 일 하셨네. 아드님이 얼마나 대견스럽고 고마우셨을 꼬? 남들이 쉽게 생
  각하지 못하는 일들을 차분하게 실행하는 자네의 모습이 매우 아름답게 보이네. -양기-

♥ 가슴에 아린 듯한 느낌이 다가오고 있네. 정말 잘 했네. 한 분이라도 살아계시니, 그것도
  건강하시니 그런 효도를 할 수 있는 것 같소. 물론 아무나 할 수는 없는 일이고. -임명-

♥ 인생을 항상 성실하고 진지하게 사는 것 같아 글을 읽을 때마다 나 자신을 돌아보게 됩니
  다. -최용-

♥ 물질만능주의가 팽배한 각박한 현실 속에서 검사님의 글을 읽으면 잔잔한 감동이 밀려옵
  니다. 누구나 마음속에 고향과 어린 시절 아련한 추억을 간직하고 있으면서도 잊고 살아가
  는데 검사님의 글이 일깨워주는 것 같습니다. 감동적인 글 감사합니다. -김용-

♥ 잊혀져 가는 소중한 시간들을 회상하게끔 하고 남은 날들을 너무 급하게 살지 않았으면
  하는 인생의 교훈 같은 것이 마음 한쪽에 아련하게 자리를 합니다. -김환-

♥ 부모님의 향기를 다시 맡고 싶은 생각을 하네요. 작년에 돌아가신 아버님이 그리워져요….
  -김미-

♥ 글쓴이가 누군지 모르고 읽다가 낯익은 문체에 눈이 번쩍 뜨여 확인해보니 역시 부장님이
  시네요. 감동적인 글 종종 올려주셔서 추억을 되새기고 나를 돌아보는 기회를 주세요.
  -이선-

군고구마와 총각김치

금요일 늦은 시간, 처형 집에 있는 아이들을 데리고 집에 도착하니 택배물건이 문 앞에서 주인을 기다리고 있다. 아내는 성당 교사 총회에 참석차 늦게 귀가하는 관계로 아이들을 처형 집에 맡겨놓고 집을 비웠고, 그 사이 어머니께서 보내주신 택배 물건이 먼저 와서 집을 지키고 있었던 것이다. 택배 상자에는 상자 주인으로서의 당신의 아들 이름 석자가 당신이 아들을 그리워하는 만큼이나 큼지막하게 쓰여 있다.

어머니께서 보내주신 택배물건, 총각김치 통이다. 어머니께서 총각김치를 해서 보내주겠다고 하시기에 힘이 드시니 보내시지 말라고 하였음에도 해주고 싶어 하는 것이고 하나도 힘들지 않다고 하시며 손수 만들어 보내주신 총각김치이다. 고향 충주에서 홀로 생활하시는 어머니께서 총각김치를 만드시기 위해 진행하셔야 할 그 과정, 재배하고 손질하고 무치고 하는 그 모든 것을 나로서는 생각하지 않을 수가 없다. 내게는 어머니의 그 손맛이 가미된 맛있는 총각김치를 넘어 어머니의 힘드셨을 그 모습을 먼저 생각하게 되고 어머니의 꾸부정한 허리의 고통이 총각김치보다 먼저 내게로 전달되는 느낌을 저버릴 수가 없다.

내가 서울에서 중학교부터 대학교를 다닐 시절 어머니께서는 수시로 무거운 짐을 드시고 충주에서 서울까지 오르락내리락 하셨다. 서울 생활을 하고 있는 아들을 위해 보자기에 싸고 박스에 담아 힘든 것도 마다 않으셨던 당시의 당신의 그 모습을 생각하면 지금도 마음이 아프다. 이제는 당신의 입에서 짐이라는 말씀이 나오기만 하여도 거부반응이 일어난다. 승용차가 없던 시절, 그 무거운 짐이 시내버스를 타고, 직행버스를 타고, 다시 시내버스를 타고 어머니의 머리 위에 올라앉아 내게로 오곤 하였다. 어머니의 그 짐 속에는 어머니의 사랑 이전에 어머니의 고통이 더 많은 공간을 차지하고 있다는 느낌이 항상 함께 하였었다.

"이고 진 저 늙은이 짐 벗어 나를 주오."라는 글귀를 생각하며 택배를 가지고 들어 와 열어보니 총각김치 세상이다. 한 가족이 한달은 먹어도 될 듯한 분량, 이웃과 나누어 먹으라는 말씀과 함께 전해지는 어머니의 마음, 그 마음이 오히려 나의 마음을 아프게 한다. 아직도 그렇게도 당신의 가족들에게 해주고 싶으실까! 그 마음을 조금도 따라가지 못하며 살아가고 있는 자신은 아닌지 나의 모습을 돌아보게 만든다. 당신은 시골에 있는 것만으로 만들었다고 하시지만 존재하는 모든 것들이 화합을 이루어야 멋진 하모니가 되듯이 이것저것을 모아 하나의 작품으로 태어나기 위해서는 쉽지 않은 절차가 있기에 그 절차를 생각하면 그 총각김치에 숨어있는 그 고통이 먼저 등장을 한다.

총각김치의 이름으로 우리에게 온 당신의 사랑, 나의 아들 둘은 그 사랑이 맛있다고 연신 먹고 또 먹는다. 그 총각김치의 아픔을 아이들이 어찌 알 수 있을까마는 그 총각김치가 내게 많은 것을 가르쳐준다. 자연에서 태어나 자연과 함께 잘 지내다가 어머니의 손을 통하여 맛있는 먹을거리가 되어 가족들에게 기쁨을 주고 건강을 주고 생을 마감하는 존재들, 그 자연의 소중함과 어머니의 가슴시린 사랑을 느끼게 된다. 겸하여 나 역시 어머니의 그 사랑 이상으로 주변의 다른 사람에게 더 많이 나누어주어야 함을 인식하게 된다.

아내는 모임에 가면서 고구마를 구워놓았다. 총각김치가 올라오는 것을 알고 마련한 것일까? 아내가 마련한 군고구마와 어머니께서 보내주신 총각김치가 훌륭한 조화를 이루고 있다. 가난으로 둘러싸였던 어린 시절, 좋은 한 끼의 소재였던 군고구마와 총각김치, 그 시절의 그 모습들이 떠오른다. 참 많이도 심었던 고구마, 뒷방의 통가리에 가득 쟁여놓고 긴긴 겨울 내내 한 끼의 소재로서 충분하였던 것이 그 고구마였다. 지금도 그 시절을 생각하며 그 고구마를 먹지만 역시 그 시절의 그 고구마가 아니다. 입맛이 변한 것일까? 그 고구마 속에 숨어있는 것을 알게 되고 그 고구마가 단순한 고구마가 아님을 알게 되고 고구마를 보면서 어린 시절의 나를 키워준 소중한 존재에 대한 고마움도 느끼게 된다.

어린 시절에 고구마를 화롯불에 구워먹기도 하였지만 짚을 태우고 놀면서 짚불에 구워먹는 것이 제격이었다. 얼음지치기에 지친 몸을 풀기에는 당연히 따뜻한 군고구마가 최고였다. 고구마를 굽다가 때로는 쌓아놓은 짚더미를 태우기도 하였고, 젖은 양말을 말리다가 양말을 태우기도 하였지만 짚불 속에서 맛있게 익어가는 냄새와 함께 노랗게 익은 고구마를 기다리는 마음은 행복 이상이었다. 다시 되돌아갈 수 없는 추억의 세계가 지금의 나를 지켜주고 있는 것은 아닐까? 호호 불면서 군고구마를 먹다보면 입언저리가 새까매지기도 하였지만 당시로서는 재미있는 겨울이었고 맛있는 군고구마였으며 지금 생각하면 좋은 추억거리였다. 가슴도 데워주고 언 손도 녹여주던 고마운 고구마였다.

아내가 준비해 준 군고구마 역시 자연에서 태어나 이러 저러 손들을 거쳐 내게로 온 고마운 존재이다. 고구마는 자신을 키우면서 정해진 목적이 없다. 누구를 위해 열심히 사는 것도 아니고 그냥 세상에 태어나서 자신에게 주어진 시간을 열심히 살 뿐 사람들처럼 자신의 성장을 위해 다른 사람을 밀고 넘어뜨리는 그런 모습을 보이지는 않는다. 자연의 위대함 속에서 자신의 성장을 도모할 뿐인 것이다.

아내의 사랑이 가득한 군고구마, 어머니의 사랑이 넘쳐나는 총각김치, 긴긴 겨울밤을 지켜주던 그것들이 지금 이 시간 나의 가족들을 즐겁게 해 주고 있다. 아직도 맛있는 추억거리로 남아있는 군고구마와 총각김치가 대를 이어 그 맛을 이어가고 있다는 생각이 든다. 가족들을 위해 소중한 맘으로, 사랑으로 준비된 맛있는 먹을 것. 아이들이 그 고구마 안에 숨어있는 그 풍성한 사랑을 느낄 수 있다면 더 맛있는 그 고구마의 맛을 느낄 수 있을 텐데….

아이들은 그 고구마 속에 숨겨진 그 맛은 모르겠지만 그래도 맛있다고 하면서 연신 맛있게 먹는다. 그 속에 자연도 있고 사랑도 숨쉬고 있는 군고구마와 총각김치의 맛. 추운 겨울에 먹으면 더 맛있는 그 군고구마, 어머니의 손맛이 가미되어 더 없이 맛있는 총각김치. 아! 이 맛이야. 마음이 아려온다. 잘 해야 할 텐데, 잘 살아야 할 텐데….

가슴 아픈 군고구마.

맛있는 총각김치.

2008. 1. 23.

♥ 읽어 내려가는데 눈시울이 촉촉해지며 가슴이 아려온다. 어머니의 마음, '가시고기'가 떠오른다. 자식이 어찌 부모 마음을 다 헤아릴 수 있을까나. 그 마음, 자기 자식에게 내리사랑 하겠지. 전화라도 자주 드리세요. -서혜-

♥ 흐뭇하면서 가슴 찡해오는 짧지만 긴 글이네요. -주*정-

♥ '모정의 세월'이라는 대중가요 가사가 생각납니다. 늘 퍼주고 싶은 마음. 옹달샘과도 같은 어머님 마음… 좋은 하루되시길…. -최진-

♥ 카~ ㅋㅋㅋ 어머니의 사랑이 가득한 힘나는 총각김치와 형수님께서 만들어 놓으신 맛있는 군고구마~~ 좋겠다…. 쩝~~ 좋으셨겠습니다. 군고구마와 총각김치…. 먹어본 지가 너무 오래된 것 같습니다. 일본에서는 총각김치를 구할 수가 없어서…. 어릴 적에 야참으로 먹던 생각이 나서 잠시 눈을 감고 회상에 빠져보았습니다. -김영-

동락의 모습

주말을 맞이하여 집에 다녀가라는 어머니의 말씀을 듣고 고향 충주에 가게 되었는데 고향은 늘 그러하듯이 늘 그러한 모습으로 잘 있었다. 언제나 나의 맘을 알고 있는 듯 조용히 나를 지켜보고 있는 나의 맘의 주인인 듯한 느낌도 들었고 늘 그곳에서 나에게 휴식을 주는 고향이 있다는 것이 내게는 큰 위안이 된다.

밤이 되어 달님을 벗삼고, 별님을 친구삼고 하늘을 천막삼아 어머니와 함께 어머니의 옛이야기를 들으면서 어머니와 함께 막걸리를 한 잔하게 되고 고추와 마늘, 그리고 복숭아 등이 안주가 되었지만 몸 속에 들어오는 안주는 그것이 아니고 나를 반겨주는 고향의 그 따뜻함이었다. 개구리들과 풀벌레들의 권주가를 들을 수 있는 나의 맘은 아직 고향의 맘과 함께 할 수 있는 행복한 상태였다.

밤이 깊어가고 별님과 달님으로 아로새겨진 하늘을 이불삼아 잠자리에 들게 되었고, 어느 순간에 어디에선가 기상의 나팔소리가 들려 잠에서 깨어 나 주위를 살펴보니 다름 아닌 담벼락에 있는 자주색의 나팔꽃이 기상의 나팔을 불고 있었고 반가운 그 음악 소리는 나의 맘을 깨우는 듯 하였다.

부스스 일어나 수건 하나를 들고 개울을 향해 행진을 한다. 푸르른 산 속에서는 자욱한 안개 속에서 회색의 산토끼들이 아침 작전회의를 하는 모습들이 아련히 보이는 듯하고 피어오르는 물안개와 함께 더욱 힘찬 발걸음을 하면서도 이곳저곳 아침의 모습들이 나와 함께 해 주고 있음에 발걸음이 가볍다.

논두렁에는 부채살 버섯이 더위를 이기기 위해 필요할테니 자신을 꺾어달라고 유혹하고 있었지만 과감하게 유혹을 뿌리치고 행진을 계속하여 으슥한 개울에 이르러 늘 하는 세수를 포함한 온몸에 물 끼얹기를 했고 세속의 때까지도 지워지는 듯 하였으나 비누는 필요 없었다. 얕은 물 속을 들여다보니 올갱이들이 보였고 이제 막 태어난 듯한 모래알만한 올갱이들이 흐르는 물 속에서 떠내려가지 않고 자신의 존재를 지키기 위해 안간힘을 쓰고 있는 모습이 애처로워 격려의 말을 잊지 않았다.

새로운 아침을 너그러운 마음으로 맞이하리라는 다짐과 함께 개울을 떠나 집으로 오던 길에 테스를 유혹했던 산딸기가 새로운 유혹을 준비하고 있는 것을 발견하게 되었고, 모두들 알아서 하겠지만 유혹에 넘어가지 않도록 조심함이 좋을 듯하고, 물론 유혹에 넘어가는 것을 좋아하신다면 내가 달리 무슨 말을 더 할 수 있으랴!

집으로 돌아와 주위를 둘러보니 이른 아침임에도 분주하게 아침을 시작하고 있는 무리들이 많이 보인다. 1대 1로 꿀을 나누어주고 있는 참깨꽃 보다는 여러 마리의 벌에게 골고루 꿀을 나누어주고 있는 호박꽃이 더 보기 좋았고, 남자를 알기도 전에 어린 호박을 달고 남자를 유혹하고 있는 어린 호박이 오히려 앙증맞게 보였다. 봉선화는 이제 막 터질듯한 모습으로 조금의 햇살을 더 요구하고 있었고, 접시꽃은 당신을 생각하게 만들었다.

고추밭 옆에는 이제 막 새 생명을 시작하려는 여린 가지(먹는 가지)의 모습이 마치 또 다른 고추처럼 보였고 여름 내 뜨거운 햇볕을 받아 얼굴이 빨개진 고추는 이제 더 이상의 지체함도 없이 절정에 다다르고 있었다. 쪽두리 꽃은 이제 막 시집이라도 갈 듯이 화사한 모습으로 아침을 맞이하고 있었고 이를 시샘하는 흰둥이는 안타까운 시선으로 먼 하늘을 바라보고 있다. 모두들 아름답고 즐겁게 아침을 맞이하고 있었다. 나도 그 가운데 하나의 존재임을 느끼며 나도 그들처럼 아름답게 하루하루를 엮어나가고 싶다. 그리고 그와 같이 우리 주위의 모든 사람들이 아름답고 즐거운 하루하루가 되기를 기원해 본다.

2002. 4.

♥ 동락은 제가 태어나 자란 곳의 지명입니다.

제3장
가족과 함께

행복의 원천인 소중한 가족들

나의 아내 주현수
첫째 이민섭
둘째 이준섭
나의 행복의 원천이다.
나에게 힘을 주고,
존재의 의미를 주는 곳
그 무엇과 바꿀 수 없는
소중한 존재들이다.
매일같이 새벽에 일어나
가족들을 위해 기도하는 아내와
언제나 밝은 모습으로
잘 자라주고 있는 두 아들
그들이 내게 전해 주는 그 행복을
온몸으로 느끼고 있는 나는

행복한 놈일 수밖에 없다.

늘 감사하는 마음을 갖게 된다.

그것이 내가 아름답게 살아갈 충분한 이유이다.

가족들과 함께 생활하면서

가족들과 함께 여행하면서

가족의 이름으로 내게 전해진 행복을 모아 보았다.

감사의 마음으로

가을의 추억 만들기

　아름다운 가을을 추억으로 남기기 위해 아이들과 함께 가을 여행을 떠났다. 나의 아이들 2명, 조카들 3명 등 초등학교 2학년부터 4학년까지 5명만을 데리고 어머니가 계신 충주에 가서 고구마를 캐기로 한 것이다. 처음 고구마를 캐보는 아이도 있고, 예전에 캐 본 아이들도 있지만 고구마를 캐는 모습에 들떠있는 아이들에게 가을의 아름다운 모습도 보여주고 싶었다.

　아침 8시에 아이들을 태우고 여유롭게 서울을 벗어나 충주에 도착하니 9시 30분 정도. 아이들에게 잠시 놀고 있으라 하고 나는 낫을 들고 고구마 줄기와 잎사귀들을 정리하였다. 오랜만에 해 보는 낫질, 계속하여 흘러내리는 땀과 함께, 한 시간여 동안 고구마 밭을 정리한 다음 아이들에게 한 줄씩 맡아서 고구마를 캐도록 하였다. 흙과 더불어 살고 있는 벌레들을 무서워하면서도 무릎을 꿇고 캐는 아이, 바닥에 앉아서 캐는 아이 등 갈아입을 옷을 가져오긴 하였으나 전날 내린 비로 신발 또한 흙투성이가 되었다.

　고구마와의 즐거운 만남으로 인하여 모두들 즐거운 표정들이었고, 서로 자기가 큰 고구마를 캤다고 이야기들을 하는 모습들, 그들의 마음 속에 오래도록 추억으로 남기를 바라는 마음이었다. 흙투성이가 된 신발을 어찌 할까 하다가 아이들과 함께 물놀이를 하기로 하고 아이들을 데리고 개울에 가서 가을이 다 가기 전에 마지막 물놀이를 하게 하였더니 개울물에 옷을 다 적시면서 재미있게 노는 모습들이고 그 모습을 바라보는 나의 마음도 흐뭇함이 함께 하였다.

그래도 가을이라 물놀이를 적당히 하고 집에 와서 5명을 따뜻한 물에 목욕을 시켜 새 옷을 갈아 입혔다. 준비해 온 반찬과 어머니가 맛있게 끓여 주시는 청국장 등과 함께 모두들 맛있게 점심을 먹는 모습들을 보면서 흐뭇하였다. 5명 중에 3명이 밥을 더 달라고 하는 것을 보니 오늘 하루의 시간을 열심히 보낸 듯한 느낌이 들었다.

식사 후 다시 아이들을 데리고 감을 따러 갔다. 자연 그대로 홍시가 된 감을 따 아이들의 입에 넣어주니 그 맛에 놀란 듯 맛있다는 말 이전에 그 얼굴에 이미 맛있는 표정이 만들어진다. 다시 아이들을 데리고 누런 벼들이 춤추고 있는 들판을 거닐었다. 아이들 앞에서 뛰노는 메뚜기를 보면서 즐거워하는 모습들, 메뚜기가 무서워 감히 잡지 못하는 아이들의 모습들, 커다란 방아깨비를 보면서 신기해하는 모습들 그 모든 것이 자연과 하나가 된 아름다운 모습들이었다.

한참을 가다가 아이들과 함께 신기한 것을 발견하였다. 방아깨비가 산란을 하고 있는 것이었다. 나 또한 지금까지 방아깨비를 많이 보기는 하였으나 산란을 하는 것을 본 기억은 없는 듯하고, 방아깨비가 자신의 몸통보다 2배 정도 길어진 꼬리 부위를 땅에 묻고 산란을 하고 있었고, 그 모습을 아이들에게 보여주며 산란을 하는 모습이라고 알려주니 그야말로 모두들 신기한 눈빛으로 바라본다.

주일을 맞이하여 아이들에게 아름다운 가을을 보여주게 되어 너무 좋았고 아이들에게 고구마를 한 봉지 가득 담아주니 아이들 또한 즐거움과 넉넉함이 있는 듯한 표정들이었으며 서울에 올라와 시골에서 가져온 감을 곳감을 만들기 위해 껍질을 깎아 베란다에 걸어 놓으니 그 자체가 아름다운 가을 풍경이 되었다.

2005. 10. 4.

♥ 행복한 가을나들이였구나. 아이들과 함께 자연의 이치를 스스로 깨닫게 하는 산교육은 어른이 되어서도 항상 추억 속에 남아있기에…. -조인-
♥ 난 일요일에 아이들 데리고 신철원에 낚시 갔었는데 각자 10마리 이상씩 손맛을 보여줬더니 무지하게 좋아하더군. 비록 피라미 이지만…. 의미 있는 하루였다. -이순-
♥ 아주 소중하고 좋은 시간이었구나. 아 반성합니다. -최재-
♥ 에고, 게으른 나는 정말 오랜만에 애들과 서울랜드에 갔었습니다. 한동안은 나 혼자 애들 데리고 나가는 것이 힘들고 어려웠는데 모처럼 애들과 즐겁게 놀다보니 산다는 것의 재미를 다시 찾은 것 같은 느낌이었습니다. -김일-
♥ 지난 주 나 또한 아이들과 함께 무작정 강원도 갔다. 회도 먹고 막국수도 먹고. 오랜만인지 아이들이 무척 좋아하더라. 큰 계획없이 가을바람 타고 일단 밖으로 한번쯤 나가봄도 좋으리. -유인-
♥ 가을 풍경을 연상시키는 아이들의 고구마 캐기는 정말 잘 읽었네. 고향을 향한 마음 영원하길 바라며. -이세-
♥ 아름다움이란 것이 이런 것이구나 하고 느끼게 해 줍니다. 생각은 하고 있지만 행동으로 옮기는 것이 참으로 어렵고 여건이 맞지 않는데. 아름답게 행복하게 사시는 그 모습이 너무 좋습니다. -신동-
♥ 가을의 정취와 함께 한 폭의 소박한 시골 풍경화를 보는 것 같아 괜스레 마음이 설렙니다. 몸은 피곤하겠지만 아이들에게 가장 큰 선물을 준 것 같습니다. -마재-
♥ 생각 없이 살아가는 시골출신에게는 한번쯤 그 시절로 돌아가고 싶으나 갈 수 없는 그 지난 어릴 적 가슴 저미도록 아름답게 간직된 추억을 아스란히 떠올리게 하는 가을동화의 아주 오랜 지난날 가슴속 깊이 담겨져 있는 풍경입니다. -박상-
♥ 아이들과 함께 하는 모습이 그림으로 그려지네요. 저도 그런 시간들을 갖고 싶다는 생각이 몽골몽골 드네요. 그리고 순수하신 그 심성 그대로가 느껴지네요. -유영-
♥ 엊그제 다녀온 묘봉에서 바라본 들녘의 아름다움이 채 가시기도 전에 이렇게 한 폭의 그림 같은 정경의 가을이야기를 읽게 되어 가슴이 따뜻해지네요. 느낌이 있는 가을이야기입니다. -양승-

♥ 어린 시절 동심으로 돌아간 듯한 착각을 불러일으키는 가슴 잔잔한 감동을 일게하는 아름다운 정경입니다. 조용히 마음을 추스리게 하는 글 감사합니다. -심성-

♥ 번잡한 세상의 한 가운데에 살아가면서 가을동화처럼 한가로움과 풍족함을 느껴 보게 한다는 것은 또 다른 따스함을 줍니다. 서로 사랑하는 가을이 됩시다. -이일-

♥ 아이들과 함께하면 이런 가을동화를 만들 수 있는데…. 어른들만 놀러갔다 부상만 입고 계룡대 하프도, 춘천 풀코스도 물 건너 가버렸습니다. 그래도 계룡대로 가을하늘을 만나러 가긴 가야겠습니다. -윤병-

♥ 가을과 인정이 물씬 느껴집니다. 좋은 글 감사합니다. -박자-

♥ 인간과 자연이 하나 되는… 시골의 정취가 물씬 풍기는… 마음 설레이고 어린시절을 되새기게 하는 한 폭의 동양화 같은 글, 가을의 시골향수랄까 여러 가지를 상상하게 되는군요. 참 좋은 글 감사합니다. -최영-

♥ 유년시절 엄마 따라 고구마 밭에 가서 흙 묻은 줄기를 털고 얻은 고구마를 손으로 닦아 먹던 추억이 꿈결 같습니다. 감사합니다. -이동-

♥ 부럽습니다…. 제게도 그런 고향마을이 있었는데…. 언제부턴가 농공단지가 되었다가 지금은 신도시로 개발되면서 아련한 추억이 묻힌 그 고향도 없어져 버렸습니다. 크허헝 -김성-

♥ 고구마의 신비!!! 고구마 먹는 모습으로 체질 구별이 가능한데요. 찐고구마 먹을 때 목구멍에 자꾸 걸리고 체해서 물 없이 못 먹는 사람은 소양인, 물 없이도 잘 넘어 가는 사람은 소음인 내지 태음인이라고 합니다. 저는 물 없이 고구마 먹다간 체해서 죽습니다. -김탁-

♥ 저두 고향이 괴산이라, 간혹 시골집 내려가서 고구마를 캐곤 합니다. 고구마 캘 때 어려운 점은 낫으로 줄기를 걷어 내는 일이죠. 토실토실한 고구마는 꼬맹이들이 따면 아주 신나하죠.~ 부모님 계실 때 시골 내려가서 일 좀 도와줘야 되는데 잘 되지 않네요. -이무-

♥ 좋은 글 잘 읽었습니다. 시골 농촌에 부모님이 계시는 분이 부럽습니다. 저도 경남의 한귀퉁이 농촌에서 살다가 친척들만 남겨둔 채 어릴 적 부산으로 이사감에 따라 자연히 농촌과 멀어지게 되었습니다. 지금은 그 고향에 한참 뒤 부모님의 묘자리는 할 수 있을 정도의 작은 땅만 남겨둔 채…. 저도 우리 아이들을 위해서 텃밭을 가꿀 수 있는 밭(부근에 개울가가 있으면 좋겠음)을 조금 구입해야 겠는데 경기도는 비싸서 좀 어렵네요. -한희-

♥ 가을이 다 가기전에 아이들을 위한 작은 이벤트를 준비해야할 것 같습니다. -김창-

가족들과 함께 신나는 달리기를

달리기를 하기에 좋은 계절, 봄이다. 가슴을 활짝 펴고 넓은 세상을 향해 마냥 달릴 수 있는 행복을 느낄 수 있다면 봄을 제대로 즐기는 사람 중에 한 사람이 아닐까! 내가 마라톤을 하는 것을 보고 초등학교 다니는 두 아이가 자신들도 달리기를 하겠다고 하여 지난 해에 아이들 2명과 함께 5킬로미터 대회에 두 번 참가를 하였고 금년에도 가족 4명과 함께 5월 1일 5킬로미터 달리기 대회에 참가 신청을 하였다.

올해에는 아내를 포함하여 전 가족이 함께 달리기 대회에 참가하기로 하였는데 동서네 식구들도 같이 하자고 하여 결국 9명이 같이 신청을 하였고, 일주일에 3번씩 8명의 제자들과 함께 초등학교 운동장에서 즐겁게 달리기 훈련을 하게 되었다. 직계가족 4명이 참가하면 다복상이라는 이름으로 작은 트로피를 부상으로 주는 대회라 아이들이 더욱 좋아한다.

1달 정도만 연습을 하면 어느 정도 5킬로미터를 달릴 수 있고 아무리 재주와 능력이 딸려도 2달 정도면 누구나 할 수 있는 것이 5킬로미터 달리기가 아닐까? 새싹이 돋는 이 봄에 가족들과 함께 신나는 달리기를 하면 좋겠다. 가족들이 달리기를 같이 하면서 느낄 수 있는 그 행복감을 달려본 사람은 누구나 쉽게 느낄 수 있을 것이다.

2005. 3. 28.

♥ 화목한 가족의 모습 참으로 보기 좋구나. 나도 가족들에게 좀더 잘 해야지. -최재-

♥ 아직까정 애들이 영~ 말을 안 듣는다… 쩝. -조인-

♥ 애정을 갖고 매진할 수 있는 일이 있으니 얼마나 행복한 일인가! 힘들 내자고~ -임운-

♥ 땀으로 느끼는 가족간 즐거움은 행복의 밑거름이 될 것입니다. 땀은 거짓없는 진실이니까요. -마재-

♥ 3년전 우리집 아이들 첫 영세받고 그해 봄부터 우리집도 마라톤 가족이 되었습니다. 300미터만 뛰면 숨을 할딱대던 저는 지금 풀코스 2회 완주하였고 집사람은 하프까지 완주하였는데 아이들만은 아직도 5킬로에서 머물고 있군요. 전국 곳곳에서 벌어지는 마라톤대회에 참가하면서 그 지방을 여행하는 재미도 쏠쏠하더군요. 참으로 좋은 운동을 선택하신 것 같습니다. -윤병-

♥ 저희 가족도 4. 17.에 개최되는 여주세종마라톤 대회에 참가할 예정입니다. 작년 대회에는 저 혼자 10킬로미터를 뛰었는데, 이번 대회에는 몸집이 장난 아닌 집사람과 초등학교 다니는 아이 둘, 20개월 된 아이(유모차에 태워서) 등 5명이 5킬로미터에 도전할 생각입니다. 뛰다가 힘들면 걷다가 그렇게 완주를 할 생각입니다. 날씨도 좋고, 다들 한번 가족들과 함께 뛰어보시죠. -송태-

♥ 향기로운 마음을 존경합니다. 이번 주말 대구에서 대전을 거쳐 토요일 저녁 6시부터 일요일 아침 9시까지 전주에서 개최된 100킬로미터 울트라마라톤에 참가하였습니다. 저녁시간 전주시내에서 뛰면서 보는 전주지방검찰청을 알리는 도로표지판 마저도 왜 그렇게 반가운지. 꾸준히 달리시면 건강증진도 되시고 직장, 가족 간의 화목에도 많은 도움이 될 수 있을 것으로 보입니다. 좋은 봄날 무리하시지 않고 즐~달 한번 시작해보시죠~ -이홍-

♥ 저도 어느 계장님의 권유로 작년에 마라톤을 시작했고 그 것을 계기로 신랑과 결혼도 하게 되었습니다. 제게는 마라톤은 아주 뜻 깊은 운동이죠. 이제 4월 10일 호반 마라톤의 접수로 우리 가족은 또한번 달리기를 시작합니다. 겨울 내내 웅크렸던 몸을 활짝 펴고 뛰어보겠습니다.^^ -추영-

♥ 마라톤 하시는 분들의 글은 참 따뜻하고 생기 있군요. 저도 한번 해 보고 싶네요. -임영-

♥ 건강한 삶을 사시는 생활이 부러울 뿐이예요. 가족모두 홧팅 -조경-

가을 여행

깊어가는 가을 속으로 장인어른과 장모님을 모시고 가족들과 함께 가을 찾기를 하였다. 장모님이 선택한 보성 녹차밭, 내가 선택한 순천만, 아이들이 선택한 강진 등으로. 동선이 길고, 해가 짧은 관계로 많은 곳을 볼 수는 없었지만 맛있는 남도 음식이 부족한 부분을 채워주었고, 어찌 보면 남도 음식이 주가 되고 눈을 즐겁게 하는 것이 오히려 보조가 된 듯한 느낌도 받았다.

서울에서 출발하여 도착한 순천. 순천에 도착하니 남승룡 기념 마라톤 대회가 진행 중이었다. 달리기를 하지 않는 사람들은 교통 통제에 짜증을 낼 수도 있지만 같은 취미를 가진 나로서는 무척 반가웠다. 같이 뛰고 싶은 마음과 함께, 싱싱한 사람들을 보니 나의 가슴도 함께 뜀을 느끼게 된다. 순천에 도착하여 맛있는 한정식으로 점심의 식(食)을 해결한 후 경(景)을 향해 출발을 하였다.

장모님의 희망에 의거 사랑과 야망 세트장을 거쳐 순천만에 도착하니 사람도 많고, 차량도 많고, 순천만의 갈대가 오히려 많은 사람들에 눌린 듯한 느낌이 들었다. 배를 타고 넓은 갈대밭을 둘러볼 수 있었음에 위안을 삼고, 화순에 있는 황토로 된 방에서 가족들만의 저녁 시간을 만들고, 와인과 함께 한 생선회, 풍성한 상차림이 부담스러울 정도였고, 가족들만의 식사를 마치고 6명이 한 방에서 도란도란….

다음 날은 보성 녹차밭으로, 강진으로 진행을 하였다. 화순에서 보성으로 가는 길, 오래된 가로수 길이 너무도 멋스러워 그 자체로도 아름다운 그림이었지만 누구라도 그 길을 지나가면 영화의 주인공이 될 듯한 느낌이 들었다. 대한다원에 들러 아름답게 정리된 녹차밭을 보니 내 마음에도 녹차물이 드는 듯 하였고, 그곳에 머물러 있으면 여유 없는 사람도 여유가 생길 듯하고, 흩어진 마음도 본래의 위치를 찾을 듯한 분위기였다.

강진의 청자도요지 및 청자박물관, 도자기 체험장에서 열심히 찰흙을 이용하여 무엇을 만드는 아이들의 모습, 그 얼굴에 행복감이 가득하다. 아이들의 즐거운 얼굴을 보면서, 그러한 아이들과 함께 할 수 있는 나 자신도 행복한 존재임을 느끼게 되고 아이들이 사랑받고 있음을, 스스로 행복함을 느낄 수 있기를 바라는 마음과 함께 나 또한 누군가의 아들임을 인식하게 된다. 담양온천에 도착하여 여장을 풀고 따뜻한 온천물에 몸을 담그니 기나긴 하루의 여독이 모두 사라진다.

화순 소재 전원식당에서의 다슬기탕, 장흥 소재 취락식당에서의 등심과 키조개, 담양 소재 덕인갈비에서의 떡갈비와 대통밥, 그 모든 것이 전남에서 인정받은 별미집이라고 하니 하루 종일 눈과 입이 즐거움과 함께 하였음을 온몸으로 느낄 수가 있었다.

다음 날 죽녹원에 들러 시원스런 대나무 가족과 많은 대화를 나누고 광주 소재 토우촌에서 생선구이로 남도 음식 맛보기를 마무리 하고 서울 집으로 향했다. 남도 여행은 언제나 흥분과 함께 한다. 볼 것에 대한 설레임에 더하여 맛있는 먹거리에 대한 기대감이 더해지니 흥분되지 않을 수가 없다. 만나게 되는 흙 한 줌, 바람 한 점 그 모든 것이 내 것인 듯….

2006. 11. 25.

모기와의 한판승

　사랑하는 가족들이 모두 잠들고 홀로 마루에 나와 티브이 채널을 돌리고 있을 무렵 어디선가 휙 지나가는 모기의 굉음소리, 잡아야겠다는 일념으로 주위를 둘러보니 휘뿌연 연기만 보일 뿐 그 흔적을 찾을 수가 없다.

　가족을 지켜야 하는 가장으로서 자세를 바로하고 모기와의 일전을 준비할 수밖에…. 일주일 전에도 잠이 들 무렵 희미한 모기소리를 듣고 일어나 불을 밝히고 모기를 찾았으나 찾을 수 없었고, 아침에 큰 아이의 얼굴 여기저기에 침범 흔적을 남기고 유유히 사라진 모기를 생각하면서 이번에는 기필코 모기로부터 나의 가족들을 지키겠다는 신념에 찬 얼굴로 철통같은 경계자세를 취하고 모기가 지나갈 듯한 길목을 지키며 다시 나타나기를 기다리는 시간들.

　20~30분이 지났을까 다시 나타난 모기, 가족을 지키기 위한 처절한 몸짓의 손아귀 던짐, 그러나 모기는 나의 손를 벗어나 다시 어디론가 사라졌고, 남은 것은 가족들을 생각하는 나의 안타까운 마음뿐…. 다시 나타나 주어야 할텐데, 모기를 잡기 전에는 초소를 벗어날 수 없는 가장으로서의 임무를 다시 한번 상기하고 다시 경계자세를 취한 다음 다시 한번의 결전을 준비하면서 모기를 기다리는 시간, 긴장감이 더해져 간다.

　기나긴 10여분의 시간이 흐른 다음 주위를 살피며 접근하고 있는 모기를 발견하고, 다시는 그냥 보낼 수 없다는 생각으로 사거리 내에 들어오기를 기다리고 있는 그 순간, 그 무엇과도 비교될 수 없는 긴장의 순간, 가족들의 얼굴이 스치며 다시 실패할 수 없다는 신념으로 온몸을 던져 모기와의 일합을 겨루었으나, 아쉽다 어찌하리, 분명 맞은 듯 한데 그 흔적이 보이지 않는다.

혹시 주위에 잔해라도 남아있을 듯한 생각으로 주위를 두리번거리니, 잠시 후 흐느적거리며 몸을 추수리지 못하고 있는 모기를 발견하고 최후의 일격을 가하여 모기를 섬멸하게 되었다. 모기의 죽음 앞에 그 시체를 살피니 다행스럽게도 피의 흔적은 볼 수 없어 조금은 다행이었다.

그래도 한 생명이기에 조금은….

나는 오늘도 헌혈 500밀리미터를 했는데, 그냥 내게 피 한방울을 달라고 하면 그냥 줄 수도 있었을텐데…. 모기로부터 사랑하는 가족을 구했다는 뿌듯함이 함께 한 하루의 마감이었다.　　　　　2005. 11. 13.

♥ 소시적에는 날아다니는 파리도 손으로 잡았는데 요즈음은 내공이 약해졌는지 도저히 못 잡겠던데 용케 잡으셨네요. -이상-
♥ 모기 잡는 데는 파리채보다 더 좋은 것은 없습니다. 팔에 잔뜩 힘을 주고 손바닥 이나 책 등으로 내리치면 모기란 놈이 공기의 순간 움직임(바람)을 감지하고 생명의 위협을 느껴 도망쳐 버립니다. 그렇다고 살충제(모기약)를 방안 가득히 뿌려서 '누가 오래 버티나 봐' 시합을 할 수도 없고, 아무튼 '옛것은 소중한 것이여!' 가 맞는가 봅니다. -전승-
♥ 사랑하는 가족을 지키려는 사투에 삼가 경의를 표합니다. 그런데 모기가 살 수 없는 환경이라면 사람도 살 수 없게 된다는 게 정설인지 모르겠네요. -이유-
♥ 모기가 숨었을 때 가족들을 깨워 모기 몰래 방을 빠져나온 후 방문을 잠가 모기를 방에 가둔 후 거실에서 잠을 자는 것도 좋은 방법이 아닐까요. -이진-
♥ 전자모기향 등을 아이들 방에 두곤 했는데 아이들에게는 모기향이 아주 좋지 않다는 말을 듣고 모기장을 구해 아이들 방에 쳐놓으니 걱정이 사라져 아이들도 좋아하네요. -한희-
♥ 모기 부담되지요. 이럴 때는 정부에서 권장하는 모기지론을 이용하세요. 저렴하다고 하네요. 저도 어제 집에서 모기 한 마리 잡았습니다. -이일-

행복나눔 이상대 검사와 함께사는 세상

공주, 부여로의 가족여행

휴가를 내어 아이들과 함께 공주로, 부여로 여행을 다녀왔다. 이른 아침 공주에서 동서네 가족 4명과 우리 가족 4명이 만나 같이 여행을 하였고 거창하게 말하면 소위 아이들을 위한 역사 기행이라고 할 수 있지 않을까?

오전에 공주에서 무녕왕릉을 거쳐 국립공주박물관을 돌아보았는데 아이들의 모습을 보면서 아이들에게 무녕왕릉이 무엇으로 다가올까 하는 생각을 해 보게 된다. 역사적 사실 외로 그들의 마음 속에 들어갈 역사적 교훈들이 무엇일까? 공산성 부근에서 점심 식사를 마치고 공산성에 올라 역사의 흔적들을 되짚어 보았다. 아이들은 그곳에서 도토리를 줍느라 한참 동안 시간 가는 줄도 모르는 모습들이다. 아이들에게는 역사적 사실보다, 역사 현장보다 도토리가 더 반가울 수 있겠다는 생각이 들었다. 아이들과 함께 하는 가족 나들이 모습이 종종 보이고, 역사적 사실에 대하여 강조하는 부모의 모습 또한 자주 보인다. 이괄의 난을 피해 공산성으로 피난 온 왕을 이야기 하면서 아이들에게 몇 번에 걸쳐 이괄의 난을 강조하는 모습들, 요즈음 부모들의 마음이자 그 모습인 듯 하다. 물론 우리들도 역사 여행이라는 미명하에 위례성 - 공주 - 부여를 강조하면서 수도를 옮긴 왕에 대하여 이야기를 하고 있는 스스로의 모습들을 보게 된다. 물론 그들의 머리 속에는 그냥 스쳐지나가는 바람일 것이라는 사실을 알면서도. 아이들에게 기타 박물관 등을 갈 것인지, 부여에 갈 것인지를 물으니 이미 지쳤는지 무슨 생각인지는 모르나 부여행을 선택하여 다시 부여로의 40~50분의 이동이 있었다. 부여에 도착하여 부소산성에 들러 낙화암에 올라보니 모두들 힘들어 하면서 그만 집으로 가자고 한다. 낙화암에 대하여 열심히 설명을 해 주어도 힘들다는 사실이 중요하지 역사적 사실이 중요한 것은 아닐 듯한 생각이 들었다. 그래도 부모 입장에서는 부여까지 왔는데 그냥 갈 수 없어 아이들을 달래 정림사지 5층 석탑으로 향했다. 정림사지 5층 석탑과 이름이 기억나지 않는 괴이한 불상 등이 위치하고 있는 곳, 입장료 1,000원 이었다. 석탑 하나만 덩그러니 놓여있던 중국에서의 관광지가 생각났다. 역사적으로 충분한 가치가 있는 것이기에 그만큼의 가치와 그만큼의 돌아볼 필요성이 있는 것이 아닐까 하는 생각이 들었다.

시간이 4시 정도 되어 아이들과 함께 한 곳을 더 보자고 하니 힘들다고 그만두자고 한다. 어른과 아이들의 차이일까? 아이들을 데리고 다시 궁남지에 가서 그곳의 아름다운 광경을 보고 서동 왕자를 만나게 해 주려고 하였으나 아이들에게는 그곳에 있는 그네가 중요하고, 물 위에 놓여 있는 다리가 더 중요하겠다는 생각이 들 뿐이었다. 어른으로서의 나는 아이들의 역사 인식보다도 내가 언제 다시 올 수 있을까 하는 생각에 조금이라도 더 다니고 싶은데. 아이들 입장에서야 역사가 무슨 의미인지, 왜 정림사지 5층석탑을 기억해야 하는지 조차도 생각 밖의 것이 아닐까 하는 생각이 든다. 그래도 중요한 부분에서 기념사진을 만들었고, 아이들이 나중에 그것을 보면서 그 때 그 여행을 기억할 수 있다면 그것이 부모에게 조금의 위안이 되지 않을까? 힘든 여행길, 그렇지만 부모로서의 숙제를 조금 했다는 위안이 함께 한 여행길이었다.   2005. 11. 1.

고구마와 복숭아

　주말에 고향에 다녀왔다. 지난 번에 갔을 때 아이들과 함께 심은 몇 포기의 고구마 줄기가 무성하게 자랐고, 거짓이 없는 땅에 거짓이 없는 모습으로 잘 자라고 있는 고구마 줄기를 보면서 그 거짓이 없는 땅을 닮고 싶은 마음과 함께 즐거운 시간이 되었다. 어머니와 함께 고구마 밭에서 풀을 뽑고 호미로 흙을 북돋아 주면서 비록 더운 날씨에 땀을 많이 생산하였지만 자연과 함께 한다는 그 사실 자체가 행복이었다.

　학교 다닐 시절 여름에 집에 들러 땀을 뻘뻘 흘리며 고추를 따고, 본래의 위치로 돌아와 공부를 하게 되면 그 더위가 다 어디에 갔는지 오히려 시원한 느낌이 들었던 기억이 떠올랐다. 고향 마을의 그 뜨거운 더위가 나의 공부방의 더위를 무참히 깨부순 것은 아니었을까?

　올라오는 길에 장호원 부근에서 복숭아를 1박스 샀다. 17개에 16,000원하였으니 개당 940원 정도였으며 고향을 다녀올 때마다 도로 옆에 있는 과수원에서 파는 과일들을 구입하여 아는 사람들에게 나누어주곤 한다. 다음 날 아내는 "옆 집의 누구는 좋은 복숭아를 슈퍼에서 850원에 샀다고 하던데…"라고 한다. 아내는 왜 내가 시골에서 올라오면서 과수원 노점에서 과일을 사려고 하는지를 알고 있을까! 가격이 중요한 것이 아니고, 그렇다고 품질이 중요한 것도 아니라는 사실을, 왠지 설명할 수 없는 그 느낌 때문임을….

조금 다행인 것은 아내가 850원짜리 복숭아가 우리가 산 것보다 크기
도 작고, 맛도 덜 하다는 이야기를 한다. 요즈음은 시골 사람들이라고
순박하기만 한 것도 아니고 때로는 도시 사람들보다 더 영악스러운 부
분도 있다는 것은 분명한 사실이고 나아가 어느 것이 진실이고, 어느 것
이 허위인지를 판별하기도 어려운 세상이 되었지만 그래도 소중한 것
을 소중한 것으로 영원토록 간직할 수 있다면 좋겠다는 생각이 앞섬은
숨길 수 없는 진심이리라.

우리들 마음 속에, 그리고 많은 사람들의 마음 속에 간직된 소중한 모
습들이 많이 많이 전파될 수 있다면 좋겠다.

2001. 7. 26.

국어능력인증시험을 치르고

만날 사용하는 우리의 소중한 우리말, 그럼에도 우리들은 그 소중함을 그 만큼의 소중함으로 다루지 못하는 경향이 있다. 우리말을 사용할 때 어느 표현이 올바른 표현인지 모르는 경우도 많다. 나 역시도 대학교 일학년 때 '문장연습'이라는 과목으로 우리말에 대해 배운 것이 국어공부의 마지막이었고, 우리말을 사용하면서 우리말을 정확하게 알고 정확하게 사용하고 싶은 생각이 있었을 뿐 그것을 위한 실천을 하지 못하고 있었던 것이 사실이다. 그러던 중 최근에 국어능력인증시험이 있다는 사실을 알게 되었고, 위 시험이야말로 내게 꼭 필요한 것이라는 생각이 들었다. 나의 실력을 한번 확인하고 싶기도 하였고 나아가 우리말에 대한 조금의 공부라도 해보고 싶은 마음이 들었다.

그래서 우리말 공부를 시작하게 되었고, 아이들과 함께 하면 더 좋을 것이라는 생각으로 아이들에게 같이 하자고 하니 모두 싫다고 한다. 부모 심정으로 아이들 2명을 잘 구슬려 결국 가족 4명이 같이 시험을 보게 되었다. 까마득히 오래 전부터 배워 온 우리말이건만 표준어를 배우면서 기존에 알고 있는 것이 표준어인지 새로이 알게 된 것이 진짜 표준어인지 구별하기가 힘들었다. 정말 우리말을 정확하게 사용하는 것은 결코 쉬운 일이 아니라는 사실을 새삼 느끼게 되었다. 한편 아이들은 처음부터 표준어를 배우게 되니, 세속의 때가 묻은 어른들보다 배우기가 더

쉬울 듯도 하였다.

　결국 누구 성적이 좋을지 내기를 하자며 시작된 가족들의 우리말 배우기 작전이 시작되었다. 국어능력인증시험은 듣기, 읽기, 쓰기 등 각 영역별로 시험을 치르게 되어 있고 1급부터 5급까지의 급수가 있다. 보다 정확한 능력을 측정하기 위해 최근에 쓰기 분야가 추가되었다고 한다. 그래도 중간은 가야지만 아빠로서의 기본 체면 유지가 가능할텐데 라는 생각을 할 뿐 우리말에 대한 나의 공부가 마음대로 되지를 않았다.

　지난 주 아이들과 함께 세종대학교에서 국어능력인증시험을 치렀다. 1교시에는 절대적으로 시간이 부족하다는 느낌이 들었고, 2교시에는 쓰기 시험을 포함하여 나름대로 잘 적기는 하였다는 생각이 들었다. 아빠로서의 기본 실력을 확인시켜줄 수 있는 정도의 점수가 나와야할텐데. 가족들 모두 너무 어렵다는 이야기들을 한다. 과연 누구 점수가 좋을 것인지 가족들의 기대감 등과 함께 20일 후에 성적이 공개된다고 한다. 도둑놈 심보인지는 모르겠으나 성적이 잘 나왔으면 좋겠다.

　소중한 우리말을 배우면서 나의 우리말 실력이 형편없다는 사실을 알게 되었고, 앞으로 소중한 우리말을 보다 더 가까이 해야 하겠다는 바람을 갖게 되었다.

2009. 1. 28.

♥ 가족이 공유하였던 시간이 아름답구만…. -임운-
♥ ㅎㅎㅎ 가족간의 행복한 시간이었겠구나 -조인-
♥ 바쁘신 가운데 또 감동을 주시는 군요. 아~ 이거 맞춤법 맞는 건지 ˆˆ -조경-

나의 주말일기

주 5일제 근무로 인하여 금요일 일과를 마칠 때가 되면 늘 마음이 분주해진다. 매주 금요일 저녁 18시 21분 서울행 고속버스에 몸을 싣고 서울로 향하는 모습, 금요일 저녁에 서울로 가는 사람들이 많기 때문인지 2시간 거리가 3시간 정도 소요되기도 한다. 9시가 조금 넘은 시간, 서울에 도착하여 전철을 타기 위해 걷고 있는 중에 큰 아이로부터 전화가 걸려왔다.

어디쯤 오고 있고, 저녁을 드셨는지, 물론 아내의 확인전화이지만 서울에 도착하여 아이와 전화로 목소리를 확인하니 기분이 좋다. 집에 도착하여 5일만에 가족들과의 얼굴을 확인하고 늦은 시간에 아내가 차려주는 맛있는 저녁을 먹으며 일주일의 시간을 정리하게 된다.

토요일 아침을 맞이하니 큰 아이는 처형네 가족들과 아인슈타인의 뇌를 전시하고 있다는 박물관 견학을 간다고 하고, 아내는 성당 모임에 간다고 한다. 작은 아이와 함께 남게 된 나는 아이와 함께 무엇을 하며 즐겁게 시간을 보낼 것인지 생각을 하던 중 아이와 함께 자전거를 타기로 하였다. 1시간에 6,000원, 2인용 자전거를 빌려 아이와 함께 집 앞에서부터 여의도까지 10킬로미터 정도를 달려 그곳에 있는 매점에서 파워에이드를 구입하여 아들과 함께 같이 마시며 여의도의 경치를 잠시 살핀 후 다시 10킬로미터를 되돌아오니 힘들기는 하지만 그래도 아이와 함께 좋은 자전거 하이킹을 하였다는 생각이 든다.

저녁이 되어 아이들과 함께 이순신을 보고 난 다음 잠자리에 드는 아이들을 뒤로 하고 달리기 준비를 하여 다시 한강 고수부지로 향한다.

다음 주에 있는 계족산 마라톤대회를 앞두고 마라톤 동호회 회장으로서 자신의 몸 상태를 확인하기 위함이다. 더운 여름 날에 20킬로미터 이상을 달려보지 아니하여 조금은 걱정스러운 마음이 있었기 때문이다. 동호회 회원 11명 중 10명이 신청한 대회이기에 회장으로서 혹시라도 처지는 회원들이 있으면 같이 동행해 주어야 함을 알기에, 처음에는 20킬로미터 정도를 달리려고 하였으나 물을 준비하지 않은 상황에서 18킬로미터를 넘어서면서 무리라는 생각이 들게 되고 나머지 2킬로미터는 시원한 바람과 함께 걷는 것으로 마무리를 하게 되었다. 다음 주 주일에 있을 마라톤 동호회 회원들과의 즐거운 마라톤을 기대하면서.

일요일이 되어 여유있게 일어나 오전 11시가 넘은 시간에 헌혈을 하기 위해 전철을 타고 서울역으로 향한다. 헌혈한 지 한달도 되지 아니하였다면서 말리는 아내, 같이 가겠다고 하고는 숙제가 있어 같이 갈 수 없다는 큰 아이를 뒤로 하고 서울역에 있는 헌혈의 집으로 헌혈을 하러 갔다. 예전에는 점심시간을 이용하여 헌혈을 하였기에 시간이 없어 전혈을 하였는데(약 15분 소요), 대전에 있으면서 점심시간을 이용하여 헌혈을 할 곳을 찾을 수 없어 주말을 이용하여 헌혈을 하게 되면서 오히려 시간의 여유가 있어 성분헌혈(혈장, 혈소판 헌혈 등 30분에서 1시간 정도 소요)을 하게 된다. 전혈은 2달에 한번을 할 수 있으나(1년에 5번), 성분헌혈은 2주에 한번을 할 수 있게 되니 숫자로는 더 늘어나게 된다.

점심을 1시경에 할 예정이라는 아내의 말에 시간에 맞추어 돌아올 수 있다고 하였으나 가는 날이 장날이라고 서울역에 있는 헌혈의 집에 도착하니 쉬는 날이라고 기재되어 있어 다시 전철을 타고 신촌로터리에 있는 헌혈의 집으로 가게 되었고, 직원이 점심 시간이라며 1시까지 기다려 달라고 내게 부탁을 하지만 나 역시 시간의 여유가 없다는 사정 아닌 사정을 하면서 서둘러 혈장 헌혈을 하니 약 40분 정도가 소요되고 다시 전철을 타고 집에 도착하니 1시 45분 정도가 되었다. 그래도 나를 기다려준 아이들과 함께 늦은 점심을 맛있게 할 수 있으니 이 또한 행복이리라.

점심 식사 후 가족들이 모두 오페라를 보러 대학로를 향하여 출발을 했다. 처형 식구들을 포함하여 총 11명이 대학로 세우 아트센터에서 공연 중인 '사랑의 묘약'이라는 오페라를 보게 되었다. 아이들도 이해할 수 있는 가족 오페라로서 오랜만에 접하는 문화생활의 신선함이 있어 좋았다. 이러한 모습들을 아이들과 자주 해야 하는데 하는 생각과 함께. 오페라 관람을 마치고 가까운 곳에서 냉면을 먹고 집에 도착하여 다시 새로운 일주일을 준비하게 된다.

마침 월요일에 을지훈련이 시작되기에 대전에서 생활한 이래 처음으로 일요일 저녁 고속버스를 타고 대전으로 향한다. 사랑하는 가족들의 인사를 받으며.

오랜만에 느껴보는 충실한 주말 보내기가 된 듯한 느낌이 들었다.

2008. 8. 22.

♥ 너는 사람을 피곤하게 하는구나. 따라 할 수 없어… -임운-
♥ 상대의 글을 보고 있노라면 고딩때 모범생의 일과를 보는듯한 삶이라는 생각이 드네그려…. -이동-

이별과 함께 출발하는 월요일

　금요일이 되면 아이들을 만나게 되고 그 만남 그 자체로 즐거운 주말이 된다. 아버지를 기다리는 아이들, 남편을 기다리는 아내, 아이들과 아내를 보고 싶어 하는 한 사람의 마음, 그래도 토요일이 있고 일요일이 있기에 아이들과 함께, 가족들과 함께 즐거운 시간을 만들어 갈 수 있고 그것이 내가 만들어가고 있는 행복인 것이다. 24시간, 48시간 모두 길다면 긴 시간이다. 일주일, 일년, 인생에서 아이들과 함께 할 수 있는 시간이 얼마나 될까? 앞으로 그와 같은 24시간 내지 48시간이 주어지는 일주일이 얼마나 될까? 서로가 서로를 소중한 사람이라고 생각하는 시간이 얼마나 될까? 아이들이 앞으로 살아가야 할 모습들도 궁금하다. 늘 아이들의 앞날을 위해 기도하는 주말이 된다. 일요일 저녁이 되면 아이들과의 이별을 생각하고, 월요일 아침이 되면 가족들과 이별을 하게 된다. 아직도 무엇 때문에 이렇게 살아야 하는 것인지 모르겠다.

　아이들에게도 이별의 아픔이 있을까? 이별! 오랜 동안의 이별도 있을 것이고 잠시 동안의 이별도 있을텐데 언제라도 다시 만날 수 있는 이별도 있다면 있겠지만 마음 한 가운데 있는 이별의 고통은 결코 적은 것은 아닐 듯 하다. 사랑하는 사람과의 잠시의 이별의 아픔도 있을테고 때로는 영원한 이별의 아픔도 있으리라. 이별 없는 세상, 과연 있을까? 누구든 크건 작건 이별의 흔적과 함께, 이별의 아픔과 함께 살아가는 것일 듯도 하다. 오늘도 가족들의 즐거운 일주일을 위해 기도하는 마음으로….

2005. 10. 11.

봄의 향기를 찾아 떠난 남도여행

　광주라는 곳에 오게 됨을 기화로 가족들과 함께 남도의 봄을 찾아 여행을 다녀왔다. 고속열차의 동반석을 이용하여 서울에서부터 3시간 동안을 달려 도착한 광주. 광주에서 담양으로, 그리고 다시 나주를 다니며 느끼게 되는 봄빛, 봄내음.

　가사문학에 대한 기억을 되살려 준 담양의 송순과 정철. 그 사람들이 그곳에서 생활하였다는 사실도 잘 모르고 있었지만 그들이 이룬 그 업적이 그렇게 큰 것인지도 몰랐던 나. 소쇄원의 자유스러움과 운치, 그런 곳에서 생활하면 누구라도 시인이 될 수 있을 듯한 생각, 담양의 그 많은 대나무들의 아우성, 돌연변이 대나무로 대금을 만든다는 생각이 갑자기 떠올랐다.

　나주를 향해 가면서 느끼게 된 고경명과 김천일의 숨결, 그들의 이름이야 기억 속에 있었지만 그들의 일생을 한번 쯤 다시 생각하게 되니 가슴이 뭉클해진다. 민족을 향한, 나라를 향한 뜨거운 가슴들, 시골의 모습을 스쳐 지나가면서 느끼게 되는 살아있는 생명에 대한 경외감, 아이들의 머리 위에도 살포시 내려앉는 봄빛, 마치 조만간 아이들의 머리 위에도 푸릇푸릇한 새싹이 돋을 듯한 느낌들이 들었다

　담양에서의 떡갈비, 광주에서의 전라도 한정식, 나주에서의 곰탕 등 모든 것이 봄의 향기와 함께 하니 모두 다 맛있는 소재가 된다. 내 나이 이제 나이 40을 넘어서게 되니 조금씩 지나온 시간들을 되돌아보게 된다. 나 자신의 외로움을 느끼면서 자식들을 바라보는 부모님들의 외로

움도 알게 되고 충주에 혼자 계신 어머니를 다시 한번 생각하게 된다. 자신의 뿌리를 생각하면서 선조들의 모습 또한 느끼게 되고 선조들이 남긴 곳곳의 흔적들을 보면서 그들의 소중한 모습을 나의 마음 속에 되새기고 싶은 생각과 함께 전국을 누비며 선조들의 작은 삶의 흔적까지도 몸으로 느껴보고 싶은 생각들이 든다. 나 자신만을 생각하며 생활하는 동안 나이에 맞는 성숙을 하지 못한 자신은 아닌지 돌아보게 되고, 살아가면서 누군가를 사랑하며 행복할 수 있기를 바라는 마음과 함께 하게 된다.

2006. 3. 2.

♥ 상대야! 네 글을 읽어보니 나도 아이들과 함께 남도 여행을 하고 싶구나. 언제 한 번 가족들을 동반한 이벤트를 계획해 보는 것은 어떨까. 함께 갈 수 있는 가족들을 모아서 말이야. -김일-

♥ 가족여행이라. 나도 왠지 올봄에 가족여행을 하고픈 마음이 든다. 막내까지 입학을 하니 조금씩 애들이 멀어져만 가는 듯하고. -조인-

♥ 매번 부럽다는 생각. 그래도 움직이지 못하는 이 나태함. 그래서 네 글을 보면 화가 난다.^ -임운-

♥ 부장님 둘(우ㅇㅇ, 허ㅇㅇ)이 잘 읽었습니다. 부장님의 글을 읽을 때마다 고향의 풋풋한 정을 느낄 수 있어 좋습니다. 내년에는 서울에서 뵙겠지요. -허태-

♥ 아직은 조금 이를지도 모르겠지만, 남도만이 갖고 있는 그 수려한 풍광과 사연들은 늘 여행의 참맛을 느낄 수 있게 해주곤 합니다. 그래서 고단한 나그네의 심성위에 봄 향기를 덤으로 주기도 하구여…. 삶의 아름다움을 사랑할 수 있는 여백도 허락해 주는 것 같습니다. 아름다운 추억, 많이 만드시고 행복하시기 바랍니다. -양승-

♥ 항상 잔잔한 감동을 주는 글을 올려 주셔서 감사드립니다. 서민적이고 소탈하고 은은한 향토 내음이 나는 글들… 글 속에 묻어나는 가족사랑, 특히 어머니에 대한 애잔한 정… 마치 한 편의 서정시를 읽는 것 같습니다. -김용-

♥ 봄이 왔습니다. 대전청사 어느 모퉁이 산수나무의 노란 꽃봉우리가 막 터지려고 하는 것을 보니 정말 봄이 왔습니다. 봄은 무미건조한 생명들에게 활력의 기운을 불어 넣지요. 부장님, 북부지방에서는 겪어 보지 못한 남도의 정취를 만끽하시고, 다음에 뵙도록 하겠습니다. 늘 건강하십시오. -이일-

달리기와 메기낚시

가을 향기가 가득하다. 왠지 나의 주변에도 무언가 수확이 있을 듯한 분위기, 억새든 갈대든 같이 춤추고 싶은 이 가을에 무슨 수확을 준비하고 어떠한 수확물을 거둘 수 있을 것인가?를 생각하게 된다.

달리는 사람들은 가을을 좋아하다. 달리기 좋은 날씨에 무념의 생각으로 아무 생각없이 달릴 수 있는 그 시간이 마냥 즐거운 시간이 될 수 있는 것이다. 나는 씩씩한 아들 2명, 조카 2명과 함께 이미 5킬로미터 달리기 대회에 참가하였고 그야말로 더할 수 없는 좋은 결실을 거두었다. 아이들과 함께 좋은 추억을 만들 수 있음에 행복이라는 테두리가 나의 주위에 있음을 알게 되고 감사하는 마음으로 옷깃을 여미게 된다.

일요일에는 아이들과 함께 메기 낚시를 다녀왔다. 지난 여름휴가 때 둘러본 대관령 목장의 송어 낚시터에서 낚시를 하지 못한 아이들의 아쉬움을 달래주기 위해 낚시를 할 수 있는 장소를 찾아보았더니 김포에 있는 메기 낚시터가 확인되었고, 아이들도 부담없이 할 수 있는 장소라는 안내문을 믿고 아침 일찍 출발하여 낚시터에 도착하니 사람도 적고 한적하여 좋았다.

아이들은 낚시를 할 수 있다는 사실만으로도 충분히 즐거움이었는데 막상 예상 외로 메기 낚시가 잘 되니 흥분된 모습들이 되었다. 두 아이가 1시간 30분 동안 잡은 메기가 무려 20마리 남짓, 6킬로그램이 되었고, 낚싯대를 처음 잡아보는 아이들이 연신 낚아 내는 메기 때문에 나는 낚시 바늘에 걸린 메기를 빼어 내고, 지렁이를 달아주는 것이 내가 할 수 있는 전부였다. 아이들의 즐거운 표정 이상으로 이러한 것이 아이들과 함께 하는 행복이구나 하는 생각이 들었고 우리들이 잡은 메기로 맛있는 메기 매운탕이 만들어졌으며 밥 한 공기 이상을 먹는 아이들의 모습을 바라보면서 먹지 않아도 배가 부르다는 이야기가 이러한 곳에서 만들어지는 것임도 알게 되었다.

아이들과 함께 메기 낚시로 행복한 하루를 마감하고 아이들이 잡은 메기 3마리를 손질하여 이웃집에 선물도 하게 되었고, 아이들과 함께 한 하루가 즐거움으로 가득하였다. 아이들과 함께 메기 낚시터에서 즐거운 추억을 만들 수 있었음에 감사의 마음, 행복의 마음이 새록새록 생기고 아이들로 인하여 내가 행복하기에 아이들에게 감사하는 마음도 갖게 된다.

2004. 9. 21.

♥ 나도 일요일마다 뛰는 데만 미쳐 돌아다닐 것이 아니라 아이들과 함께 할 수 있는 행복을 만들어 봐야겠네. -조안-
♥ 정말 멋있는 추억을 만들었구나. -윤덕-
♥ 참으로 아름다운 가족의 모습이군요! 진정한 행복은 작은 곳에서 느낄 수 있지요! -서혜-
♥ 따뜻한 그 마음, 참 부럽습니다. -강영-
♥ 봄나물과 함께 글을 시처럼 옮겨 놓은 상대의 글이 아주 마음에 와 닿는구나. -이동-
♥ 평화로운 마을에 깔려있는 아름다운 한폭의 그림을 보는 듯 하군요. 고향이 있는 분이 부럽습니다. -서혜-

봄나물과 함께

어버이날을 맞이하여 휴가를 내어 고향 충주를 다녀왔다. 나의 고향
은 늘 그렇게 그 자리를 잘 지키고 있었다. 나의 마음 속에 고향이 점하
고 있는 따뜻한 자리가 있기에 항상 내가 나로서 존재할 수 있는 것이
아닐까 하는 생각도 해 보게 된다.

한 달 전에 찜해 놓은 두릅을 따기 위해 산에 올랐으나 이미 때가 지
나 그 누군가 그곳을 스쳐 지나갔고, 나는 2차로 조금의 두릅을 만날 수
있었다. 어린 새싹을 꺾을 수밖에 없는 나의 마음은 늘 그렇듯이 아픈
마음이었으나 그래도 그것이 우리의 생리임에 조금의 두릅을 따 맛있
게 먹을 수 있음에 감사하는 마음으로 채취를 하였다.

산을 내려오면서 길 옆에 얼굴을 살짝 내밀고 있는 찔레나무를 발견
하고 그 어린 순을 몇 개 꺾었다. 어린 시절에 맛보았던 찔레 순의 맛을
보고싶기도 하였고, 아이들에게 맛보게 해주고 싶었다. 집에 도착하여
아이들에게 찔레 순을 건네주니 처음에는 그것을 어떻게 먹을 수 있느
냐는 표정을 짓는다. 아빠의 먹는 모습을 보고 조금 맛을 보더니 그 맛
이 신기한 듯 몇 개를 더 달라고 하면서 그 달짝지근한 맛을 음미해 본
다.

집에서 심심해하는 아이들을 데리고 들로 나가 아이들과 함께 돌나물

을 뜯게 되었다. 예전에는 돈나물로 알았는데 확인해 보니 돌나물이 맞다고 한다. 아이들은 자신들이 먹을 수 있는 풀이 그냥 주변에 널려있는 그 자체가 신기하였는지 많이 뜯었고, 서울로 올라 와 처갓집 식구들과 같이 먹으면서 자신들이 뜯은 것이라고 자랑을 하기도 한다.

길 옆에 피어있는 민들레꽃을 발견하고, 민들레 줄기를 이용하여 아이들에게 피리를 만들어 주니 민들레 피리를 불면서 그 피리소리가 또한 신기한 듯 아이들은 즐거운 표정을 짓고 어린 시절의 나의 모습을 보는 듯 하여 흐뭇하기도 하였다.

어머니께서는 어린 시절에 내가 좋아하였던 찐빵을 만들어 주셨다. 예전의 그 모양은 아니었지만 그 맛은 그대로였다. 아이들과 함께 빵을 나누어 먹으면서 그 시절을 되돌려 보게 되고, 나의 아이들이 내가 어린 시절에 먹던 그 빵을 먹으면서 어떤 생각을 할지 궁금하기만 하다.

이 모든 것이 아름다움이고, 행복이라 할 수 있을 것이다. 또한 주위의 많은 사람들이 내가 느끼는 그러한 아름다움을 함께 충만하게 느끼며 살아갈 수 있기를 바라는 마음이 든다.

2003. 5.

부산으로의 가족여행

　연휴를 맞이하여 부산으로 가족여행을 다녀왔다. 토요일에 출발을 하고 싶었지만, 토요일에 있는 성당의 주일학교에 개근을 해야 한다는 아내와 아이들의 이야기로 인하여 일요일 아침 7시 서울역에서 고속열차를 이용하여 부산으로 출발을 하게 되었다. 내가 약 5년 전 근무하였던 부산으로의 여행이 내게는 다른 의미로 다가왔고, 아이들로 하여금 고속열차를 타 보게 하려는 생각과 함께 넓은 바다를 볼 수 있다는 조건 등 모든 것이 갖추어진 장소가 부산인 듯 하였다.

　서울에서 부산까지 일반실 기준 45,000원의 고속열차를 이용하여 부산에 도착하여 제일 처음 가본 곳은 큰 아이가 다니던 노틀담 유치원 이었다. 유치원에 가지 않겠다는 큰아이를 달래 출근길에 같이 지하철을 이용하여 아이를 유치원에 데려다 주던 기억과 함께 그 자리를 잘 지키고 있는 유치원 건물이 무척이나 반가웠다.

　점심에는 당시 자주 가던 횟집에서 회를 먹으며 영도를 바라보니 바다 한 가운데 다리를 만들기 위한 공사가 진행 중이었고 작은 아이를 안고 영도의 목장원과 태종대 등을 다니던 부산 근무시절의 그 모습이 그리움으로 떠올랐다. 점심을 먹고 아이들과 숙소가 있는 해운대로 가 체크인을 한 후 아이들과 함께 해변에서 모래로 성벽을 쌓으며 이른 시기에 바다와 친구가 되어 즐거운 시간을 갖게 되었다.

아이들과 함께 비교적 높게 성벽을 쌓았으나 밀려오는 파도와 함께 쳐들어오는 바닷물을 막아내기에는 역시 역부족이었고 성벽을 넘어 오는 바닷물이 오히려 반가웠다. 아내와 나는 물론 해안가를 따라 드라이브를 하려 했으나 아이들의 뜨거운 눈을 피할 수는 없었기에 아이들이 만들고 싶어하는 세상을 같이 만들어 보게 되었다.

아이들은 그것이 힘들었는지 저녁을 먹은 후 곧바로 잠자리에 들고 아내와 나는 오랜만에 포도주 한잔을 마시게 되었는데 두 잔을 마시지 못하고 잠자리에 든 아내의 모습을 바라보면서 나와 같이 살아온 아내의 지난 10년이 오버랩 되면서 이런 저런 생각들이 떠올랐다. 다음 날에는 아이들과 함께 부산 시절 가끔 들렀던 '언덕위의 집'에 가서 아이들이 좋아하던 체리주스를 마시려 하였으나 공사중이라 아쉬움을 뒤로 하고, 주위의 바다를 내려다 볼 수 있는 다른 까페에 가서 딸기 주스로 아쉬움을 채워야 하였다. 달맞이 길에 정렬하고 있는 벚나무들의 모습과 하얀 눈발을 보면서 여유로움을 느낄 수 있었고 호텔에서 나와 부산역으로 가기 전에 지난 번 매미(태풍)에 넘어진 해상 호텔(?)의 안타까운 모습을 확인할 수 있었고, 그것으로 인하여 상처를 입은 사람을 생각하면서 마음이 아팠다.

다시 고속철도를 타고 서울로 되돌아오면서 아이들에게 언제 다시 부산에 갈까 했더니 어린이날 전후하여 4일 동안 학교에 가지 않아도 된다고 하면서 그 때 다시 오자고 한다. 아이들에게 좋은 시간을 만들어주었다는 생각과 함께 나 또한 좋았고, 가장으로서의 의무를 조금이나마 이행하였다는 생각에 위안의 마음이 들었다.

2004. 4. 8.

북경에서의 여행

　북경으로 연수를 와서 1달이 지났고, 한 달 동안 열심히 지냈는지는 모르겠으나 삼성에서 후원하는 북경국제마라톤대회에 참가하여 3시간 45분이라는 아주 좋은 기록으로 완주를 하였다는 것 자체는 이미 나에게 큰 수확이 되었다. 가족들에 대한 그리움과 함께 가족들이 관광회사를 통하여 3박4일 일정으로 북경 여행을 오고 나도 그 팀에 동행하기로 되어 있었다.

　북경이라는 곳은 워낙 넓기도 하거니와 관광지라고 하는 곳도 한 곳에 몰려있는 것이 아니기에 개인적으로 돌아다니는 것이 쉽지 않고 다닐 곳도 적지 않아 단체관광으로 돌아보는 것이 그래도 좋을 듯 하고, 가족과 같이 실제로 북경에 머물면서 나름대로 중요한 관광지를 살펴볼 수 있다는 것이 행복이 아니었나 싶다.

　공항에서 그리운 가족들을 만나 가벼운 인사를 나눈 다음 그 즉시 여행이 시작되었고 혁명으로 유명한 천안문광장을 시작으로 하여 명나라와 청나라의 황궁인 자금성과 자금성을 한눈에 내려다볼 수 있는 경산공원을 거쳐 저녁식사를 마치고 숙소에 도착하여 짐을 풀고 밤에는 서커스를 관람하였다. 천안문은 혁명으로도 유명하지만 매일 아침이면 그곳에서 국기 게양식을 거행하는데 그것을 보기 위해 수많은 사람들이 몰리고 서로 앞자리를 차지하려고 다툴 정도라고 하며 그 모습을 보는 외국인들의 시각은 무섭기조차 하다고 한다.

그 넓은 자금성(동서 750미터, 남북 960미터, 방의 수 약 9,000개)을 한 번 일직선으로 지나간 다음 자금성을 관광하였다고 하는 것이 우리들이지만 중국인들 역시 자금성을 그렇게 돌아보는 것으로 알고 있고, 그 자금성이 '중국 사람들이 아닌 우리들에게는 무슨 의미일까' 하는 생각을 해 보게 된다. 저녁에 관람한 서커스는 정말 대단하다는 생각이 들면서 한편으로 어린 아이들의 공연 모습을 보면서 마음 한 구석에 아픔이 찾아옴을 느낄 수밖에 없었다.

다음 날은 명나라 황실 묘역인 명 13릉과 만리장성과 경치가 좋아 작은 계림으로 불리는 용경협을 유람한 다음 발마사지를 받는 것이 그 일정이었다. 중국의 관광자원이 풍부한 것은, 명 13릉의 경우 명나라 13명의 황제의 릉이지만 현재까지 두 개(네 개라고도 함)의 능을 개방한 것으로 알고 있고, 앞으로도 계속하여 추가로 새로운 능을 개방하여 새롭게 관광자원화 할 수 있음에 부러움을 느끼게 되지만 한편으로는 우리의 입장에서 어느 황제의 능인지 여부가 무슨 중요성이 있을까 하는 생각을 하게 된다.

단순히 만리장성이라고 하지만 그 길이가 약 6,000킬로미터에 달하기에 경치가 좋은 곳곳을 만리장성에 오르는 곳으로 만들어 놓았고, 우리 역사책에 등장하는 산해관이 만리장성이 시작되는 곳이고 북경에서 가장 가까운 빠다링 만리장성이 제일 유명하다고 한다. 중국에서의 발마사지는 곳곳에서 쉽게 접할 수 있고 남자는 여자가, 여자는 남자가 해주는 것이 보편적인 모습이라고 한다.

마지막 날은 서태후의 여름 별장인 이화원과 황제가 천신께 제를 올리던 천단공원, 그리고 북경 시내의 번화가인 왕푸정 거리를 관광하고 북경의 옛 골목길(후통이라고 함)을 인력거를 타고 여행을 하였다. 이화원을 둘러보면서 그 넓은 곳을 관리하기 위해 얼마나 많은 사람이 필요할까 하는 생각과 함께 중국처럼 인구가 많지 않은 나라에서는 불가능할 듯한 생각도 해 보게 되고, 중국의 아파트 내 엘리베이터에 있는 엘리베이터 걸을 떠올리게 만들었다.

　중국에서 여행을 다니면서 느끼는 것은 '과연 중국의 역사에 대한 지식 내지 인식이 없이 한바퀴 돌아보는 여행이 우리들에게 어느 정도 의미가 있을까' 하는 생각과 함께 한국인의 모습에서 한국의 역사를, 그리고 한국의 모습을 더 잘 알아야겠다는 생각을 하게 된다.

2004. 1. 15.

북경에서의 가족 만남

10일 전 북경 공항에서 그리운 가족들과의 상봉이 있었다. 약 1달 보름만의 만남을 위해 긴긴 날을 손꼽아 기다리던 그 날이었었던 것이다. 사랑하는 가족을 기다리는 마음은 내 자신 스스로 감당하기 어려운 벅찬 감동이었고 비행기 도착 시간 1시간 전에 이미 공항에 도착하여 그 시간을 소중한 마음으로 기다렸다. 가족들이 탑승한 비행기의 도착 시간을 알리는 전광판에 가족들의 모습이 이미 보이는 듯 하였고 그 짧은 기다림의 시간은 그야말로 여삼추라고 표현해도 좋을 듯 하였다.

감정 표현에 서투른 나는 사랑하는 가족들과의 그 소중한 만남의 순간을 그저 그렇게 담담하게 맞이할 수밖에 없었던 것이 지금도 아쉬움으로 남아 있으나 한편으로 열흘간의 짧은 만남이고, 새로운 이별을 전제로 한 만남이었기에 가슴 한 구석에는 이미 더 큰 그리움의 싹이 돋아나고 있었던 것이다. 오늘 일이 아닌 내일 일을 생각하고 준비하는 것이 우리 인간이듯이 10일 후의 이별을 생각하지 않을 수 없었고 북경에서 여행사를 통하여 4일간 여행을 하고, 집에 들러 며칠 지내고 시안으로 3일간의 가족들만의 기차 여행을 같이 하면서도 마음 한 구석에는 이미 이별의 아픔이 동행하고 있었다.

오늘 공항에서 이별을 하면서 남편으로서, 그리고 아빠로서 아픈 뒷 모습을 보이지 않으려고 많은 노력을 하였다. 이별의 시간은 다가오고

이상대 검사와 함께사는 세상

어쩔 수 없는 순간을 맞이하면서 가슴 속에서 올라오는 주체할 수 없는 그리움을 느끼게 되었다. 가족들과의 짧지만 긴 이별을 나눈 다음 오랫동안 그 자리를 떠날 수가 없었다. 다시 한번 잠깐이라도 다시 얼굴을 볼 수 있을 듯 하였으나 끝내 그 모습은 사라져버리고 텅 빈 공간만이 나와 함께 하였다.

두명과 두명의 이별이었으면 이렇게 아프지는 않을 듯한 부질없는 생각도 해보게 되고 혼자 남는다는 것은 언제나 힘든 것이고, 아픔인 듯 하였고, 열흘 전 만남을 준비할 당시의 뜨거운 가슴이 다시 느껴졌으며 열흘 전 가족들이 도착하던 장소에 다시 가 보았고 당시 가족들이 타고 온 대한항공 비행기는 아직 도착하지 않은 상태였다. 왠지 다시 만남이 시작될 듯한 느낌으로 한참 동안 도착시간을 알리는 전광판을 바라보았으나 역시 되돌릴 수 없고, 되돌아갈 수 없는 시간임을 확인하는 외 다른 방법이 없었다. 그 누구도 되돌릴 수 없는 시간이라는 사실을 확인하면서 집으로 돌아오는 길에 비록 길지 않은 시간이지만 잘 해 주지 못한 부분만이 자꾸만 떠오른다.

더 뜨거운 가슴으로 사랑을 이야기 했어야 했는데 그저 마음뿐이었던 것 같고 가족들에게 사 주고 싶었던 맛있는 음식도 다 사주지 못하고 보냈다는 후회도 가슴을 시리게 하였고 가족들과의 만남을 기다리는 마음뿐이었던 것은 아니었는지, 그 아름다운 만남을 위한 준비가 부족하였던 것 같고 지금 시간 오후 2시 16분, 가족들은 비행기를 타고 있을 것이며 잠시 후 서울에서 그리운 사람들을 다시 만날 텐데 그들은 지금 무슨 생각들을 하고 있을까.

가족들에게 아픔을 만들어 준 부분도 있을 것이라는 생각과 함께 가족들에게 미안한 마음을 갖게 되고 잠시 후 가족들이 서울에 도착하여 더 행복하게 살아가기를 두 손 모아 기도해본다. 모든 것이 새로운 만남을 위한 만남이었다고 생각하게 되고 노트북 바탕화면에 만리장성에서 찍은 가족사진이 함께 하고 있음에 나도 위안을 받을 수 있어 행복하고 더 아름다운 모습으로, 더 좋은 모습으로 다시 만나기 위한 준비였다고 생각한다. 걱정해주신 모든 분들께 감사하는 마음을 전하며….

2003. 11. 2.

♥ 마음이 아름다운 사람아. 너무나 가족적인 삶을 살아가는 벗의 마음이 너무 아름답다. 상대야. 넌 행복한 사람이다. -김일-
♥ 스산한 마음이 따스해짐은 정을 느끼기 때문이겠지. 네 마음을 같이 호흡함이 행복이란다. -임운-
♥ 사각사각 낙엽 밟는 소리로 가득 찬 이 가을. 소중한 가족들에게 좀 더 충실하고 사랑해야겠다. -최재-
♥ 함께 있을 때는 느끼지 못할 그런 감정이겠지. 슬픔이 크면 클수록 기쁨도 큰 법이란다. 골이 깊으면 계곡이 높듯이…. 서울로 돌아올 때의 기쁨이 아마 상봉의 기쁨보다 클 것이다. -이동-

전주, 고창, 부안으로의 여행

처가집 식구들과 함께 전주, 고창, 부안으로 2박3일간 여행을 다녀왔다. 역사의 현장을 찾아, 맛을 찾아. 장인어른, 장모님, 동서 가족들, 어른 7명, 아이들 6명이 7인승 차량 1대와 승용차 1대를 이용하여 여행의 설레임과 함께 이른 아침 집을 출발하여 전주수목원과 종이박물관 등을 거쳐 점심에 전주비빔밥을 먹게 되었다. 전주비빔밥, 기대와는 달리 특이한 맛은 잘 모르겠고 비빔밥 식당에서 닭 백숙을 같이 하고 있는 것이 특이했다.

점심 후 한옥 마을에 도착하여 술박물관과 공예공방촌, 전주한방문화센터 등을 둘러보고 한옥마을에 있는 숙소-동락원에 짐을 정리하고, 저녁으로 전주 한정식을 먹게 되었는데 끝없이 나오는 먹을 것에 놀라고 그 맛에 놀라고, 아이들도 즐겁고 어른들도 즐겁고, 그것이 바로 입의 즐거움인가 보다.

식사 후 전주전통문화센터에서의 국악공연을 보게 되니, 아이들이 접하기 어려운 국악공연을 보면서, 자신들이 아는 노래도 있다고 하면서 즐거워한다. 공연관람을 마치고 아이들을 숙소에 남겨두고 어른들은 전주에서 유명한 막걸리 한잔을 하기 위해 숙소를 떠나 막걸리집에서 맛있는 막걸리와 함께 이어지는 세상 이야기, 자연스럽게 아이들과 관련된 이야기들이 이어지고, 비가 조금 내리니 그 분위기를 더해 주는 듯도 하였다.

아침에 일어나 숙소에서 마련해주는 간단한 아침 식사로 하루를 시작하면서 내가 좋아하는 상추를 밭에서 따는 모습을 보게 되었고 그 상추와 함께 마련된 아침 식사, 그 소박한 맛이 오히려 반가웠다.

아침을 먹고 숙소를 떠나 치명자산 성지와 전동 성당 등을 방문하게 되었는데 신유박해 때 순교한 유항검과 동정부부 등, 고귀한 분들의 뜨거운 피를 느낄 수 있는, 어찌보면 나와도 조금은 인연이 있을 듯한 느낌들이 들었다.

막둥이 기헌이를 절반 정도는 안고 치명자산에 올랐음에도 그 어린 것의 입에서 "그렇게 왜 올라가자고 한 것이야."라는 어린 것의 어른스런 말 한 마디, 그 어린 것도 많이 힘들었나 보다. 그 다음은 경기전을 방문하여 문화관광해설사분을 통하여 듣는 전주의 역사, 아 그렇구나 라는 느낌들.

점심은 전주에서 유명한 콩나물국밥을 먹었다. 4,000원에 그렇게 맛있게 먹을 수 있다는 것이 여행에 즐거움을 더해준다. 나중에 아이들에게 물으니 여행 중에 먹은 음식 중에 콩나물국밥이 제일 맛있었다는 이야기들을 많이 한다.

식사를 마치고 전주박물관을 둘러보았고, 외형보다 그 내용이 실망스럽다는 느낌이 들었고, 계속하여 전주를 떠나 고창에 이르러 신재효 고택, 판소리박물관, 고창고인돌유적, 들꽃학습원 등을 둘러보았다. 판소리박물관 내에서 소리를 질러보고 그 정도를 재어보는 것이 신기하였고, 아이들도 즐거워하는 모습들이었다. 다시 맛있는 집을 찾아 풍천 장어와 복분자주로 맛있는 저녁.

저녁 후 숙소인 변산온천으로, 개구리들의 합창 소리를 들을 수 있어 좋고, 넘어가는 하루를 그냥 보낼 수 없어 맥주와 막걸리로 어른들만의 마무리 한잔들. 아침에 일어나 부안의 명물인 백합죽과 백합구이를 먹은 다음 새만금전시관, 드라마 이순신 촬영지 등을 둘러보고 곰소항으로, 젓갈로 유명한 곰소항에서 점심으로 젓갈정식을 먹으며 여행의 마지막 맛을 정리하고, 아이들을 위하여 원숭이학교에 들러 원숭이와 악어들을 둘러보고, 유치원생 기헌이는 토끼에게 풀을 먹여주며 즐거운 시간을 보내고, 여행을 마치고 서울로 올라오는 동안 즐거운 시간을 별탈없이 마칠 수 있음에 감사하는 마음.

서울에 도착하여 중국집에서 자장면 등으로 간단히 여행 마무리를 하면서 모두들 즐거운 시간들이었다고 하니 여행을 준비한 나로서도 더불어 즐거운 시간이었음에 감사하게 된다.

2007. 6. 3.

♥ 정말 많이 많이 고마웠다오. 그 즐거움, 행복함을 무엇에 비기리오. 참 생생하게 잘도 썼네요. 종종 이런 기회를 만들어주오. -서혜-
♥ 와~~파노라마가 펼쳐집니다!!! 치밀한 스케줄로 대가족을 이끌어 주시어 감사드립니다. -주*주-
♥ 매일의 시간에 감사함을 모르고, 우리는 당연시하며 생활을 마감하는지…. 글을 읽으며 감사, 사랑, 가족 간의 일치를 생동감 있게 느낄 수 있습니다. -김형-

행복 엿보기

아이들을 씻겨 하루를 마감해야 하는 시간, 큰 아이(9살), 작은 아이 (7살) 모두 소파에 앉아 아빠가 안아주어야 목욕하러 가겠다고 버티고, 나는 늘 그래왔듯이 오늘이 마지막이라고 하면서 아이들을 안아 목욕을 시킨다. 제법 무거워진 큰 아이를 안으면서 한 아이의 아빠로서의 뿌듯함도 느끼게 된다. 아이들의 밝게 자라는 모습을 대할 때마다, 비록 아이들로 인하여 내가 조금 힘이 드는 순간이 있을지라도 나는 더할 수 없는 행복을 느끼게 되고 아이들에게 감사하는 마음을 갖게 된다. 그러면서 나 역시 그들에게 내가 할 수 있는 모든 것을 다 해주고 싶고 내게 있어 그들이야말로 행복제조공장이라는 생각도 든다. 물론 나의 어린 시절을 되돌아보면 나도 그렇게 자라왔음을 인식하게 되고, 나는 그러한 부모님께 어떻게 행동하고 있는지도 돌아보게 된다.

아이들과 함께 이런저런 이야기를 하면서 아이들의 하루 먼지를 닦아 내고 나면 아이들은 엄마가 준비해 놓은 잠옷으로 갈아입는다. 늘 그러하듯이 각자 읽고 싶은 책을 몇 권씩 고른 다음 아빠에게 잠자리를 위한 인사를 하고 엄마와 함께 엄마의 침대로 올라가 엄마가 책을 읽어주는 소리를 들으며 하루를 마감한다. 처음에는 자신들의 침대를 사 주면 그곳에서 잠을 자겠다고 약속을 하고는 1년이 넘은 지금도 엄마 침대에서 책을 읽고 그곳에서 잠을 자면서 자신들이 잠들더라도 자신들의 침대로 옮기지 말라고 내게 미리 다짐을 받곤 한다.

아이들이 책을 읽기 위해 방으로 들어간 다음 조금 열린 문틈으로 엄마 침대에서 엄마의 책 읽는 소리를 듣고 있는 아이들의 행복한 모습을 살며시 엿보게 된다. 큰 아이는 침대에서 자주 떨어지는 관계로 침대 밑에 쿠션 2개를 미리 깔아 놓고 잠자리에 들기에 오늘도 자신의 잠자리를 위해 미리 바닥에 커다란 쿠션 2개를 깔아 놓았고, 작은 아이도 그곳이 형이 두 번째 잠을 자는 곳이라는 사실을 알면서도 쿠션 1개를 달라고 형에게 떼를 쓴다. 결국 작은 아이는 엄마의 중재로 쿠션 1개를 자기 것으로 확보해 놓으면서 얼굴 가득 개구쟁이의 모습을 보여준다. 동생의 그 어리광을 형답게 받아주는 형의 의젓한 그 모습 또한 아름답다.

엄마가 읽어주는 책의 내용은 연(꽃)에 관한 것인 듯 하다. 연의 종류, 연꽃의 화려함, 연의 줄기, 연의 뿌리 등 모든 것에 대한 내용이 진행되고 있다. 아이들의 아름다운 모습 속에서 연(꽃)에 대한 소중한 내용들이 아이들의 몸속으로, 그리고 아이들의 상상 속으로 들어가고 있음을 느끼게 된다. 작은 아이는 계속하여 형에게 장난을 치고, 형은 동생의 장난을 받으면서도 형으로서의 위치 때문에 엄마에게 오히려 칭얼거릴 뿐 동생에게 화풀이를 하지 않는 모습도 보인다. 침대에서 즐거운 모습으로 하루를 마감하는 세사람의 모습을 엿보는 것이 내게는 더할 수 없는 행복이다.

연을 길러보고 싶고, 연 뿌리를 뽑아보고 싶다는 등 아이들의 머리에는 연에 대한 모든 것들로 충만해진다. 다리를 뻗어 엄마의 몸 위에 올려놓고 즐거워하는 아이들의 모습들, 그 무엇과도 바꿀 수 없는 아름다운 모습들이다. 책 읽기가 끝나면서 하루를 마감하는 즐거운 잠자리의 시간이 된다. 아이들은 문틈으로 행복을 엿보고 있는 아빠의 모습을 보면서 내게도 환한 얼굴을 보여준다. 문틈으로 흘러나오는 그 행복을 엿보면서 나 또한 행복에 겨운 나의 모습을 느끼게 되고, 그 무엇과도 바꿀 수 없는 순간을 간직하게 된다.

  나는 오늘도 문 밖으로 새어나오는 그 행복의 불빛이 오래도록, 그리고 영원히 지속되기를 기도하면서 행복 엿보기를 마감한다.

2003. 6.

♥ 상대가 시인이었니??? 검사인 줄 알았는데. -이동-
♥ 친구가 느끼는 상식적인 가치가 이 아침을 더욱 신선하고 아름답게 만드는 구나. -임운-
♥ 어머나! 정말 무어라 표현할 수 없도록 커다란 감동이 밀려오네요. '오! 아름답고 소중한 가족애'를 느끼게 해 주네요. 읽어 내려가는 내 가슴은 마냥 행복하다오.~~~ !!! 고맙다. 내 소중한 가족들. 그 어린 시절 아이들의 사진을 가끔 보노라면 얼마나 이뻤던지. 아름다웠던 추억을 되돌아보게 해 줘서 고마 우이~~ -서혜-
♥ 저에게도 행복을 엿보게 해 주셔서 감사합니다. 참 멋지십니다!!! -주*주-
♥ 행복이 보입니다. 몽실몽실…. -이은-

사랑하는 아이들을 생각하며

퇴근 무렵 아내로부터 전화가 왔다. 초등학교 1학년인 작은 아이와 싸워 아이에게 졌다고 하면서 어찌하면 좋겠냐고 한다. 1주일에 한번 모축구교실에 다니는 작은 아이가 지난 주에 가기 싫다고 하면서 이번 주에는 꼭 가겠다고 약속을 하였는데 오늘 또다시 가지 않겠다고 하여 온갖 수단을 동원하여 가야 하는 사실을 이야기 하였으나 작은 아이는 조금의 동요됨이 없이 끝까지 가지 않겠다고 버티어 결국 아내가 두 손 두 발을 모두 들고 말았다고 한다.

그 고집이 분명 나를 닮았을 것임에 아내에게 미안한 마음이 들었고 아이들과 함께 지내면서 결코 아이들에게 매를 들지 않겠다고 다짐을 하고 있는데 오늘은 어찌해야 할 것인가에 대하여 오래도록 고민을 하였다. 어떻게 해야 할 것인가?

퇴근을 하면서 마지막까지 아이에게 매를 들지 않게 되기를 바라는 마음이었으며 식사를 마치고 조용한 방에서 작은 아이와 함께 마주하게 되었다. 물론 집에는 회초리가 없기에 아이에게 "네가 맞을 짓을 하였기에 무엇으로 맞을 것이냐"고 하면서 "무엇으로 맞을 것인지 찾아오라"고 하였더니 완구용 야구방망이를 찾아왔고, "그것으로는 되지 않

는다"고 하니 다시 나무로 된 그야말로 적당하다고 생각되는, 실로폰을
연주하는 도구를 가져온다.

　아이에게 몇 대를 맞을 것이냐고 물으니 5대를 맞겠다고 하기에 회초
리를 옆에 두고 작은 아이와 이런 저런 나름대로의 나의 이야기를 하게
되었고, 물론 그것이 나의 기준임을 알지만 그래도 아이에게 필요한 말
이라고 생각되는 나의 이야기를 하며 아이 눈치를 살펴 보았다. 나의 이
야기가 진행되고 잠시 후 아이의 눈에서 흐르는 눈물 한 방울을 확인할
수 있었으며 더 이상 진행해서는 아니 될 듯한 느낌이 들었고, 아이를
넓은 가슴으로 안아 주었다. 아이를 안은 상태에서 아이를 사랑하는 나
의 마음을 다시 이야기를 하였다. 오랫동안 훌쩍이던 아이의 가슴 속에
나와 비슷한 뜨거운 가슴이 있다는 것을 느낄 수 있었다.

　아이에게 매를 들지 않고 그 순간이 정리될 수 있었기에 나로서는 너
무도 감사하는 마음이었다. 물론 다시 오늘 같은 일이 없으리라는 생각
은 하지 않고 아니 있는 것이 극히 정상이라는 생각까지도 들었으나 다
시는 그러지 않겠다는 그 마음을 내가 알기에 오히려 나의 이야기를 들
어준 아이에게 감사하는 마음이 들었다.

2004. 5. 6.

아이들과 함께 행복 달리기를

아이들과 함께 한강 고수부지를 달린다. 긴 빗줄기가 끝난 다음의 시원한 하늘 아래에서 아이들의 힘찬 질주가 반갑기도 하다. 내가 달리기를 시작한 지 어언 4년이 지난 어느 날 작은 아이가(초등학교 1학년) 자기도 마라톤을 해 보겠다고 하여 시작한 아이들과 함께하는 즐거운 시간이다. 9월 12일 종합운동장 부근에서 개최되는 마라톤 5킬로미터 부문에 아이들과 함께 등록을 하고 열심히 준비 중에 있다.

작은 아이가 하겠다고 하니 큰 아이도 같이 하겠다 하고, 부근에 살고 있는 조카 2명도 덩달아 같이 하겠다고 하여 초등학교 1학년 1명, 2학년 1명, 3학년 2명이 나의 사랑하는 제자가 되었다. 이제 시작이지만 2~3킬로미터를 달리는 아이들의 모습에서 행복이 내게로 전해져 오고 있음을 느끼게 되고 아이들이 나와 함께 해주고 아이들로 하여금 내가 즐거울 수 있기에 이러한 것이 행복이구나 하는 생각을 하게 된다.

내가 마라톤을 시작한 첫 해에는 그냥 몸 관리 차원에서 조금 달리던 것이 첫 해에 10킬로미터를 한번 달리고, 다음 해에 하프마라톤 2번 달리고, 그 다음 해에는 조선일보 춘천 마라톤에 참가하여 4시간 1분대에 달리고, 작년에는 북경국제마라톤(삼성전자에서 후원)에 참석하여 3시간 45분대의 기록을 남길 수가 있었다. 중국에서의 마라톤은 연습이 부족하여 너무도 힘들었는데 중국이라는 나라의 땅이 넓어 마라톤 코스도 더 긴 것이 아닌가 하는 생각을 하면서 달렸던 기억이 난다.

천안문 광장에서 출발을 하는데 어렵게 사진사를 구해 기념사진을 찍으려는 순간 아뿔싸 필름이 없다는 사실 앞에서 커다란 아쉬움이 함께하는 마라톤이 되었다. 중국 북경의 인구는 대략 1,200만명, 북경 시내의 인구는 약 700만명 정도로 추산하는데 풀코스에 참가하는 사람은 대략 2,000~3,000명 정도였다. 국내의 조선일보 춘천 마라톤의 풀코스에 참가하는 인원이 2만명이 넘는 우리나라와는 아직 비교할 수 없는 수준이었다. 올해에는 9월 5일 고향 충주에서 개최되는 마라톤에 참가를 하기로 하였고, 살아가면서 중간 중간에 쉼표를 찍을 수 있다는 것이 나름대로 의미가 있는 듯 하다.

아이들과의 마라톤은 내게 있어 너무도 소중한 시간이다. 내가 처음 달리기를 시작할 때에는 1킬로미터를 달리는 것도 힘들었는데 아이들은 처음 1킬로미터를 너무도 쉽게 달린다. 내가 새싹들을 데리고 아름다운 그림을 그릴 수 있음에 감사하는 마음이 들고 새싹이 다치면 안되기에 준비운동도 많이 하고, 조금씩 조금씩 전진을 한다. 새싹들에게 풍성한 거름이 될 수 있음에 또한 뿌듯함도 느끼면서 모두가 잘 달릴 수 있기를 기원하는 마음이다. 아이들과 함께 즐거운 추억거리를 많이 만들 수 있기를 바라는 맘으로….

2004. 7. 21.

♥ 상대가 그리는 그림이 무척 아름답게 느껴진다. 파릇한 아이들의 재잘거림 속에서 흐뭇해 하는 상대의 모습이 보이는 듯하다. 좋아 보이고 부러우이~ -박민-
♥ 행복함이 느껴지네요. 저는 그런 검사님의 모습이 아름답고 멋있고 존경스럽기까지 합니다. 참 삶의 행복을 찾아 사시는구나 하며 많이 배웁니다. -신동-
♥ 참 멋지게 사는군요. -강영-

아들과 자전거 타기

토요일 오후, 아들이 한강 고수부지로 자전거를 타러 가자고 한다. 아들과 함께 각자의 자전거를 끌고 한강 고수부지로 향하는 길, 가는 도중에 횡단보도를 건너야 하는 도로를 지나야 한다. 내가 늘 아들에게 하는 이야기처럼, 자전거를 끌고 횡단보도를 건널 생각이었는데 횡단보도에 도착하니 적색신호가 순간적으로 녹색신호로 바뀌면서 나도 모르게 자전거를 타고 횡단보도를 건너게 되었고 아들도 나를 따라 자전거를 타고 횡단보도를 건너는 상황이 되었다. 순간적으로 뇌리를 스치는 생각 하나. 아들에게 늘 횡단보도를 건널 때는 자전거를 끌고 건너라고 하였는데….

많은 차량 운전자들이 횡단보도에서의 보행자보호 라는 기본적인 법규를 지키지 않는 우리의 현실에서, 그리고 아이의 아빠로서 항상 걱정이 되어 늘 그렇게 강조하던 자전거 끌고 횡단보도 건너기였는데, 한강 고수부지에서 아들과 함께 자전거를 타면서, 아들에게 지킬 것을 요구한 내용을 아들 앞에서 내가 지키지 못하였다는 사실이 마음 한 구석에 남아있어 줄곧 어찌 풀어야 할지 마음이 무거웠다. 돌아오는 길에는 반드시 횡단보도의 녹색 신호를 기다렸다가 자전거를 끌고 횡단보도를 건너리라는 다짐을 하면서.

그런데 막상 길을 건널 시점에 횡단보도에 이르기도 전에 차량 진행 신호와 함께 횡단보도 신호가 녹색으로 바뀌고 아이에게 차량 진행 신호에 자전거도 진행해도 된다는 것을 알려주겠다는 순간적인 생각으로 차량을 따라 차도를 따라 도로를 통과하게 되었고, 마음속의 문제는 계속하여 더욱 더 마음 깊은 곳에 남게 되었다. 어찌해야 할 것인가. 마음의 문제를 풀기 위해서 내일 다시 아이와 함께 한강 고수부지로 나가야겠다는 생각에 이르게 되고.

다음 날 성당에 가는 길, 아들에게 같이 걸어가자고 하였음에도 아들은 굳이 자전거를 타고 가겠다고 한다. 어제의 문제가 해결되지 않은 상황에서 걱정도 되고 확인도 해 보고 싶은 생각 등등. 그러라고 하고 아내와 나는 차량을 타고 아들보다 먼저 횡단보도에 이르러 아들이 보지 못하는 곳에서 아들을 지켜보게 되었다.

아빠가 숨어서 살펴보고 있는 것을 아는지 모르는지 아들은 두 군데의 횡단보도 모두에서 자전거를 끌고 횡단보도를 건너는 것이 아닌가. 아들에게 고맙다는 생각이 순간적으로 들었다.

아들아 아빠의 말을 잘 따라주어 정말로 고맙구나.

2008. 2.

아이들과 함께 추억을

지난 주말에 아이들과 함께 아름다운 추억을 만들었다. 양평에 있는 시골마을에 가서 허수아비를 만들고, 우렁이를 잡아보고, 개구리를 만져보고, 두부를 만들어 먹고 하는 즐거운 시간을 보냈다. 어린 시절에는 생활 그 자체였던 그것이 이제는 특별한 체험이 된 듯 하고 아이들은 허수아비를 같이 만든 것이 제일 많이 기억에 남는다고 하고, 그곳에서는 3개월 정도 전시할 예정이라고 한다.

우렁이농법, 오리농법으로 농사를 짓고 있는 현장에서 직접 우렁이를 잡아보고 오리도 만져보면서 자연과 일체가 되어 본 것이 아이들에게 좋은 추억이 되었으리라 생각된다. 두부를 만드는 과정을 보면서 즉석에서 만든 두부를 먹는 아이들의 모습이 너무 아름다웠고, 점심 시간이 지나 출출한 시점이었던 이유도 있겠지만 두부를 썰어오면 그 즉시 열심히 먹는 아이들을 보면서 이러한 것이 바로 산교육이 아닐까 하는 생각도 해 보게 되었다.

아이들과 함께 즐겁게 보낼 수 있는 좋은 프로그램들이 많이 개발되어 아이들이 어린 시절에 부모들과 아름다운 추억들을 많이 만들 수 있다면 좋겠다는 생각이 들었고, '아빠와 함께 추억만들기' 단체에서 주관한 당일 행사는 MBC에서 촬영을 하였는데 모 PD는 아이들보다 내가 더 좋아하는 것 같다는 말을 하기도 하였다.'

사실 나는 촌놈인지라 고향에 와 있는 느낌과 함께 아이들만큼이나 즐거움을 느끼게 되었다. 메뚜기, 잠자리를 잡아보고, 오리와 개구리 등을 직접 만져보고, 표고버섯도 직접 따 보면서 자연이라는 것을 아이들이 많이 느꼈으리라 생각한다.

　개울에서 다슬기도 잡고, 송사리도 잡아보면서 잠시나마 자연과 일체가 될 수 있었던 것 같고 그것은 아름다운 삶의 한 모습으로 충분할 듯하였다. 아이들 팀과 아빠 팀으로 나누어 축구를 하였는데 아빠 팀은 결코 아이들 팀을 이기면 안된다는 중요한 규칙하에 아이들 팀이 결국 4 : 3으로 아빠 팀을 이겼는데 나의 아이도 자신이 한 골을 넣었다고 하면서 너무도 좋아한다.

　아이들과 함께 아름다운 추억을 만드는 것이 아이들에게 소중한 재산이 될 것이라는 생각이 든다.

2002. 9.

♥ 참으로 멋진 산교육을 하고 있는 아버지라 생각하고 높이 존경한다오. -서혜-

아이들을 안아주며

큰 녀석 10살, 작은 녀석 8살, 볼수록 사랑스러운 아이들을 대하며 나도 그렇게 사랑을 받으며 자랐을 것이라는 생각이 들고 한편으로 내가 받은 그 사랑을 어머니께 어떻게 보답하고 있는지를 되돌아보게 되면 마음 한 구석이 아파옴을 느끼게 된다. 아이들은 기회가 있을 때마다 안아달라고 하고 그러면 나는 언제나 아이들을 안아주면서 가슴 한 구석에 있는 행복의 샘을 느끼게 된다.

작은 녀석에게 아빠가 언제까지 안아줄 수 있을까 라고 물으면 다음 학년인 2학년까지라고 한다. 형이 지금 3학년인데 아빠가 안아줄 수 있으니 너도 3학년까지는 가능하지 않을까 하고 물으면 자신이 지금 형과 비슷한 몸무게를 가지고 있기에 2학년까지라고 한다.

너무 귀엽고 사랑스러운 녀석들, 이미 30킬로그램을 넘어버린 아이들. 언제까지 그들을 안아보면서 나의 행복을 확인할 수 있을까? 그들을 바라보는 그 자체만으로도 행복한 나임을 느끼게 되고 시간이 허락하는 대로 아이들과 함께 즐겁게 잘 지내고 싶다.

작은 아이를 안아주면 큰아이가, 큰아이를 안아주면 작은아이가 샘을 낸다. 서로 상대방을 더 많이 안아준다고. 그 누구에게 더함이 있고 덜함이 있을까?

모두 나의 전부인 것을, 귀엽고 사랑스러운 녀석들.　　　　2004. 11. 29.

아이들의 행복일까 나의 행복일까

초등학교 4학년, 그리고 2학년, 아이들과 함께 한 10여 년, 아픔도 조금은 있었겠지만 아이들로 인하여 내가 느낀 행복이 그 아픔을 감히 이야기할 수 없을 정도이다. 아이들로 인하여 내가 행복하기에 나도 아이들에게 그 행복 이상을 나누어 줄 수 있기를 소망해 보게 된다. 주말이 되면 늘 아이들과 어떻게 즐거운 시간을 만들까 하는 생각을 하게 되고, 내가 아이들과 떨어져 대전에 살면서 아이들에게 더 많은 것을 해 주어야 할 의무감도 느끼게 된다. 며칠 전 큰 아이가 갑자기 달팽이 요리를 먹고 싶다고 하여 그 비싼 입맛을 채워주기 위해 가족들이 달팽이를 먹으러 다녀온 적이 있다. 예전 같으면 많이 망설였을 텐데 떨어져 생활하고 있으니 하나라도 더 해주고 싶은 마음이 든다. 그래도 아이들이 아직 나와 함께 하는 것을 싫어하지 않기에 어쩌면 다행인지도 모르겠다.

얼마 전에는 또 큰 아이가 갑자기 나에게 목욕을 시켜달라고 하였다. 나도 깜짝 놀랐고, 아내도 신기한 눈빛을 지었다. 아직도 그 순수함이 남아 있어 좋다는 느낌이 들었다.

이번 주에는 나의 아이들과 또래의 조카들을 포함하여 5명을 데리고 충주로 고구마를 캐러 가기로 하였다. 모두들 기대가 큰 모양이다. 나의 어머니의 울타리가 아직도 튼튼함을 느끼게 된다. 충주에서 아들을 위해 늘 기도하시는 어머니의 모습이 늘 마음에 와 닿는다. 잘 살아야 할 텐데 하는 생각들, 아름답게 살아야 할텐데 하는 생각들.   2005. 9. 30.

잔디와 함께 야구를

대전에서 주일을 맞아 성당을 다녀온 다음 아이들에게 무엇을 할 것인지 물으니 동물원에 가는 것보다 야구를 하자고 한다. 그래서 대전 청사 앞의 넓은 잔디밭에서 아이들과 함께 야구를 하게 되었다. 나는 영원한 투수, 조카 2명을 포함하여 아이들 4명은 포수하고 타자하고 수비하고, 아이들이 그렇게 신나게 놀 줄은 정말 몰랐다. 잔디밭에서 하니 아이들이 소위 슬라이딩을 하면서 즐거운 시간을 보내는 것을 보게 된 나 또한 즐거울 수 밖에….

그런데 11시에 시작하였는데 잠시 햄버거를 먹은 시간을 빼고 계속하여 야구를 하게 되었고, 아이들에게 그만 하자고 하니 아니된다고 하면서 투수인 나를 혹사시킨다. 아무리 재미로 하는 것이라고는 하나 교체 투수도 없는 상황에서 투수 생각은 하지 않고 아이들은 즐겁기만 한 모습이다. 2시가 넘으면서 그만 하자는 말을 계속하니 2시 30분이 되고, 미련이 남는지 더 하자고 하여 3시까지 거의 4시간 동안 투수로서 혹사를 당하게 되었다.

그래도 잔디밭에서 아이들이 야구를 하게 되니 너무 좋아한다. 잔디밭에서 야구를 한 것이 처음이라고 하면서, 작은 애는 타자로서 어찌 하면 공을 잘 칠 수 있는지 알게 되었다고 하면서 즐거워한다. 우리나라는 잔디밭이 사람을 위해 있는 것이 아니라 잔디밭 자신을 위해 있는 것이 대부분이기에 잔디를 보호하기 위해 잔디밭에 들어가지 못하게 하는데 이곳 대전에는 잔디밭에 들어가 놀게 하니 아이들에게 너무 좋은 놀이 공간을 만들어 주는 듯하다.

집에 들어오니 너무 피곤했는지 잠시 잠을 잘 수밖에 없게 되었으나 그래도 아이들의 밝게 노는 모습을 보게 되니 즐거운 하루였던 것 같다. 그 모습이 부모의 모습이 아닐까 하는 생각을 하게 되면서….

2005. 11. 2.

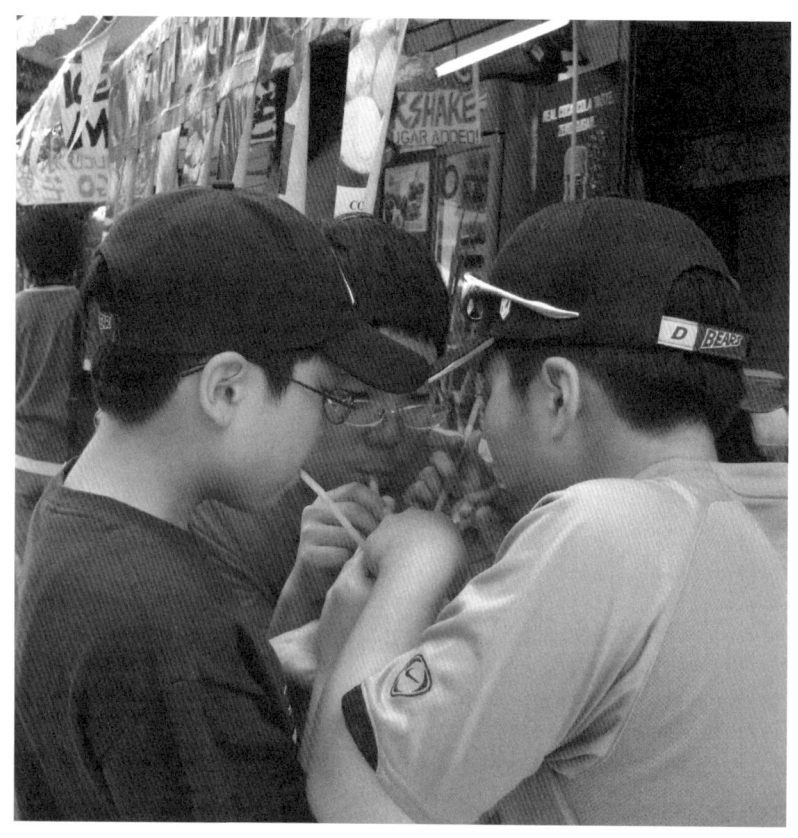

자장면과 함께 아이들과 함께

여느 때와 달리 일찍 퇴근하여 집에서 식사를 하고, 태권도 학원에 간 두 아이를 마중나가 데리고 왔다. 아이들은 집에 도착하여 잠시 쉬더니 8시 30분부터 10시까지 숙제를 한다. 나는 달리기 10킬로미터를 하고 집으로 돌아와 씻은 다음, 아이들과 함께 마실 찻물을 준비하고, 숙제를 마무리 한 아이들과 함께 차를 마시며 이런 저런 이야기를 하고, 아이들을 목욕시켜 주고 나니 11시가 넘은 시간이 되었다.

그 때 마침 아내가 저녁을 먹지 않았다고 하면서 배가 고프다고 한다. 식사를 한 줄 알았는데 하지 않았다고 하니 남편으로서 대책을 생각하다가 그냥 나온 말이 자장면을 시켜 먹자는 것이었다. 주변에 24시간 배달을 하는 중국집을 알기에 내뱉은 말인데 그 때까지 잠자리에 들지 않고 있던 아이들이 이구동성으로 자장면을 외쳐대고 결국 자장면 2그릇을 시켜 네 명이 늦은 시간에 먹게 되었다.

아이들도 그 늦게 먹는 자장면이 맛이 있는지 아이들 두 명이 자장면 한 그릇을 먹고, 나는 아내에게 양보하면서 조금 먹게 되었다. 먹고 나니 아내는 다시 입가심으로 요구르트를 가져오고, 가족들 모두 다시 요구르트 버전으로 넘어가 요구르트를 먹는 모습들을 연출하게 되었고, 밤 늦게까지 열심히 먹는 아이들의 모습이 오히려 귀여웠다.

먹는 것이 끝나니 그냥 자는 것이 몸에 좋지 않기에 다시 가족들은 둘러 앉아 카드놀이를 하게 되었다. 가족들이 하나가 되는 것이 이러한 모습이 아닐까 하는 생각을 하게 되면서 비록 시간은 12시에서 30분을 넘어가고 있었지만 가족들과 함께 하는 즐거운 시간이었기에 그 다음의 문제는 그야말로 그 다음의 문제가 되었다.

아내와 아이들이 잠자리에 드는 것을 보면서, 오늘이 행복한 하루였음을 확인할 수 있었다.

2004. 4. 19.

♥ 우리는 이런 그림을 보면서 아름답다 라고 말하지. -임운-

♥ 흠. 흠. 참 보기 좋은 그림이로다. 우리 친구들 모두의 가정에 이런 행복이 배달되기를 -김일-

♥ 일상의 조그마한 일에서 행복을 느낄 수 있는 상대의 따뜻한 마음을 나도 배워야 할 것 같구나. -김대-

♥ 모든 아이들이 아빠와 엄마와 같이 얘기하고 노는 것 좋아한다는 것 모든 아빠들이 다 아는데도 불구하고 그게 잘 안되는 것은 왜일까? -윤덕-

♥ 나도 마음이 훈훈해지며 행복해지네요. 정말 아름다운 그림을 보는 듯 하군요. 맞아요. "그 다음의 문제는 그야말로 그 다음의 문제"이지요~~~!!! -서혜-

♥ 그렇군요. 행복은 저 멀리 있는 게 아니네요. 독자가 되어 버렸어요. 감사합니다. -고명-

♥ 그냥 스치고 지나가는 일상생활 속에서 행복을 찾으시는 마음을 가진 검사님이 더 행복해 보이고 부럽네요. -조경-

♥ 행복중에 가장 행복한 것이 가족들과의 어울림 인 것 같습니다. 너무 행복해 보이시는군요. 저희 집 아이들도 라면과 자장면이라면 자다가도 깬답니다. 더욱더 행복하시길 바랍니다. -한동-

♥ 그래요. 저는 행복이란 것이 우리들 마음먹기에 따라서 가까이 있을 수도 있고 저 멀리 아주 멀리 있을 수 있다고 생각합니다. 앞으로도 계속하여 화목한 가정의 가장이 되길 기원합니다. -송진-

♥ 행복은 그다지 멀지 않은 곳에서 항상 우리와 함께 하는데 우리는 그 행복을 느끼지 못하고 있는 것 같네요. 검사님 여전히 행복하고 여유 있어 보이십니다. -정재-

이상대 검사와 함께사는 세상

첫 영성체 기념 가족여행

　오랜만에 제주도로 가족 여행을 다녀왔다. 이름하여 '큰 아이 첫영성체 기념 가족여행', 성당 주일학교에 개근을 하겠다는 아이들로 인하여 가족여행을 가기 어려운 일년이었고, 주일학교 개근상이 무엇인지 잘 모르지만 아이들의 그 마음이 좋았고, 가족들은 주말이면 초등부 미사에 같이 참석을 하고, 아이들 교리가 끝날 때까지 기다리며 토요일을 보내게 되었다.

　그리하여 아이들은 주일학교 개근상을 타게 되었고, 지난 겨울 방학에는 큰 아이가 첫영성체 교리를 거쳐 첫영성체를 하게 되었다. 큰 아이의 첫영성체 의식을 보면서 나의 가슴 속의 작은 출렁임도 느끼게 되었다. 내가 처음으로 영성체를 하던 그 시절, 그래도 세속에 때묻지 않고 비교적 순수했던 그 시절을 되돌려 보면서 가슴 한 구석이 시려움도 느꼈다.

　하얀 날개옷을 입은 아이들의 천사같은 그 모습이 너무도 보기에 좋았고, 첫영성체가 끝나고, 첫영성체를 한 큰 아이에게 아름다운 추억을 만들어주기 위해 제주도로의 가족여행을 가게 되었고, 서귀포 성당에서 가족 미사도 봉헌하였다. 큰 아이의 첫영성체로 인하여 가족들이 저녁기도를 같이 하는 시간이 많아지고, 영성체를 하겠다면서 새벽미사를 가는 큰아이의 모습이 보기 좋고, 가족들의 축복의 시간이 새로 만들어진 느낌이 들었다.

복사(미사 때 신부님을 도와주는 역할)로서의 임무를 부여받은 큰 아이, 즐거운 마음으로 잘 할 수 있기를 기도한다. 아내는 초등학교 주일학교 교사로서의 임무를 부여받게 되니 또 하나의 아름다운 그림들이 그려짐을 느끼게 되고, 지난 해 내가 먼저 성당을 통하여 봉사활동을 하겠다고 하였는데 올 4월에 있을 인사이동으로 인한 움직임 때문에 감히 시작을 하지 못하여 부끄러웠는데 그것을 아시고 가족들로 하여금 나를 대신하여 하도록 한 것은 아닌가 하는 생각도 하게 되면서 모든 것이 축복 속에 진행되고 있음에 감사하는 마음 뿐이다.

주일학교 교사를 하게 된 아내로 인하여 올해도 다시 아이들은 개근상을 받을 수밖에 없는 것은 아닐까 하는 생각을 하게 되고, 내가 다 채울 수 없는 부분이 많음을 알게 되면서 한편 내가 채우려 해도 채울 수 없는 부분이 또한 많음도 느끼게 된다. 큰 아이로 인하여 아름다운 그림이 그려지니 감사하는 마음이 절로 든다.

2005. 3. 15.

♥ 영성체한 큰 아들을 진심으로 축하하며 가족 모두가 이 큰 성사를 통하여 '성가정'을 이루니 더욱 기쁩니다. 하느님의 손길은 그것을 아는 자에게만이 '우연'이 아님을 깨닫게 해 준다고 봅니다. '상대'의 소식으로 인하여 모처럼 마음이 훈훈해지고 깊은 감동을 가지게 되었습니다. 감사합니다. -곽 신부-

♥ 아름다운 성가정을 축복하고 하느님께 뜨거운 감사를 드립니다. 많이 축하하고 함께 기쁨을 나누며 감동하고 있다오. 한 가정의 가장으로서 참 멋지네요!!! -서혜-

♥ 가정에 행복과 충만이 함께 하시길 바랍니다. -박성-

♥ 찬미예수님 주님의 은총과 사랑이 항상 함께 하시길 기도드립니다. -허창-

♥ 한 폭의 예쁜 밑그림을 그리셨군요!! 그 그림에 아름다운 색채가 더해져서 훌륭한 산수화가 완성될 수 있도록 기원드려봅니다. -윤병-

♥ 회장님, 진심으로 축하드립니다. 가정에 평화가 항상 가득하시길 기도드립니다. -문-

♥ 행복한 성가정이 되시길 바랍니다 ♣ -김도-

♥ 바람이 눈에 보이지 않는다고 해서 바람이 없다고 믿는 사람은 없을 것입니다. 바람과 같이… 소리 없이… 보이지 않는 누군가가 축복을 주셨다고 생각합니다. 가족을 통해 일상의 모든 일들이 축복 속에 있다고 생각하신다면, 이미 마음속은 사랑으로 가득 채워져 있을 것입니다. -천일-

♥ 이 글을 읽으니 저도 초등학교 시절 첫영성체 받았던 적과 6년 개근을 하여 개근상을 받았던 생각이 납니다. 지금까지 신앙생활을 하고 있지만 어렸을 때의 신앙교육이 지금에 어른이 되어서는 삶의 큰 힘이 되고 위안이 됩니다. 너무 아름다운 가정상이네요. 항상 주님 안에서 사랑받는 성가정이 되시길 바랍니다. -이선-

♥ ✝찬미예수님! 저 또한 예전에 초등부 주일학교 교사를 하면서 설레임으로 첫영성체를 하는 아이들의 눈망울에서 벅찬 기쁨을 느꼈었는데…. 그 눈망울이 다시 그려지네요.~* 사랑받기보다는 사랑할 줄 아는 주님의 자녀가 될 수 있도록 기도드리겠습니다. -이경-

♥ ✝찬미예수님! 청소년들을 유혹하는 오락문화의 홍수 속에서 현혹되지 않고 정진한 큰 성과이군요. 축하드립니다. -김두-

제4장
나을 돌아보면서

나는 누구일까

세상에 나와

현재의 시간들을 살아가고 있는 나

나는 과연 누구일까?

누구이어야 하는가.

끊임없는 나와의 대화 속에서

나의 모습을 찾아가려 노력하고 있다.

내가 원하는 나의 모습으로

나답게 살고 싶은 것이다.

아름답게 살아가고 싶고

그 아름다움의 주머니를 어떻게 채울 것인지에 대하여

늘 고민을 하며 살고 있다.

지난 해 법조봉사대상을 받으면서

그래도 조금은 잘 살아왔다는 생각에
스스로 위안을 삼게 된다.
나를 돌아보며
내가 되고 싶은 내가 되기 위한 고민들
잘 살아야 할텐데
잘 해야 할텐데.

4월의 주말 오후

　따뜻한 바람이 있고, 화사한 색의 꽃들이 있고, 나를 품어주는 가족이 있다. 토요일 오후, 작은 아들은 아내와 함께 성당에 가고 나는 큰 아들과 함께 한강 고수부지로 자전거를 타러 나갔다. 고수부지 마라톤 코스를 따라 달리던 때가 이미 두달이 넘었다. 달리는 사람들을 보면서 같이 달리고 싶은 마음이 새록새록, 나도 저렇게 달리는 사람들의 무리 중에 한사람 이었는데 오랜만에 보는 한강도 반갑고 오랜만에 만나는 달리는 사람들도 반갑, 신선한 주위 풍경 등 모든 것이 또한 새삼스레 반가움으로 다가온다.

　노란색으로 갈아입은 개나리, 그 속에서 같이 취하여 사진을 찍고 있는 사람들, 온갖 꽃들이 자신의 자태를 뽐내며 잘난 체를 한다. 봄처녀는 아닌 듯한 분들의 봄나물 뜯는 모습들조차도, 보이는 어느 것 하나 아름답지 않은 것이 없다. 눈에 보이는 모든 것이 나와 함께 해 주고 있다는 그 느낌 자체만으로 난 충분히 행복한 존재임을 알게 된다. 세상이 내게 주는 그 모든 것이 다 조화를 이루어나가는 듯하다.

　예전에 보지 못하던 동호대교 부근에 세워진 자그마한 비석 하나를 발견하고 가까이 가 확인해 보니 2007. 7. 7. 동호대교 부근의 한강에서, 물에 빠진 사람을 구하고 자신의 생명을 다한 사람을 기념하기 위한 비석이다. 최원욱, 1982년생, 마음이 아프다. 그 부모의 이름 등도 적혀있다. 자식을 먼저 보낸 부모의 마음, 비록 의인이라는 이름으로 살아있는 사람들이 그 이름을 기억해 주겠지만 그 아픈 마음을 과연 누가 달래줄 수 있을 것인가! 죽음 앞에 아프지 않을 사람이 없겠지만 그런 고귀한 맘을 가지고 있는 사람이 더 오래오래 남아서 더 좋은 일을 많이 했어야 하는데.

나는 어떠한 존재인지 되돌아보게 되고, 지구상의 우주의 미세한 먼지 만큼의 존재도 되지 않는 참 보잘 것 없는 존재라는 인식에 이르게 된다. 그래도 그 먼지 밖에 되지 않는 존재이지만 삶의 이유가 있기에 나름대로의 그 이유를 찾아 아름답게 잘 살아야겠다는 다짐을 하게 된다. 어떻게 살아왔고, 어떻게 살아가고 있는지 되돌아보게도 된다. 생명이 생명으로서 가치가 있는 순간이 어느 순간까지 일까? 삶과 죽음이 무슨 의미일까? 죽음이라는 것이 삶과 큰 차이가 없다는 생각도 해 보게 된다.

아들과 함께 자전거를 타면서 느끼는 그 자연의 향기, 이 보다 더 행복할 수 있을까 하는 생각이 든다. 아이의 밝은 모습, 건강한 모습을 보면서 잘 자라주고 있는 아이에게 고마운 마음도 느끼게 된다. 열심히 달린 후 아이와 함께 하는 컵라면의 맛, 여느 때 먹던 컵라면 보다 더 맛이 있다. 아이의 환한 웃음 속에 내가 있고 나의 건강한 모습 속에 아이가 있다는 느낌이 들었다.

앞으로 내게 주어지는 그 모든 것이 감사해야 할 부분들임을 인식하게 되고 어찌 아름답게 살아가야 할지, 내게 주어질 시간들을 어떻게 아름답게 장식할 것인지를 생각하게 되었고, 정말로 아름답게 잘 만들어 가리라는 다짐과 함께 한 주말의 여유로운 시간이었다.

2008. 4. 6.

나의 그릇 살피기

나의 그릇은 어디에 있을까
과연 어떻게 생긴 것일까
어찌 채워야 할 것인가
채워질 수 있는 것일까
태어나 지금까지 살아오면서
나의 그릇은 어찌 변해왔으며
어떻게 변해가고 있을까
나의 그 그릇이 넘쳐
다른 사람들의 그릇도
채워줄 수 있다면 좋을텐데
어찌 채울 것인가
나의 그릇을
아름다운 그릇을
아름다움으로 채울 수 있다면
참말로
좋겠는데.

2004. 12. 10.

대전에서 주말의 밤을 맞으며

지난 주에는 을지훈련 때문에 일요일 저녁에 내려오고, 이번 주에는 동호회 회원들과 함께 하는 마라톤 대회에 참가하기 위해 토요일 저녁에 내려왔다. 보통 월요일 아침에 내려올 경우 곧바로 회사로 출근을 하고 다른 시간적 여유가 없이 일주일이 시작되기에 다른 생각을 할 시간이 없지만 토요일, 일요일에 내려 와 숙소로 향하게 되니 다른 느낌이 들고 보이지 않던 것들도 보인다. 어두운 시간에 대전에 다다르면 왠지 낯선 곳에 온 듯한 느낌이 든다. 마치 처음 와본 듯한, 나와 함께 살아 줄 사람을 새로이 찾아야 할 듯한 느낌들, 인생이라는 것이 혼자서 살아가야 할 부분이 많듯이, 혼자서 내일을 준비해야 하는 것처럼. 이제 40이라는 나이를 넘어서려고 한다. 지나온 시간이 많았는지, 앞으로 살아가야 할 날들이 많을지 모르는 시기이다.

오늘을 즐겁게 아름답게 행복하게 살고자 노력하고 있는데, 과연 내 주위의 사람들에게 얼마만큼의 행복을, 얼마만큼의 아름다움을 전달하고 있는지 궁금하기도 하다. 나로 인하여 주위 사람들이 행복하기를 바라는데, 그리고 그렇게 노력하고 있다고 생각하는데.

이제 가을이 되려 한다. 늦여름인지 초가을인지는 모르지만 모두의 행복을 소망해 본다.

2005. 8. 30.

대전생활과 북경생활

대전 생활이 이제 한달이 되어가면서 새로운 적응을 잘 하고 있다는 느낌이 든다. 새로운 임지에 도착하여 그곳 상황에 적응하는데 필요한 시간들이 점점 단축되어지는 듯하다. 그러면서 베이징에서 혼자 몇 달 동안 지내면서 나름대로 그럭저럭 잘 지내던 그 시절이 많이 생각난다. 아는 사람 별로 없는 곳에서 추운 겨울을 났던 당시의 모습이 새삼스럽게 떠오르면서 대전생활과 그곳 생활을 비교하게 된다.

베이징에서 서울까지는 비행기로 2시간이 소요되고 그곳에서 학교 동문들 및 유학생들과 자주 만났는데 한편 대전에서 서울까지는 버스로 2시간이 소요되고 이곳 대전에서도 학교 동문들을 또 만나 함께 하는 시간을 만들곤 한다. 그곳에서는 혼자 때로는 유학생들과 주일에 성당에 다녔으나 이곳에서는 퇴근하는 길에 성당에 들를 수도 있고, 신부님께서 직접 두 달에 한번 검찰청을 방문하시어 미사를 봉헌해 주시니 좋고, 내가 감히 회장이라는 직함을 갖게 됨이 조금 조심스럽기도 하다.

그곳에서는 아침 7시에 일어나 8시에 학원을 가든가 학교에 갔고 저녁에는 청화대학교 교내 트랙에서 신나는 달리기를 하였는데 이곳에서는 아침 6시에 일어나 유등천변에서 1시간 정도 신나는 달리기를 한 다음 8시에 사무실을 향하여 즐거운 출근을 한다. 그곳에서의 마라톤 기록은 3시간 45분이었으나 이곳에서는 3시간 20분을 목표로 열심히 달리고 있다. 오늘 아침에는 달리기를 하면서 유등천에서 즐겁게 나들이를 나온 잉어 가족을 만났다. 7~8마리의 즐거운 잉어 가족이 떼를 지어 노니는 모습이 무척 행복해 보였다.

그곳에서는 학원의 오전 수업을 마치고 만두로 한 끼를 때웠고 평상복을 입고 슈퍼에서 이것저것 먹을 것을 구입하였고 나의 흔적을 가족들에게 쉽게 알리기 힘들었으나 이곳에서는 점심을 동료들과 함께 맛있게 먹을 수 있고 퇴근하는 길에 정장 상태에서 홈플러스에 들러 일주일의 식량을 구입하곤 하고 신용카드를 사용하면서 문자 메시지를 사랑하는 아내의 것으로 연결해 놓아 나의 작은 흔적을 가족들에게 종종 알릴 수가 있다.

그곳에서는 그리운 가족들을 그리워하는 것으로 만족하였으나 이곳에서는 언제나 만날 수 있음에 그 그리움이 그곳보다 크지 않고 또한 주말에 나와의 만남을 기다려 주는 가족이 있음에 더욱 행복을 느끼게 되고 가족이라는 존재 그 자체, 그리고 가족이 있다는 그 자체가 행복의 중요한 원천임을 새록새록 느끼게 된다.

그곳에서 택시를 타려면 택시 기사가 나의 말을 알아들을까 항상 걱정이었는데 이곳에서는 아무런 부담없이 택시를 탈 수 있으니 좋고, 또한 아름답게 살고 싶은 마음을 아름답게 자유롭게 펼칠 수 있어 행복함을 느끼게 된다. 내게 혹시 아름다운 마음이 조금이라도 있다면 그 마음이 주위 사람들에게 많이 전도되기를 기원하면서.   2005. 5. 23.

♥ 생활의 발견. 작은 것에서부터 사랑과 행복한 나날 계속되시길 빌겠습니다.~~-김성-
♥ ~~충만한 삶과 항상 사랑하는 마음으로 생활하시는 검사님!!! 파이팅 -박전-
♥ 북경에서보다 대전에서의 삶이 좋은 점이 많군요. 어디서든지 삶을 즐겁고 아름답게 가꾸
   시는 모습이 참으로 보기 좋습니다. -윤병-
♥ 지도를 받았던 시간이 그립네요. 대전에서도 기록도 많이 올리세요.~ -이효-

대전을 떠나면서

　예견된 이별이었지만 준비하여 대처할 수 없는 아픔들이 있다. 대전을 떠나기 1주일 전부터 아파트에 있는 짐들을 만지작거리며 아픔을 정리하였건만 그 아픔이 쉽게 정리가 되지 않는다. 대전을 떠나기 전날, 내가 뒹굴던 방 구석구석을 되밟아 본다. 혼자 외로워 미칠 것 같았던 시간들도 있었고, 다시 올 수 없는 사랑의 순간들조차도 되새김을 해보니 이제는 아픔으로 가슴에 새겨진다.

　왜 자신을 버리고 그렇게 떠나는 것이냐는, 구석구석에 새겨진 시간들의 소리 없는 아우성들도 가슴에 와 닿는다. 왜 자기에게 마음대로 왔다가 마음대로 떠나는 것이냐고. 어찌하랴, 내 삶도 내 마음대로 주체할 수 없는 부분이 많은데.

　내게 주어졌던 1년(10개월) 이라는 시간, 짧은 기간이라는 생각에 많은 직원들을 만나려 노력했고, 많은 만남을 만들었다. 마라톤 동호회 회장, 볼링동호회 회장, 가톨릭 모임 회장으로서 많은 사람들을 만났고, 과 소속 계장 이하 전 직원들과의 오찬 만남, 소년소녀가장들과의 만남, 재소자들과의 만남 등등.

　이제 막상 떠남을 생각하니 벌써 가슴이 아파온다. 내가 만든 만남에 대한 내가 안고가야 할 이별의 아픔들. 왜 그러한 만남을 만들어 왜 그러한 아픔을 만들어야 하는 것인지 모르겠다. 내가 감당할 수 없는 아픔들은 아닐지? 어디서 왔는지 모르겠고, 어디로 가는 것인지 모르겠는 그 모습들….

지나온 시간들과의 마지막 인사를 나누고 아파트를 나서니 마음 속의 흐르는 눈물을 주체할 수가 없다. 그래도 떠나야 함을 알기에 회사에 도착하여 내가 자주 가던 체력단련장의 러닝머신 등과 이별의 인사를 나눈다. 나를 위해, 나의 무거운 몸을 싣고 열심히 달려주던 러닝 머신, 이름 모를 헬스 기구들, 그 모든 것들이 역시 나에게 서러운 마음을 토로한다.

뭐라 할 말이 없는 나, 이제는 누구에게도 정을 주지 말아야 하는 것일까? 어떻게 이러한 삶을 계속할 수 있을지 정말 자신이 없다. 그렇다고 내 주위의 모든 것들에 눈을 감을 수도 없고. 직원들과의 이별의 순간들, 주어진 1년의 시간 동안 많은 직원들을 만나 즐겁게 지내려 노력했고, 실제로도 그랬건만 그 모든 것이 또한 내게 아픔으로 돌아올 줄이야.

눈을 맞추면 더 아픔일 듯하기도 하고, 그냥 눈웃음으로 그 아픔을 대신해 보기도 한다. 언제 다시 만나 지난 시간의 추억을 이야기할 수 있을까? 대전에서 있었던 모든 시간들이 아름다움은 아니었을지라도 내게 소중한 시간들이었기에 소중한 인연이었고, 소중한 추억이었다.

비록 그 아픔이 감당하기 어려운 것이라고 할지라도….

모두들 행복하기를 바라는 마음으로.   2006. 2. 20.

♥ 마치 졸업과도 같은 이별이야기. 몇 년이 더 지나면 익숙해질까? -조인-
♥ 어라! 영감님이 웬 약한 모습. 더 아름다움이 널 기다리고 있다. 행복하시길 -이순-
♥ 그래도 항상 이렇게 따뜻한 마음을 유지할 수 있는 상대가 부럽네. -김형-
♥ 새로운 곳에서의 새로운 만남에, 잘 할 것이야. 항상 믿고 있으니깐. -유인-
♥ 상대에게도 낭만이 있네! -지병-

행복나눔 이상대 검사와 함께사는 세상

스촨성에서의 두려움

　중국 스촨성의 면적은 48.5만 평방킬로미터(대한민국은 9만9,461평방킬로미터)로서 중국에서 인구가 제일 많은 성이고 중국 서부개발의 거점도시라고 할 수 있는 곳이다. 동료와 함께 스촨성을 여행하면서 중국의 서부개발 현장을 눈으로 확인할 수 있었고 그들의 개발 속도에 놀라지 않을 수 없었으며 두려움이 앞서가고 있는 모습을 느끼며 무섭다는 생각까지도 들었다.

　어메이산을 향해, 그리고 두지앙앤을 향해 버스를 타고 고속도로를 지나며 중국의 현재의 모습이 내가 생각했던 그 모습(나도 잘 모르는)이 아니라는 사실을 분명히 느낄 수 있었다. 그 넓은 땅에 건설된 고속도로를 보면서 중국의 경쟁상대는 이미 우리나라가 아니라는 생각에 이르게 되었다. 중국에서는 고속도로와 같은 산업 기초시설을 갖춤에 있어 낮은 인건비와 3교대 근무를 기초로 쉽고 저렴하게 건설할 수 있는 것이 현실이다. 중국인들 중에는 한 끼 식사를 5위앤(750원) 정도로 해결하는 사람들이 많이 있으며 최저임금이 495위앤인 점(대부분 맞벌이인 점 고려)에 비추어 충분히 돈을 모아 나갈 수 있는 상황이라고 보여지기에 자본 형성에도 큰 무리는 없겠다는 생각이 든다.

　우리들은 따주쉬쿠(대족석각)의 노점에서 국수(2위앤 상당)를 먹었는데 노점상들은 우리가 외국인이라는 사실을 알고 5위앤이라고 속이기에 일행이 옆 노점에서 그 가격을 확인하려고 옆 노점에 가자 내가 보고 있음에도 옆 노점상에게 손가락으로 5위앤이라고 말해달라고 하는 모습을 보면서 매일 보는 사람들 앞에서 버젓이 가격을 속여가면서도 돈을 벌겠다는, 돈을 벌기 위해서라면 수단, 방법을 가리지 않을 수 있다는 그들의 모습 자체에 놀라지 않을 수가 없었고 중국에서 여행을 다니다 보면 돈과 관련된 부분은 매번 속는다는 느낌이 들게 된다.

중경의 버스에 영문 BUS가 등장한 사실만으로도 커다란 변화의 시작을 확인하고 느낄 수 있었다. 물론 시민의식, 질서의식(일례로 중국인들은 줄을 설 줄 모르는 듯함)이 부족하다는 사실, 있는 사람이 없는 사람을 무시하는 현실(없는 사람을 인간취급조차 하지 않는 듯한 느낌을 받게 됨), 빈부격차를 해결할 방안이 현재로서는 없어 보이는 점, 환경문제, 오염문제, 교통문제의 해결이 요원한 점, 체제에서 오는 한계 등 문제는 많다.

그러나 그렇게 어렵게 보여지던 인구 문제도 한족의 경우 한 가족이 하나의 자녀를 낳게 하는 정책을 시행한 지 이미 20여년이 지나 정착이 되어 있어 해결이 되는 듯한 모습을 볼 수 있는 것과 같이 시간의 문제인 듯 하다(물론 요즈음 인구 정책의 재전환이 논의되고 있지만).

문제는 우리에게 있는 것이다. 우리에게 마지막 남은 시장이자 희망인 중국 시장을 위해 우리는 무엇을 준비하였고, 무엇을 준비하고 있느냐고 자문해 보면 아무 것도 없다는 것이, 최소한 내가 조금 알고 있는 지식으로만은 정답일 듯 하고 다른 부분 역시 특별한 대책이 없는 것처럼 보여지기에 두려운 맘이 드는 것이다.

대한민국의 한 사람으로서 이제라도 무엇을 어떻게든 시작을 해야 할 텐데 아무 것도 하지 못하고, 아무 것도 하지 않고 있는 현실이 답답하

기만 하다. 한국과 비교하여 엄청나게 넓은 중국의 각 성에 대한 전문가
는 고사하고, 중국에 대한 전문가조차 제대로 없고, 제대로 관리되지 않
고 있는 우리의 현실 앞에서, 이미 늦어버린 지금 와서 무엇을 어떻게
할 것인가를 생각하게 되면 더욱 막막하고 정말 답답하다.

2004. 2. 14.

법정에서

늘 그렇게 사건은 흘러가고 있다. 사건번호로 호칭되는 사람들, 사람이 객체인 현장이다. 피고인의 항소이유서를 보면 "나는 정말 억울하다."라는 표현이 있음에도 유죄 선고를 받은 피고인, 과연 어느 것이 진실일까? 그는 정말 억울한 것일까? 억울하다면 누구의 책임일까? 검찰의 책임은 어느 정도이고, 법원의 책임은 어느 정도일까? 합리적 의심이 없다고 판단한 법원 판사들, 그렇다면 그들은 판결 결과를 확신하는 것일까? 무죄임에도 유죄로 판단된 사람은 얼마나 될까?

형량을 줄여달라는 피고인들의 모습들, 판사의 재량 한도내에서 그 재량은 과연 누구를 위한 재량이며 그 기준은 누가 설정하는 것일까? 누가 주인일까? 자신과 관련 없는 사실에 대하여도 들어야 하는 사람들, 자신과 관련 있는 사건이 진행될 때까지 조용히 들어주어야 하는 사람들도 있다. 그들은 다른 사람들의 어려운 사정을 들으면서 불쌍하다는 생각들을 하고 있을까? 인간쓰레기라고 평가하면서 자신과는 다른 세계의 사람이라고 평가하는 사람들도 있을 것이다.

과연 판사, 검사, 변호사는 진행 중인 사건에 어떠한 관심을 갖고 있는 것일까? 그냥 스쳐 지나가는 사건일 뿐일까? 누구를 위한 재판일까? 피고인만이 관심을 갖고 있는 것은 아닐까? 직업으로서의 관심, 수입을 위한 관심, 사실관계를 밝히겠다는 열정 내지 의욕들 등등이 두둥실 법정에서 떠다니고 있다.

2007. 2. 15.

내복 입던 시절

내복 입던 시절이 생각난다. 20년 전, 30년 전의 일이 아니라 지난 해의 일이다. 중국 북경에서 추운 겨울을 나면서 오랜만에 내복을 입고 지내게 되었고, 그 따뜻함도 느끼게 되었으며 옷의 소중함도 몸으로 느낄 수 있었다. 추운 겨울에 난방을 하지 아니하고 내복을 입고 전기 장판 (한국 돈 10,000원 정도) 으로 한 겨울을 지냈던 그 시절, 돈을 주고도 경험할 수 없는 소중한 시간이었고 경험이었다는 생각이 든다.

물론 난방을 할 수도 있지만 혼자 있는데 무슨 난방이 필요할까 하는 생각도 있었고, 또한 견딜 수 없는 정도의 추위가 아니라는 판단에서였고 감기 없이 겨울을 지낼 수 있었으니 행복한 시간이었다. 그러면서 다른 유학생들의 이야기를 들으니 전기 난로를 틀어 놓고 전기 장판과 함께 겨울을 나는 유학생들도 많다고 한다. 젊은 나이에 한번 버티어 봄직한 추위라는 생각이었는데 물론 각자의 생각과 각자의 몸 상태가 다 다르기 때문에 나의 기준으로 평가할 것은 아니겠지만.

내가 살던 곳은 개별난방이었고, 중국의 많은 아파트가 개별난방이라고 한다. 개별난방인 집에서 난방을 하려면 집에 거주하고 있는 사람이 관청에 가서 가스를 구입하여 난방을 위한 기구에 가스를 넣어(신용카드 형태로 구입) 작동시키는 것이다. 열효율 면에서 석유가 많이 새어나가고 있는 요즈음 내복 입기를 실천하면 어떨까 하는 생각이 든다.

어린 시절 시골 마을에서 자라면서 내복은 기본이었다. 겨우내 내복은 필수였고, 내복이 그 추운 겨울을 따뜻하게 지낼 수 있게 해 주었다.

요즈음 대부분의 아파트가 공동난방을 하고 있고, 그로 인하여 열 손실이 많게 되었으며 나아가 한겨울에도 반팔, 반바지를 입고 지내는 것이 일반적인 모습이 되었다. 걱정스러운 모습이다. 전기를 위해 사라지는 화석연료들, 언제까지 무한대로 존재하는 것이 아닌데.

그런데 현재의 나는 어찌 하고 있는가?

2004. 12. 17.

딸기의 아픔

어제 고향 마을을 다녀왔다. 늘 그러하듯이 그러한 마음으로. 겨울답지 않은 날씨로 질퍽질퍽한 땅만큼이나 마음도 왠지 그러한 느낌이 들었다. 아이들을 재워 놓고 아내와 함께 수안보 쪽으로 드라이브를 가게 되었고, 충주를 지나 수안보 방향으로 접어들었을 때 도로 한 편으로 딸기를 판매한다는 야광으로 된 글씨들이 서너 개 눈에 들어왔다. 11시 30분이 다 된 시간이라 철수했으려니 했더니 그 시간에도 딸기를 판매하고 있었고 딸기를 조금 살까 하다가 돌아오는 길에 둘러보기로 하고 그곳을 지나쳐 가게 되었다.

수안보에 도착하여 뜨거운 어묵과 어묵 국물을 먹고 그 길로 다시 되돌아오게 되었는데 약 30분 정도가 소요되었건만 딸기를 팔던 그 분들을 볼 수가 없었다. 그곳을 지나면서 그 짧은 시간 속에 많은 상념들이 스쳐 지나갔다. 객관적으로는 딸기 한 바구니가 큰 의미는 없겠지만 달리 생각해보면 그 사소한 것이 그 누구에겐가 중요한 의미가 될 수도 있겠다는 생각, 내가 딸기 한 바구니를 사주게 되면 그것이 그 사람에게는 늦은 시간에 기쁨이 될 수 있겠다는 생각, 내가 내게 부여된 중요한 그 무엇을 놓친 것이 아닌가 하는 생각, 그 순간 최선의 선택을 하지 못하였다는 생각, 시간이 결코 나를 위해 기다려주지 않는다는 생각 등등이 나로 하여금 자신을 되돌아보게 만들었다.

내가 딸기 한 바구니를 팔아준다고 하여 그것이 그 누구의 인생을 바꿀 수는 없겠지만 경우에 따라서는 그럴 수도 있겠다는 생각에 이르면서 마음 한구석이 아파오고 있음도 느꼈다. 내게 주어진 기회를 내가 아름답게 만들어 가야 할텐데 마음 한 구석이 텅 비어있음도 느끼게 되고, 주위 모든 사람들의 생활이 아름다움으로 장식되기를 기원하게 된다.

2002. 1. 14.

행복나눔 이상대 검사와 함께사는 세상

명성산을 다녀와서

   가을을 느끼고 싶어 아이들과 함께 10월 둘째 주에 포천에 있는 명성산을 다녀왔다. 으악새가 자유롭게 날아다니는 그곳은 가을로 충만하였다. 중국에서 귀국한 지 반년이 지나 처음으로 고등학교 산우회와 함께 하니 오랜만에 만나는 얼굴들, 반가운 얼굴들로 가득하였고, 모두들 내게는 소중한 인연이 되는 사람들임에 만남 그 자체로서 가슴이 벅찬 느낌이 들었다. 아이들도 산 위에서 먹기로 한 컵라면 때문인지, 오랜만에 아빠와 함께 하는 산행의 즐거움 때문인지 열심히 산에 오르는 모습이었고, 오르고 오르면 또 올라야 하는 산, 산이 그곳에 있기에 같이 할 수 있는 것이고, 나와 함께 해 주는 산이 있어 또한 좋다.

   중국에 있는 황산을 오르면서 정말 동양화에 나오는 그러한 아름다움이 그곳에 있다는 사실을 느끼면서 왜 중국 사람들이 중국에서 황산을 최고의 산으로 생각하는지를 느꼈고 나 역시 정말 최고의 산이라는 느낌에 부족함이 없었다. 내가 만난 산 중에 명성산보다 더 좋은 산이라고 평가받는 산도 많지만 명성산 그 자체의 아름다움 또한 그 무엇에 비교할 수가 없다는 생각이 들었다. 명성산이 정말 사랑스럽다는 생각이 들면서 사랑하는 마음으로 보면 모든 것이 사랑스럽게 보인다는 말이 생각났다.

   명성산을 한참 오르는데 저만치 앞에서 반가운 얼굴들이 걸어오고 있는 것을 발견하고 뛸 듯이 반가웠다. 1년 전에 결혼한 6촌 형님 내외분이었다. 늦게 결혼하여 그 이상으로 행복하게 살아가고 있는 듯한 두 분의 그 모습이 너무도 아름다웠고, 부부가 같이 산에 오르는 모습 역시 아름다운 그림 이상이었다. 정상에서 아이들과 함께 하는 컵라면, 비록 조금 식은 물로 인하여 본래의 맛보다는 덜하였을지 몰라도 아이들과 함께 산 정상에서 먹는 그 맛은 그 무엇과도 비교할 수 없는 맛이었다. 즐거운 산행을 마치고 되돌아오는 버스 안에서 곤히 자고 있는 아이들의 모습이 내게는 사랑스러운 천사들의 모습이었고, 그 아름다운 천사와 함께 하는 나는 그 무슨 아쉬움을 이야기할 수 없는 행복한 존재임을 확인할 수 있었다.

2004. 11. 5.

배고픔의 행복

    먹을 것도 많고 맛있는 것도 많은 주위에서 매일같이 배고픔의 행복을 느끼며 사는 사람이 얼마나 될까? 단순히 때가 되어 하루 세끼를 때워 나가는 사람들은 얼마나 될까? 어린 시절에는 밥과 김치, 고추장만 있으면 충분히 배부를 수 있었고, 때가 되어 포만감을 느낄 수 있는 것이 행복의 하나의 조건으로 충분하였었다.

    그러나 이제 시대가 바뀌어 많은 사람들이 다른 분위기에서 살고 있다. 때가 되어도 별로 배고픔을 느끼지 못하고 그냥 한 끼를 때우는 사람들이 많아졌고, 한편으로는 배고픔과 거리가 있는 상태에서 먹기를 계속하여 여분의 영양분이 몸 구석구석을 찾아 숨도록 하고 있다. 맛있는 음식, 별미를 찾아 그것을 맛보는 즐거움은 식도락가뿐만이 아니라 모든 사람들에게 커다란 즐거움을 준다. 그러나 진정 허기짐을 느끼고 배고픔을 느끼면서 음식을 먹는다면 그 어떠한 음식이든 다 맛있는 음식이 될 것이고 먹는 즐거움을 충분히 느낄 수 있을 것이다.

    사법연수원에 들어가기 전에 평소 알고 있는 신부님을 통하여 신분을 속이고 안산공단에 있는 공장에서 2개월 정도 생활한 적이 있다. 기숙사 생활을 하면서 세끼를 공장에서 모두 해결하였는데 매 끼마다 그야말로 먹고 싶은 만큼 충분히 음식을 먹을 수 있었고 먹을 만큼 먹었음에도 공장에서 일을 하고 먹을 때가 되면 여지없이 몸 속에서는 신속히 먹이를 달라고 요구를 하는 것을 느낄 수 있었고 매 끼니마다 배고픔으로 인한 행복감을 느낄 수 있었다.

요즈음 우리의 주변에서는 몸 속에 있는 여분의 영양분을 해결하기 위해 새로이 시간과 노력과 돈을 투자해야 하는 현실이 되었다. 굶을 수밖에 없는 사람들 입장에서 보면 여분의 영양분이 몸 속에 비축되도록 하는 것 자체가 충분히 죄악이 될 수 있고, 많은 사람들이 여분의 영양분을 간직한 죄악으로 힘들어하고 있다. 그것이 어느 정도의 죄악인지는 모르겠지만 스스로의 삶에 어느 정도 충실하였느냐의 문제와 조금의 연관성이 있을까?

몇 년 전부터 마라톤을 시작하면서 새로이 배고픔의 행복을 느끼게 되었다. 열심히 달리기를 한 다음에는 여지없이 배에서 먹이를 요구하지만 그 즉시 넣어주지 아니하고 그 배고픔을 즐기게 되었다. 이것이 바로 행복한 배고픔이 아닐까? 여분의 영양분이 아닌 필요한 영양분만을 먹으려고 노력도 하게 되었다. 가족들과 함께 외식을 할 때면 가능한 최소한의 음식을 주문하려고 노력을 하게 되는 것도 그 때문이다.

나의 생활에 배고픔의 행복이 있다는 것 그 또한 아름다운 행복이다.

2002. 12. 12.

♥ 상대야!!! 너는 항상 친구들에게 가르침을 주는구나. 너의 글을 보면서 각성을 하려고 하는 나를 보며…. 네가 너무 고맙구나. -이동-

비 다음 맑음

억수같이 쏟아 붓는 빗줄기 속에서 가슴 한 구석의 얽힘이 조금은 풀려나가는 듯한 느낌이 든다. 헝클어진 머리를 반듯하게 정리한 후의 산뜻함과 비슷한 느낌이라고 할 수 있을까? 전생에 무슨 죄를 그리도 많이 지었기에 항상 가슴 한 구석이 비어있음을 느끼게 되고, 속죄해야 할 일이 그리도 많은지 모르겠다. 시원한 빗줄기 속을 무작정 걸어보면서 마음 속 뜨거운 것을 식혀본다.

비가 그친 아침, 오랜만에 하천을 따라 자신을 되돌아보게 된다. 하천의 지저분한 것들도 엄청난 물줄기에 의해 쓸려나가고 바닥의 잔잔한 모습을 볼 수 있는 맑은 물들이 소리없이 흐르고 있다. 그 투명한 맑음 속에 무엇이 존재하고 있는 것일까? 거침없는 물줄기를 보면서 무서웠던 지난 밤의 모습은 사라지고 잔잔한 물결이 제 갈길을 조용히 가고 있다. 오랜만에 맑은 하늘의 맑은 공기를 마시기 위해 나온 듯한 물고기 가족들, 엄마 오리를 따라 오리 일가족도 나들이를 나와 즐거운 한 때를 보내고 있다.

나도 가끔 그 무엇으로 나의 마음 속에 있는 더러운 것들을 씻어낼 수 있다면 좋겠다는 생각을 해 보게 된다. 그 무서운 물줄기에도 마음을 다

씻지 못하고 거품과 함께 지저분한 모습으로 하천의 한쪽 구석을 점하고 있는 무리들도 보인다. 느낄 자세가 되어 있는 사람만이 느낄 수 있다는 그것일까? 모든 것을 쓸어갈 듯한 그 물줄기에도 그 추한 모습을 다 버리지 못하고 그냥 그 모습으로 존재하고 있는 존재들

　　나는 어떠한 존재일까
　　맑고 싶은데,
　　맑아지고 싶은데….

2005. 7. 15.

♥ 상대야!! 너 맑어. 그 이상 더 맑으면 물고기도 살 수 없으니. 그만 맑는 게 좋을듯하다. ㅠㅠ -이동-

♥ 가끔은 무념의 세계에 빠지는 것도 좋을 듯싶은데…. -김대-

♥ 상대! 만나본 적이 없어 잘 모르겠다. 일단 시간 함 내서 보자. 맑은지 안 맑은지 알려줄게! -김성-

♥ 깨끗함과 더러움은 항상 공존할 수밖에 없는 것 아닐까요? 느낄 수 있는 감성이 살아있다는 것은 행복한 일인 것 같습니다. -이마-

방태산을 다녀와서

　광복절을 맞이하여 방태산으로 무박산행을 다녀왔다. 내게 이러한 휴식을 갖게 해 준 모든 분들께 감사하는 마음으로 그리고 즐거운 마음으로, 오랜만에 느끼는 자유로움이 함께 하였다. 차를 운전하여 새벽 2시경 한계령 밑에 있는 필레약수에 도착하여 약수 한잔을 마시고 차 안에서 잠시 눈을 감고 꿈나라 공주들을 만났는데 늘 그러한 아름다운 모습으로 잘 지내고 있었다. 필레약수 부근에서 군대생활을 하면서 내가 자주 들렀던 그 주점은 아직도 그곳에 있었고, 그곳 주점에서 직접 담그는 그 동동주가 너무 맛이 있어 제대 후에도 가끔 들르곤 하였는데 그 때의 그 맛은 아니지만 그래도 약초, 솔잎 등을 넣고 만드는 그 동동주가 지금도 꽤 맛이 좋다. 지금은 다 포장이 되어 있고 경치도 좋아 한계령을 넘어야 할 때는 항상 인제-원통-한계령이 아닌 인제-필레약수-한계령을 통하여 여행을 하게 된다.

　새벽 5시 이른 아침의 발자국 소리에 잠이 깨었으나 집에서 주말을 맞이하듯 조금의 시간을 더 보태어 7시 경 일어났고 아침 식사는 다시 한번 약수를 마시는 것으로 정리를 하고, 차를 운전하여 방태산 자연휴양림으로 향했다. 방태산 자연휴양림에 도착하여 마당바위와 2단폭포 등을 둘러보며 거닐다보니 방태산 등산의 출발점이라고 되어 있는 지점이 보였다. 처음에는 방태산 자연휴양림과 방동약수를 둘러보고 점봉

산 입구의 곰배령에 가서 야생화를 관찰하는 것으로 계획을 세웠는데 휴양림의 한편에 방태산 정상(1,444미터)까지 5.1킬로미터의 등산로 안내판이 있고, 등산 4시간 하산 3시간으로 되어 있기에 적당한 거리다 싶어 계획을 바꾸어 방태산 정상을 등산하기로 계획을 변경하였다.

처음에는 그야말로 계곡을 거니는 정도였고, 약 1시간 정도는 정말로 고바위로 형성되어 있으나 주억봉과 구룡덕봉으로 갈라지는 지점에 이르면 산행의 어려움은 모두 끝나고 능선을 따라 정상으로 갈 수가 있다. 차량에 배낭을 놓고 휴양림만 둘러보려고 하였기에 다시 배낭을 가져오기도 뭐하여 배낭도 없이 물도 없이 그냥 등산을 하게 되었고, 물도 없이 산에 오르는 것은 위험하기는 하나 그리 오래 할 것도 아니기에 부지런히 걸음을 옮겼고, 정상에 오르면서 만난 등산팀들이 3팀 정도밖에 없었는데 산에 와서 사람이 없으니 또한 좋았다.

강원도의 높은 산들이 그러하듯이 그곳에도 야생화가 많이 피어 있었고 그 이름을 확인하고자 인터넷에서 야생화 사진을 인쇄하여 왔으나 배낭에 두고 왔으니 의미가 없게 되었으며 내가 아는 금강초롱꽃 정도나 그 이름을 확인할 수 있었다. 정상에는 서울 주변의 산들과는 달리 사람의 흔적이 드물어 좋았고, 아름다운 야생화 정원이 아주 넓게 펼쳐진 모습이 도심에서 느낄 수 없는 아름다움을 가져다 주었으며 나도 그 꽃들처럼 아름답게 살고자 하는 소망을 가져 보게 되었다.

정상에 나 혼자만이 있다는 것이 좋았고, 그야말로 나의 세상이고 나의 산이 되었다. 아쉬움을 뒤로 하고 하산하는 길은 늘 그러하듯이 어딘가 다시 더 오르고 싶은 심정이 되었고 어렵지 않게 하산을 하여 시간을 보니 등산시간 2시간 30분, 하산시간 1시간 30분 정도 소요되었다.

방태산은 등산하기에 좋은 산이라는 생각이 들었다. 휴양림 내 계곡

행복나눔 이상대 검사와 함께사는 세상

물은 어찌나 시리던지 발을 1분도 채 담그고 있을 수가 없었고, 늘 등산을 마치고 나면 마음 한 구석에는 아름다운 산을 얼마나 더럽혔을까 하는 생각과 함께 내가 이렇게 아름다운 산과 함께 할 수 있다는 사실에 감사의 마음을 갖게 된다. 풀 한 포기, 계곡물 한 모금조차 나의 것이 아닌 다른 그 누구의 소유라는 사실 앞에 겸손함도 느끼게 된다. 산림청에서 관리하고 있는 휴양림 중에는 숲해설가들이 자연의 숲에 대하여 설명을 해 주는 곳이 있는데 방태산 자연휴양림도 일요일에는 숲해설가들이 같이 한다고 한다. 휴양림을 이용하기 위해서는 산림청 홈페이지에 접속하여 예약을 하면 되는데 얼마 전에 확인한 바, 안면도 휴양림은 11월까지 예약이 되어 있었다.

등산을 마치고 그곳에서 제일 유명하다는 진동산채에 들러 비빔밥, 감자전, 도토리묵 등을 맛있게 아주 많이 먹었고, 운전을 해야 하는 관계로 동동주는 한 잔 정도만 마셨는데, 주인 아주머니께서는 지금 한참 바쁜 철이라 손이 많이 가는 산골정식, 두메산골정식은 할 수 없고 한가할 때 오면 더욱 맛있게 해주시겠다고 하신다.

진동산채 옆 계곡을 진동계곡이라 하는데 이는 1급수인 내린천 위에 있는 방태천의 그 위에 위치하고 있기에 달리 설명이 필요가 없겠고 진동산채를 조금 올라가면 비포장도로이므로 사람들도 그리 많이 오지 않기에 여름 피서지로는 더할 나위 없이 추천하고 싶은 장소이다. 식사를 마치고 주변에 있는 방동약수에 들러 약수 한 모금을 마셨는데 아침에 마신 필례약수보다 더 진하였다. 꿈 속을 거닐 듯 하루를 마감하고 서울로 향하면서 이보다 더 행복할 수는 없을 것이라는 생각이 들었다.

2002. 8.

♥ 산을 좋아하는 자는 '仁者'이고, 물을 좋아하는 자는 '知者'라 했던가요? 자연에서 절대자와 대화를 나누며 무척 행복하셨군요. 그런 취미가 부럽습니다. -서혜-

내가 누구를 닮았기에

　그 아버지의 그 아들이라는 말들을 한다. 돌아가신 아버지를 생각하며 과연 나는 나의 아버지를 얼마나 닮았고, 나의 아들은 나를 얼마나 닮았을까? 하는 생각을 해 보게 된다. 화가 나면 주체할 수 없는 나의 모습을 느끼면서, 그리고 아이들의 그와 비슷한 모습을 보면서 그것이 나의 모습임을 확인하게 된다. 어린 시절 나는 그야말로 보이는 게 없다고 할 정도로 화가 날 때가 있었고 부모 앞이라도 큰 차이가 없이 행동했던 그 모습들도 생각난다.

　아이들의 자라나는 모습을 보면서 좋은 면도 있고 만족스럽지 못한 모습도 있음을 확인하게 된다. 그러면서 좋은 면은 차치하고 눈에 거슬리는 모습을 보면서 그것이 나의 모습이려니 하는 생각을 하게 된다. 잘 다스려서 좋은 방향으로 개선되기를 바라는 맘으로. 내가 아이들을 탓할 수 없는 것이 나를 닮아 그런 모습이 나타나는 것이라는 생각을 하게 되기 때문이다. 집에서 아이들의 잘못된 모습을 볼 때도 화를 내지 않으려고 노력을 한다. 그것이 쉽지 않다는 생각을 하면서도 노력해야 하는 것이 나의 부분임을 잘 알고 있다.

　나의 성격, 나의 문제에서 해결하기 어려운 부분이 분명 있음을 알고, 가슴 속 한 가운데 잠시 쉬고 있는 화산이 있는 듯한 느낌도 받곤 한다. 마음 다스리기에 부족한 점이 많기 때문은 아닐까? 나의 모습으로 살고 싶고, 그 모습이 내가 좋아하는 모습이었으면 좋겠다.　　2004. 12. 16.

소망하는 모든 것이 아름답기에

　살아있다는 것은 무엇인가 할 일이 남아있다는 것이리라. 할 일이 남아있기에 자신에게 주어진 남아있는 시간과 남아있는 할 일을 찾아야 하는 것이고 단순히 시간을 지워가는 것이 아니라 순간순간을 의미있는 시간으로 잘 가꾸어가야 할 이유가 거기 있는 것이다. 주어진 시간, 남아있는 시간이 소중한 이유일 것이다. 누구도 그 남아있는 시간이 어느 정도인지 모르고 나 역시 나에게 주어진 시간, 나에게 남아있는 시간이 어느 정도인지 모르기에 내게 주어진 현재의 시간이 내게 있어 그 무엇보다도 소중한 것이다.

　현실이 자신의 의지대로 마음대로 될 수 있다면 좋겠지만 오히려 뜻과 다르게 움직이고 있는 것이 많고 그러기에 힘이 들기도 하고, 자신에게 주어진 무게가 왜 이리 무거운 것일까 하는 생각을 하게 되는 것이다. 그래도 내게 부여된 무게를 사랑하고 보듬어 준다면 그 무게도 스스로 감복하여 알아서 다이어트를 시작하지 않을까? 지금까지 살아오면서 커다란 어려움이 없었고 나름대로 아름답게 살려고 노력했고 많은 부분 아름답게 살아온 흔적이 있기에 감사하는 마음을 갖게 되고 또 앞으로도 그렇게 살아갈 수 있기를 바라는 마음이다.

　소망하는 모든 것은 아름답다는 생각을 해 본다. 내가 소망하는 것은 무엇일까? 아름답게 살아야겠다는 다짐과 함께 그 아름다움의 소재를 무엇으로 채울 것인지에 대하여 항상 고민을 한다. 아름다움에 대한 기준이 변하듯이 나도 내가 채워야 할 그 아름다운 공간을 정말로 아름다운 그 무엇들로 채우고 싶다. 남들에게 그 아름다운 모습을 보여줄 수 있고 타인으로 하여금 같은 아름다움을 추구할 수 있는 계기를 만들어 줄 수 있다면 더 없이 좋을 것이다.

아름다운 것을 생각하고 아름답게 살아갈 수 있다면 좋겠다. 퇴색해 가는 무리 중에 그래도 퇴색하지 않으려고 노력하는 사람이 있고, 순수를 잃어가는 세상에서 순수하게 살려고 노력하는 사람이 있기에 우리 세상은 그만큼 아름다워지는 것이 아닐까. 내가 이 세상을 살아가면서 내게 주어진 시간과 공간을 얼마만큼 아름답게 만들었고 얼마만큼 추하게 만들었는지 종종 되돌아보게 된다. 먼 훗날에도 또다시 되돌아볼 테고 그 때도 정말로 아름답게 살아왔구나 하는 생각을 가질 수 있도록 노력해야겠다.

오늘도 각자의 위치에서 각자의 아름다움으로 아름답게 살아가려고 노력하는 사람들이 많기에 이 세상은 그나마 그 아름다움을 현재의 모습 정도를 유지하고 있다는 생각이 든다. 주위의 많은 사람들의 삶이 행복을 느끼고 장식하며 살아가는 그러한 시간들이 되기를 소망해 본다.

2002. 1. 5.

작은 인연, 소중한 인연들로 만들어지는 우리의 시간들

달리기 좋은 이 계절에 나와 함께 작은 인연, 소중한 인연을 만들어준 직원들께 감사의 마음이 든다.

2002년 서울북부지검에 근무할 당시 하프마라톤까지 뛰어 본 김모 계장님(현 서울중앙지검 근무), 나와 함께 춘천에서 풀코스 마라톤을 같이 해 주었고, 2005년 대전지검에 근무할 당시 10킬로미터 마라톤까지 뛰어 본 이모 계장님(현 충주지청 근무), 나와 함께 대전에서 하프마라톤을 같이 해 주었고, 2007년 광주고검에 근무하는 현재 아직도 달리기 경험이 없던 이모 계장님, 나와 함께 10킬로미터 마라톤의 첫경험을 같이 해 주었다.

나와 같이 달려준, 특히 나의 유혹에 넘어가 마라톤 첫경험을 나와 함께 해 준 대전과 광주의 많은 직원들, 그 작은 시간의 아름다움에서 오는 기쁨을 나와 같이 해주어 참말로 좋다. 우리에게 주어진 시간들을 오래도록 부유하게 사는 방법은 아름다운 인연을 많이 맺으며 매일같이 착하게 살려 노력하는데 있는 것이 아닐까 하는 생각을 해 보게 된다.

그런데 왜 달리는 거리는 점점 줄어드는 것일까? 다음에 만나게 되는 분과는 울트라로 넘어가야 하는 것일까? 마라톤과 함께 한 소중한 인연들, 이 가을에 어떤 작은 인연, 소중한 인연, 아름다운 인연들이 나를 기다리고 있을까? 궁금하다. 모두에게 아름답고 소중한 인연들이 늘 같이 했으면 하는 마음으로.

2007. 9. 20.

♥ 주어진 시간을 오래도록 부유하게 사는 방법을 배웠네. 아름다운 인연을 맺고 착하게 사는 것. 참 쉬운 일인데 그것을 이루지 못하여 스스로 가난하게 사는 자신이 참 어리석다는 생각이 들었네. -양기-

♥ ㅋㅋ 부장님과 함께 한 그 날이 눈에 선합니다. 춘천호반이…. -김정-

♥ 부장님과 함께 한 시간이 아름답습니다. 금년에도 복숭아마라톤을 뛰기 전날 만나 쐬주를 한잔 하면서 그간의 정을 나누었는데…. 항상 존경합니다. 다시 조속한 시일 내에 뵙기를 기원해 봅니다. 그날까지 안녕히 계십시오. -이일-

♥ 이상대 부장님과 인연은 2006. 4. 3. 내가 모시던 다른 부장님이 타 청으로 떠나시면서부터 시작되었습니다. 저에겐 행운이 시작된 셈이죠. 그 행운은 부장님의 권유로 난생 처음으로 뛰어 보는 마라톤에서 절정을 이루었습니다. 부장님이 사주신 마라톤화를 곁에 두고 우려 반, 기대 반으로 경기에 임했으나 결과는 대만족이었습니다. 담에는 꼭 하프.. 아니 풀코스에 도전하여 성공하도록 하겠습니다. -이병-

♥ 작은 인연과 소중한 인연을 만들어준 직원들께 감사하는 마음은 정말로 아름답습니다. -위춘-

♥ 힘든 운동 함께 할 수 있던 사람이라면 그만큼 정도 깊어지는 모양입니다. 소중한 인연처럼 건강 소중히 지키시어 늘 여유 있고 부유한 생활 누리십시오.~ -이광-

재소자들의 반성문 중에서

또 다시 이런 실수를 한 내 자신에게 너무너무 화가 납니다.

모모를 내 가슴 속에 묻고 또 묻고 평생 아파하며 살아가야 합니다.

피고인이 짊어지고 가야 할 죄의 무게가 너무 무겁고 힘이 들 것 같습니다. 조금이나마 선처를 받아 인생의 기회를 얻고자 합니다.

사람은 추억이나 희망 둘 중에 하나만 있어도 갈 수 있다고 합니다. 후회 없는 삶을 살 수 있도록 남편으로서 소임에 충실할 수 있도록 염치없지만….

두 아들이 더 나이 먹고 더 힘들어하기 전에 아버지의 그늘이 필요 없어지기 전에 아버지로서의 역할을 조금이나마 너무 늦지 않게 다 하고 싶습니다. 아내와 두 아들에게 너무 늦지 않게 돌아갈 수 있도록….

제가 얼마나 큰 잘못을 했는지 너무 늦게 깨달았습니다.

저희 부모님은 저 아니면 앞으로 살아가실 희망이 없으신 분들입니다.

제가 숨쉬고 살아가는 매 순간순간마다 이 반성하는 마음을 깊이 새기며 살아가겠습니다. 저에게 너무나 과분한 사랑을 주고 위로해주며 아껴주신 분들의 은혜에 너무 늦지 않게 보답하고 싶습니다.

가끔 복도를 지나가다 붉은 수번을 달고 다니는 최고수를 보게 됩니다. 인생을 포기했으리라 생각했던 저의 생각과는 달리 한손에는 성경책을 들고 평온한 미소와 삶을 붙잡으려 노력하는 모습을 볼 수 있었습니다. 형을 조금만 깎아주시면 나머지 인생은 사람답게 살다가 생을 아름답게 마치고 싶습니다. 이 죄인의 삶을 불쌍히 보시고 단 한번만 이 죄인에게 기회를 주신다면 하느님이 부르시는 그 순간까지 봉사와 희생과 사랑으로 살다가 죄인의 남은 생을 마감하고 싶습니다.

가슴 속 깊이 반성하며 참회하고 있으나 이 모든 것이 길을 잃은 후에야 길을 묻는 것과 같은 때늦은 후회임을 잘 알고 있습니다.

제가 지금 징역 2년을 다 사는 것은 저를 더욱 더 큰 수렁으로 빠지게 하는 것이며 그러지 않아도 살기 어려운 세상에 더 힘들게 살 것 같습니다. 부디 이제 막 세상에 나온 제 딸과 처에게 평범한 아빠와 남편으로서 살 수 있는 기회를 주신다면 평생 저의 죄를 되새기며 뉘우치고 참회하는 심정으로 살아 갈테니 법이 허용하는 한도 내에서 관용을 베풀어 주시기 바랍니다. 인생은, 실패하면 끝이 아니라 포기하면 끝이라고 합니다.

가족의 품이 너무 그립고 모든 사건에 대하여 뼈를 깎는 심정으로 깊이 반성하고 새로 태어나는 심정으로 열심히 살 것입니다. 결단코 가서는 안 될 길을 가면서 온갖 죄악으로 물들고 상처투성이가 되어버린 추악한 저의 모습에 눈시울이 붉어집니다.

온 식구가 면회를 왔을 때, 그것이 얼마나 좋은지, 가족의 소중함을 이곳에서 다시 한번 뼈저리게 느끼고 있습니다.

저의 죗값에 대한 형량을 조금이라도 낮춰주시길 바라는 이 어리석음에 대한 뻔뻔함이 얼마나 많은 부끄러움인지도 알게 되었습니다.

2007. 2. 15.

♥ 재소자들의 반성문을 읽어보면서 나를 많이 되돌아보게 된다. 순간의 실수로 인한 후회들을 보면서….

모락모락 군고구마

어린 시절의 군고구마는 아궁이에서 구워지거나 화롯불에서 구워졌고, 때로는 들에 불을 놓아 구워먹기도 하였는데 그 냄새가 너무도 좋았다. 아궁이에서 구울 때는 적당한 시기를 잡기가 어려웠고 화롯불은 그 자체가 당시의 난방도구였기에 고구마를 구우면서 불이 꺼지는 아픔으로 인하여 고구마 굽기가 조심스러웠던 기억이 난다. 요즈음 고구마는 드럼통에서 구워진다. 서울 군고구마와 북경 군고구마의 차이는 같은 드럼통에서 구워지지만 서울 것은 누워있는 드럼통에서 고구마가 구워지고, 북경 것은 서 있는 드럼통에서 고구마가 구워지는 차이가 있음을 북경에서 겨울을 나면서 발견하였다.

추운 겨울에 가슴을 뜨겁게 데워주는 군고구마가 그립다. 먹을 것이 많은 지금 그것이 무슨 큰 양식이 될 수는 없고 단지 맛있는 간식이 되지만 북경에서 생활하던 당시의 내게는 군고구마가 커다란 양식이었다. 커다란 고구마 1~2개면 한 끼를 넘길 수 있어 좋았고, 북경에서 고구마를 먹으면서 고향의 그 군고구마를 떠올릴 수 있어 행복하였다.

오늘 저녁에 퇴근하면서 군고구마를 먹어봐야겠다.

2004. 12. 14.

벼이삭을 주으며

어린 시절, 벼이삭을 줍던 시절을 생각하며 아이들과 함께 벼이삭을 주웠다. 그 시절 벼이삭을 주워 학교에 가져갔고, 선생님께서는 그것을 모아 필요한 곳에 팔아 현금을 만들었고 다시 그것으로 축구공을 샀던 기억이 난다. 당시 벼이삭을 줍기 싫어 집에서 살짝 벼를 가져갔던 기억도 되살아난다. 이제는 벼가 남아도는 시절이 되었고, 기계로 수확을 하는 과정에서 버려지는 벼이삭이 많이 생기게 되고, 널려있는 벼이삭이 반갑기도 하다.

벼이삭을 이용하여 새를 잡던 기억도 난다.
어렵던 그 시절과
지금의 여유있는 시절의 차이는 무엇일까.
나의 모습은 어떻게 바뀌었을까.
아름다운 나로 살고 싶은 나
그리움으로 점철된 그 시절
새로운 모습의 나이고 싶다.
따뜻한 마음을 갖고 싶다.

2004. 12. 26.

일주일의 행복을 빌면서

　일주일이 시작되는 월요일 아침, 집에서 4시 40분에 나와 출근을 한다. 서울에서 광주로, 택시를 타고 용산역에 도착하여 고속열차를 타고 다시 택시를 타고 사무실로 향한다. 이른 아침 집을 나서면 바로 택시를 타기도 하고 큰길까지 가서 택시를 타기도 한다. 이른 새벽부터 집을 나서 생활전선에 나와 있는 사람들, 가족을 등에 업고 살아가고 있는 사람들처럼 느껴지면서 그 무게로 인한 그 주름살도 함께 느끼게 된다.

　집에서 용산역까지의 택시 요금은 7,000원이 조금 더 나온다. 힘든 하루를 시작하는 기사분들께 조금이나마 힘을 보태주고 싶은 마음으로 택시 요금으로 1만원을 건넨다. "잔돈은 가지시고 행복한 하루 되세요"라는 말과 함께. 내가 기사분께 조금의 돈을 더 지급하면서 그 금원으로 나는 행복을 구입하게 된다. 그 조금의 돈으로 일주일의 행복을 살 수 있다면 너무 욕심이 과한 것은 아닌가 하는 생각을 해보기도 한다.

　일주일의 시작이자, 하루의 시작인 월요일 새벽, 나는 조금의 돈으로 일주일의 행복을 구입하게 되는 것이다. 혹시 택시 기사분이 "하루의 시작을 산뜻하게 시작하니 좋구나." 라는 생각으로 조금의 행복이라도 느낄 수 있다면 그것은 그야말로 나에게 덤이 될 것이다. 내가 그에게 하루가 아닌 일주일의 행복을 빌어주고 싶지만 그 조금의 돈으로 1주일의 행복을 이야기하는 것은 조금 미안한 마음이 든다.

비록 마음은 일주일 이상의 행복을 빌고 있지만, 그 조금의 돈으로 일주일의 행복을 살 수 있다면 기꺼이 그 돈을 투자할 사람이 적지는 않을 듯한 생각이 든다. 기사 분으로 인하여 내가 행복할 수 있음에 기사 분께 감사하게 된다. 내가 세상 사람들의 행복을 조금이나마 만들어 갈 수 있다면 좋겠다. 더 많은 행복을 만들어 더 많은 사람들에게 행복을 나누어줄 수 있다면 좋겠다.

2007. 2. 13.

죽음에서 삶으로

내게 주어진 시간은 얼마나 될까? 살아온 날보다 많을까 아니면 대부분의 시간을 소비하고 이제 남은 것이 거의 없는 것일까? 매일 매일을 마지막인 듯 살 수 있다면 좋으련만.

어제 초등학교 친구 A로부터 전화가 왔다. 나의 4촌 형인지 6촌 형인지는 모르겠으나 죽었다는 연락을 받았기에 확인하고자 전화를 하였다고 하면서, 사실은 내가 죽었다는 말을 듣고 확인하고 싶었다고 한다. 또 다른 초등학교 친구 B로부터 나의 죽음을 전해 듣고 또 다른 친구 C에게 확인하니 나의 4촌 형 내지 6촌 형이라고 하여 확인하기 위해 전화하였다고 하면서 한편 위 B로부터 나의 죽음을 전해 들었는데 믿기 어려워 일단 위 C에게 확인을 하였다고 한다.

그 초등학교 친구 B도 다른 초등학교 친구인 D로부터 "내가 심장마비로 죽었고, 동네 다른 사람들은 다 알고 있는데 너는 모르고 있었느냐"라는 말을 전해 듣고 위 A에게 이야기를 하였고, A도 B로부터 전해 듣고 C에게 확인한 다음 나에게 다시 전화를 한 것이라고.

졸지에 나는 잠시 동안 죽은 사람이었다. 잠시 그들의 머리 속에 잊혀져야 하는 존재였던 것이다. 어머니께 전화하여 확인하니 상대가 아닌 상＊라는 집안 형님이 죽었다는 것이다. 상배가 상대로 잘못 전달된 것이다.

다른 사람의 죽음을 앞에 두고 나의 삶을 이야기한다는 것이 마음 아픈 일이지만 나보다 4살 위인 그 사람의 죽음, 가족들의 그 아픔이 내게 더 큰 아픔으로 다가온다.

어느 날 갑자기 나의 마지막을 알게 되었을 때 가족들이 짊어져야 할 그 느낌들, 이제 앞으로의 나의 삶은 덤으로 주어진 것은 아닐까? 죽은 사람들을 생각하며 살아있는 사람들이 더 잘 살아야 할텐데. 다시 세상을 아름답게 꾸며보고 싶다.

2005. 8. 31.

♥ 힘들고 괴로울 때 자신의 부고장을 손수 쓰면 삶의 소중함을 또 한번 느낀다고 어디선가 들은 적이 있다. 앞으로의 삶이 덤이 아니라 더욱 더 소중하게 생각하고 살아야 하지 않을까? -조인-

♥ 이런 글 앞에선 어떤 얘기를 써야 하는지…. -이동-

♥ 환생을 축하한다!!!! -이순-

♥ 살아있음 그 자체가 얼마나 소중한 것인지. -최재-

♥ 흠… 흠… 이제 우리들 나이가 이것저것 많은 것을 느끼게 되고 알게 되고 책임지게 되는 바로 그 불혹이란 경계선을 넘은 것 때문이겠지…. 김일-

♥ 그런 일이 있으면 오래 산다고 하던데. -주*진-

♥ 매일을 마지막 날처럼 산다는 것이 얼마나 고귀한 삶인가! 훌륭하도다. -주도-

중국에서의 마라톤

마라톤이 내게 주는 가르침이 무엇인지 나는 아직 모른다. 그냥 가끔 달리는 것이 좋고, 달리면서 이런 생각 저런 생각을 할 수 있고, 때로는 아무 생각없이 달리고 있는 자신을 느낄 때 그냥 좋다. 중국에 도착하기 전에 북경에서 마라톤 대회가 개최된다는 사실을 알고 한국에서부터 접수 방법을 알아보게 되었다. 중국의 마라톤 인구는 적은 편이기 때문인지 마라톤 대회일 (10월 19일) 기준으로 약 20일 이전인 9월 30일까지 등록을 하면 되는 것으로 되어 있었다. 9월 15일에 중국에 도착하여 이것저것 준비하면서 달리기 연습을 할 장소를 찾았으나 적당한 장소를 찾지 못하고 많은 시간을 보내야 했다.

고민하던 중 거리측정을 할 수 없는 일반 도로에서의 연습밖에 달리 방법이 없었고, 다행히 한가한 도로 옆의 인도에서 달리기 연습을 하게 되었다. 새로이 아파트를 건설하면서 미리 넓은 도로를 만들어 인도에는 거의 사람이 다니지 않을 정도의 한가한 도로가 있었다. 물론 먼지가 많고 공기 상황이 좋이 않았지만 다른 방법이 있을 수 없는 그야말로 달릴 수밖에 없는 상황이었고 나중에 아는 사람의 조언으로 집에서 가까운 청화대학교 교내에서 연습을 할 수 있었다.

마라톤 대회일 1주일 앞두고 마지막 장거리 연습을 청화대학교 트랙에서 하였다. 오랜만에 등장한 화창한 날씨 때문인지 운동장이 사람들로 꽉 차 있고, 대부분 축구를 하는 사람들이었으며, 나로 하여금 대학 시절을 어떻게 보냈는지 생각하게 만든다. 내가 대학을 다닐 시절에 야간에 수업을 한 기억이 없는데 이곳은 밤에도 수업을 받고 있는 모습을 자주 볼 수가 있고, 국경절 휴일이 7일이라고는 하나 전 주 토요일, 일요일에 보충 수업을 하기에 실질적으로는 5일이 대학생들에게 주어지는 휴일이라고 한다.

청화대학이 이공계가 강하기 때문인지는 모르겠지만 대부분은 남학생이고 여학생을 찾아보기 어렵고, 가끔 달리기를 하는 여학생들의 모습도 볼 수가 있다. 여학생들을 보면 그야말로 어리다는 생각을 하지 않을 수가 없는 것이, 대부분 체격조건이 한국보다 왜소하고 소위 아담 사이즈들이 많은 듯하고 아직 어린 티를 벗지 못한 모습들을 많이 볼 수 있다. 주변의 눈치를 살피니 누가 뭐라고 할 사람은 없는 듯하여 준비운동을 하고 달리기를 시작하였다.

사실은 며칠 전에는 평일이었고, 수업을 하는 것인지 과외수업을 하는 것인지 일련의 사람들이 트랙에서 달리기를 하고 있음에도 과감하게 동참하여 달리기를 하였는데 어느 녀석이 다가와 마라톤 연습을 하는 것이냐는 등의 말을 묻기에 그렇다고 하였더니 더 이상의 질문이 없었다. 중국에서는 지난 해 사스 이후로 위생문제에 신경을 많이 쓰고 있고, 예전에는 하지 않던 대학교 구내에 대한 출입통제까지 하고 있으며 대학교에 들어갈 때마다 신분확인을 하기도 한다.

나는 신분확인을 많이 하는 정문이 아닌 옆문을 통하여 과감하게 들어가기에 한번도 누가 뭐라는 사람이 없었다. 역시 살아남으려면 두꺼워야 하는 듯하다. 주인의 허락없이 남의 운동장에서 달리기를 하면서,

만일 즐기기 위해 남의 물건을 훔치는 사람이 있다면 그 기분이 지금의 나의 기분이 아닐까 하는 생각이 들었다. 달리면서 이런 저런 즐거운 생각들을 떠올릴 수 있어 행복하고 더 이상의 그 무엇이 있기를 바라는 그 자체가 욕심인 듯하다.

청화대학에 올 때마다 느끼는 것은 소위 명문대학이기에 구경나온 사람들이 많고 기념사진을 촬영하는 사람들이 많다는 것이다. 혹시 그 중에 어느 누가 나를 찍어 열심히 달리기를 하고 있는 청화대학생이라고 하지 않을까 하는 생각을 해 보며 미소를 만들어 본다. 살아온 시간보다 살아갈 시간이 그래도 조금 더 될 듯 싶지만 주어진 시간들이 무심하게 흘러가고 있음도 느낀다. 1주일을 앞두고 한국을 대표하여 열심히 달려 좋은 기록도 나오면 더 좋겠고, 명문대학에서 연습을 하였으니 잘 달릴 수 있지 않을까 나처럼 장거리 연습을 하는 사람이 없는 것으로 보아서 아직 중국에서의 마라톤 인구는 그리 많지 않을 듯싶다.

축구를 하는 사람은 무척 많은 듯 싶은 것이 트랙을 포함한 운동장의 공간이라는 곳 대부분은 축구를 하는 사람들이 점령하고 있다. 부모를 따라 나와 놀고 있는 아이들도 보면서 내가 같이 해 주어야 할 나의 가족들을 생각하게 되고 가족들에게 미안한 마음이 들면서 한국에 있을 때 더 잘해 주지 못한 것 같은 생각에까지 이른다. 오늘은 특히 주일이고 가족들과 같이 해야 할 시간인데. 내게 주어진 시간들을 열심히 아름답게 살아가겠다는 다짐을 해 본다

중국이라는 나라에 와서 이것저것 준비할 것도 많고 가끔 만날 사람들과 저녁을 같이 하게 되면서 계획대로 달리기 연습이 되지 않았지만 그래도 항상 마음 속으로 열심히 달리고 있었다. 우리나라와는 달리 기

름기 있는 음식이 주를 이루고 있는 중국에서는 마라톤을 위해 쌀밥과 같은 탄수화물을 섭취해야 하는 등의 음식 조절을 하기가 어렵고 특히 어디에 무엇이 있는지 모르는 나로서는 마라톤의 한쪽 부분을 접고 준비할 수밖에 없었다.

대회일을 앞두고 연습이 부족하다는 느낌을 받게 되었으나 작년에 춘천마라톤에서 한 번 완주하였다는 자만심 내지 자신감이 있었기에 출전할 수 있었고 결국 3시간 45분이라는 나름대로 좋은 기록으로 완주할 수 있었다. 중국에 와서 하나의 결실, 결과물이 있다는 행복이 함께 하였다.

2003. 10. 21.

♥ 나에게 넌 언제나 어디론가를 향해서 꾸준히 달리고 있는 친구였다. 결국 실제로도 마라톤을 즐기고 있고 말야. 그런데 중요한 것은 네가 달리는 방향이 항상 올곧고 진실되다는 것을 내가 마음 깊이 믿어 의심치 않는다는 것이 날 행복하게 해 준다. 상대야… 고생했구나. -김일-

♥ 대단하다. 상대야. 글구 존경스럽다. 내 몸도 관리하지 못하고 있는데, 운동 좀 열심히 해야겠다. ㅠㅠ -한인-

♥ 수고했다. -임운-

♥ 대단하다. 고교 때 여의도 마라톤 뛰어보구 그 다음부턴 엄두도 못 냈는데…. -유인-

♥ 무엇인가를 좋아하고 그 일을 할 수 있다는 것만큼 행복한 일은 없다. -임운-

행복나눔 이상대 검사와 함께사는 세상

택시 타기

아침에 택시를 타고 서울북부지검으로 출근을 했다. 성수대교를 건너 동부간선도로를 이용하여 가자고 택시 기사에게 이야기를 하고 잠시 눈을 감고 있는 사이 택시는 방향을 잘못 잡고 있었다. 택시 기사는 성수대교를 보수하고 있다는 사실을 들었고 성수대교를 건너 동부간선도로 방향으로 가는 방법을 모른다는 말을 하였다. 다시 성수대교를 건너는 방법을 이야기 해 주었고 그래서 성수대교로 진입하였는데 그 택시 기사는 다시 동부간선도로 방향으로 빠지는 길을 알지 못하였고, 오른쪽 동부간선도로 방향으로 빠지라고 하였건만 전방에 상계동 방향이 있다고 하면서 그냥 지나쳐 버려 다시 한번 나를 허탈하게 만들었다.

모르는 길, 가본 적이 없는 길로 과감하게 진행한다는 것이 쉽지 않은 연유일까? 내가 오른쪽 방향으로 가면 된다는 이야기를 하였음에도 주춤 주춤 하더니 그냥 지나쳐 버렸다. 방향을 바꾸어 동일로를 이용하여 가자고 하였고, 어찌 어찌 하여 동일로 방향으로 들어서 가더니 다시 동부간선도로를 이용하겠다고 좌회전 차선에 들어선다. 좌회전을 하기 위해 신호를 두번 정도 받아야 하는데도 말이다.

물론 그럴 수도 있겠지만 다시 동부간선도로를 들어가는 것 보다는 그냥 동일로 방향으로 계속가는 것이 좋을텐데 라는 생각을 하면서 그냥 동일로 방향으로 가자고 하였다. 한참을 가다가 택시 기사가 미안한

지 메타로 계산을 하지 않을테니 평소 메타 요금으로 계산을 해 달라고 한다. 그래도 착한 택시 기사인 듯하여 평소 메타 요금 만원에서 2천원을 더 주었더니 정말 고맙다는 말을 한다. 아침에 그래도 마음이 착한 택시 기사를 만났다는 사실만으로 내게는 즐거움이었다.

중국에서 많이 이용하던 택시, 어디를 이용하여 어떻게 가는 것이 정답인지 모르는 나로서는 그냥 택시에 몸을 맡길 뿐 그 이상이 있을 수 없었던 그 시절이었고, 말이 잘 안되어 그냥 부근에 가면 그냥 내려서 적당히 걷던 그 시절이었다. 새벽 시간에 약정된 금액에서 잔돈을 거슬러주지 않던 택시 기사가 무서웠던 때도 있었는데, 몇 번에 걸쳐 거스름돈을 요구하였건만 묵묵부답이었던 그 사람이 너무도 무서워 그냥 내려 나의 길을 갈 수밖에 없던 때도 있었다.

그래도 오늘 만난 기사는 착한 사람이라는 생각이 들었다. 그 사람에게 좋은 일이 많이 생기기를 기원하면서.

2004. 12. 21.

♥ 세상은 언제나 같은 시간을 주고 비슷한 경험을 주지만 그것을 받아들이는 사람에 따라 달리 반응을 하곤 하지. 그런 의미에서 매사에 감사하고 분수를 알고 사는 친구는 언제나 아름답게 보인단다. 올해도 얼마 남지 않았는데 마무리 잘하고 행복한 시간되길 바란다. -임운-
♥ 사소한 것에 감사할 줄 알아야 더 큰 것에도 고마움을 알 수 있는데…. 만약에 내가 그랬다면 어떠하였을까? 스스로를 돌이켜 보게 하는구먼. -조인-

텃밭에서

　5월의 어느 날 시골집 앞에 있는 텃밭에서 일을 한다. 텃밭에는 상추, 시금치 등이 이미 자랄 만큼 자라 있었고 고추, 마늘 등이 싱싱한 다리를 기초로 하여 태양과 열심히 교감을 나누고 있다. 한 달 만에 내려와 하는 일이지만 시골에 내려올 때마다 해야 할 일이 항상 나를 기다리고 있다. 농사일의 대부분이 구부정한 상태에서 해야 하는 일이고 그런 일에 익숙하지 않은 몸은 항상 힘들어하고 몸은 스스로 그것이 노동임을 느끼게 된다. 내가 보기에는 그저 조그마한 텃밭이지만 어머니의 입장에서 보면 그것은 소일거리라고 하기에는 조금 넓은 듯하고 순수한 텃밭 가꾸기의 범주를 벗어날 듯싶다.

　이랑을 만들고 고구마 싹을 심는 일 등 어느 것 하나도 쉬운 것이 없다. 고추밭에 아이들로 하여금 말뚝을 늘어놓도록 하고 나는 그 말뚝을 박는다. 아이들도 말뚝 박는 것이 쉽고 재미있게 보였는지 자신들이 말뚝 박는 것을 해보겠다고 하며 망치를 가져가더니 2~3개를 하고는 힘들다고 한다. 아이들 눈에는 무엇으로 보일까? 재미로, 누구도 쉽게 할 수 있는 것으로, 어느 것 하나 쉬운 것이 없다는 세상의 이치를 아이들이 어찌 알 수 있으랴?

　말뚝 박기를 마치고 마늘 밭에 있는 잡초들을 뽑는다. 잡초라는 것도 우리가 그렇게 명명하였기에 잡초일 뿐이다. 명아주, 질경이 등이 현재

의 시각에서 잡초임은 분명하지만 마늘밭에 있는 채송화, 봉선화 등도
마늘밭을 기준으로 하면 한낱 잡초일 뿐이다. 강한 생명력을 갖고 태어
난 명아주 등도 나의 손에 힘없이 사라질 수밖에 없는 존재가 되고, 봉
선화 등도 그들이 위치해야 할 장소가 아니기에 그 존재가치가 없고 그
저 사라져야 할 존재일 뿐인 것이다.

내가 기르는 마늘밭이라면 봉선화 등이 어느 정도의 생존도 가능할
수 있을지 모르겠지만, 나 역시 단지 일꾼일 뿐이고 주인이 아님을 인식
하게 된다. 어머니께서는 마늘밭에서, 가깝게 붙어있는 마늘 중 하나를
솎아내신다. 비교적 실하게 자란 마늘이지만 곁에 있는 더 실한 마늘에
치여 다 자라지 못하고 밀려나고 마는 것이다. 한편 텅빈 공간에서 이제
비로소 새싹을 내밀고 있는 존재들은 룰루랄라 하면서 신나게 생을 시
작한다. 솎아지는 실한 마늘이 억울함을 호소하나 이미 결정된 것을 어
찌하랴.

마늘밭에서 사라지는 마늘과 이제 시작하는 마늘을 보고, 잡초라는
이름으로 뽑혀지는 풀을 보면서 작은 인생을 느끼게 된다. 나는 어느 위
치에서 어느 행동을 하면서 과연 잘 살고 있는 것인지!

2009. 5. 6.

♥ 나도 조그마한 텃밭을 갖고 있다. 해마다 상추, 고추 몇 포기를 심고, 올해는 청경채도 심
  어보았다. 그냥 씨앗을 뿌렸을 뿐인데 새싹이 올라오는 생명의 위대함을 느낀다. -조인-
♥ 마늘은 마늘대로 잡초는 잡초대로 그 자체만의 가치로 보여지면 안 될까? 그렇게 살 수
  있고 또 그렇게만 보여진다면 좋을 법도 한데. -이순-
♥ 집에서 키우는 화초에 갈수록 애정이 깊어짐은 나이를 먹어 선가? 해마다 이맘 때면 어김
  없이 꽃을 피워 자신의 존재를 각인시켜주는 식물들 앞에서 나를 돌아본다. -임운-
♥ 텃밭에서 어머니 농사를 거들어 주면서도 자연을 우리네 일상과 나란히 놓았네요. -최*범-
♥ 삶은 흙이고 하늘이며 흙 같이 모든 것을 포용하는 것이 아닐까? -김형-
♥ 들에 가족이 모여 밭 가꾸는 한 폭의 풍경화를 보니 저 또한 마음이 포근해집니다. -이병-

토요일 아침

아이들이 학교에 간 시간, 나만의 시간을 보내기 위해 나의 한강 고수 부지를 찾았다. 한강을 따라 거닐면서 내게 주어진 여유를 생각해 보게 된다. 내게 주어진 이 시간, 내게 주어진 이 여유, 과연 내가 소유해도 되는 것일까, 내가 즐겨도 되는 것일까 하는 생각에 이른다. '열심히 일한 당신 떠나라' 라는 문구처럼 내가 무엇을 그렇게 열심히 했기에, 지금도 눈물과 함께인 사람들이 많을텐데, 내게 이러한 여유가 주어진 것일까? 이런 저런 생각을 하면서 주위의 푸른 색들을 둘러본다. 여린 색들, 짙은 녹색이 되기 전의 그 여린 잎들이 여린 가슴을 더욱 여리게 만들고, 가슴을 여미고 좀 더 낮은 곳으로 향하라고 하는 듯하다.

혹시 네잎 클로버를 찾을 수 있을까? 하는 생각으로 이곳저곳에 있는 클로버 잎사귀를 보며 거닐던 중 복잡한 무리 속에서 자신의 얼굴을 숨기고 있는 네잎 클로버가 보인다. 오늘 내게 무슨 행운이 주어지려나! 가까이 다가가 살펴보니 네잎 클로버 가족이 모여 있다. 그것을 꺾어 간직하기 보다는 다른 사람들에게 더 많은 행운이 주어지기를 바라는 맘으로 핸드폰 속으로 행운을 집어넣고 다시 나의 길을 간다.

클로버의 하얀 꽃들을 보면서 갑자기 '꽃으로도 때리지 말라' 는 김혜자 씨의 문구가 생각난다. 아프리카의 어느 나라에서는 단돈 100원으로 한 끼를 배불리 먹을 수 있다고 한다. 이곳 저곳에서 나물을 뜯는 사람들의 모습이 보인다. 쑥, 씀바귀, 민들레 등등 살아있는 것들이 먹을 것, 약용 등으로 보이면 아니되는데, 그냥 그 자체로서 아름다운 소재로 보이면 좋으련만, 주위의 많은 것들이 사람을 위해 존재하는 것은 아닌지 하는 생각과 함께 주위의 모든 것들이 나를 오늘 이렇게 살아가게 만들고 있는 것은 아닌가 하는 생각과 함께 겸손을 생각하게 만든다.

여의도를 향해 가는 도중, 자연학습장으로 야외학습을 나온 노란 병아리들의 모습이 보인다. 노란 병아리, 그 자체로 반갑고 아름다움 그 자체다. 한참을 가니 마라톤 무리들이 몰려온다. 풀코스, 하프코스, 10킬로의 행렬들, 내게 주어진 오늘의 행운인가보다, 그 많은 아름다운 사람들을 만날 수 있는 행운, 힘들지만 열심인 그 아름다운 모습들이다. 여의도를 찍고 다시 되돌아오는 길, 그 아름다운 사람들도 반환점을 돌아 다시 되돌아온다.

힘들어하는 모습들, 그래도 열심인 그 모습들이 정말로 멋있게 보인다.

오늘 내게 행운을 전달해 준 그 많은 아름다운 사람들에게 감사하는 맘으로 나의 주말도 아름다움으로 채워지기를 바라는 맘이다.

2008. 4월말

설레임과 그리움으로 함께 한 만남

무엇이 설레임이고, 무엇이 그리움일까?

헤어짐이 만남을 기약할 수 있다면 헤어짐의 아픔도 덜할까?

이별과 그로 인한 그리움, 다시 만나야 할 운명을 간직한 작별

갑작스런 헤어짐으로 인사도 나누지 못하고

그리움은 쌓여가고 만나야 할 시간은 다가오고

설레임으로 시작된 만남의 운명

소중한 인연을 아름답게 만들어준 직원들과의 해후

그렇게 많은 그리운 사람들을 한번에 만날 수 있는 행복

같이 자리를 함께 하여 준 직원들에게 감사

언제 다시 그러한 자리를 만들 수 있을까

그리운 사람들과의 새로운 작별의 인사

특별한 점심과 특별한 만남과 특별한 느낌

모두 모두에게 감사의 인사를 ….

2008. 7. 30.

♥ 광주에서 떠날 무렵 갑자기 몸의 이상으로 쓰러지는 사고가 발생하여 직원들과 헤어짐의
  인사를 나누지 못하여 추후 몸을 추슬러 광주에 가서 직원들과 점심을 하면서 느꼈던 감
  회를 적어보았다.

행복에 대하여

아침 6시가 되면 나로 하여금 눈을 뜨게 만드는 그 무엇이 무엇일까?

주섬주섬 달리기 준비를 하여 유등천변을 향한 힘찬 발걸음을 한다. 잠시 나와 같이 근무하였던 여직원이 선물로 준 마라톤복을 입고 자유를 향해 무한의 질주를 할 수 있는 이 행복을, 누가 감히 그 정도를 가늠할 수 있을까? 1시간 동안 신나는 달리기를 한다. 온 세상이 다 내 것 같고, 모든 것을 다 가진 사람의 거만함도 느끼게 된다.

튼튼한 다리가 있어 이렇게 즐거운 달리기를 할 수 있음에 나를 지금 이 순간 여기에 존재하게 하여 준 하느님, 부모님과 가족들 그리고 나의 주변에 있었던 모든 사람들에게 감사하는 마음을 갖게 되고 벅찬 가슴을 느끼고, 힘들어하는 다리를 움직여 10킬로미터를 달리고 나면 새로운 힘이 용솟음치고 있음을 느끼게 된다. 이렇게 새로운 하루의 시작을 즐거운 마음으로 맞이할 수 있음이 또한 내게 주어진 기쁨임에 감사하게 된다.

비록 하루살이들이 나와의 만남으로 인하여 하루 24시간 이전에 삶을 마감하는 아픔을, 내가 그들에게 제공하는 그 아픔을 느끼게도 된다. 분명 나의 의도는 아닐지라도 나와의 충돌로 사망하고, 나의 땀에 질식해 사망하는 그 모습들, 매일의 시작이 이렇게 벅찰 수 있다면 좋겠다는 생각과 함께 집에 들어와 샤워를 한다. 조만간 물이 부족한 국가가 될 것이라고 하는데 시원한 물줄기를 느낄 수 있는 나는 행복한 녀석이다.

　샤워를 마치고 7시 30분에 아이들에게 모닝콜을 한다. 아이들과 같이 지낼 때는 잠자리에 있는 아이들을 번쩍 안아 하루의 시작을 준비시켜 주곤 하였는데 이제 떨어져 있으니 그렇게 할 수 없어 시작한 것이 모닝콜이다. 정확한 모닝콜을 위해 때로는 몇 번씩 시간을 확인하곤 한다. 아침에 집으로 전화를 하여 아이들과의 전화통화로 아이들에 대한 아빠로서의 사랑을 전해주는 것으로 아이들의 하루 시작을 준비시켜 주면서 아이들로 인한 행복이 내게 다가오고 있음을 느끼게 된다. 물론 아직도 이렇게 가족과 떨어져 사는 것이 무엇을 의미하는지 잘 모르겠다.

　아침에 내게 주어진 우유 한잔과 기타의 것들, 내게 하루를 시작할 힘을 주는 그것들이 내가 스스로 만든 것이 아니라는 사실을 알기에 겸손한 마음으로 하루를 출발하게 되고 아침 8시가 되면 사무실로의 즐거운 출근을 한다. 매일같이 고통을 함께 나누어주기를 바라는 사람들을 만날 수 있고, 비록 조금이나마 그들의 고통을 함께 나눌 수 있기에 행복을 느끼게 된다.

　그 고통을, 그 아픔을 전부 감당할 수 없음이 비록 또 다른 나의 아픔이 되지만 그래도 종종 감사하다는 말을 내게 전해주는 사람들이 있으니 나의 직업이 참 좋은 직업이라는 생각이 든다. 오늘날까지 내가 이 회사에 근무하면서 정말 좋은 사람들, 가슴이 따뜻한 사람들을 많이 만날 수 있었음에, 그들로 인하여 나의 삶이 보다 풍성해질 수 있었음에 감사하는 마음이 생기고 또한 대전에서 생활하면서 가톨릭 모임의 회장이라는 직책을 맡게 된 것도 어찌보면 행복의 많은 부분을 점하고 있는 듯하다.

　회장으로서 자신의 생활을 절제할 수 있게 되니 좋고, 교우들을 한번 더 생각해 줄 수 있는 위치가 되니 또한 좋다는 생각이다. 그리고 아침 저녁 언제든 나만의 기도시간을 만들 수 있는 나만의 공간이 나의 집에 있다는 사실이 또한 감출 수 없는 행복이다. 자칭 기도하는 방.

모든 일에, 모든 감정에 절정이 있으면 내리막을 생각하게 되듯이 내가 행복의 절정에 있음을 알기에 내리막을 생각할 수밖에 없다. 내리막에 이르기 전에 나의 행복을 다른 사람들에게 빨리, 그리고 많이 전달해 줄 수 있으면 좋겠다. 그것이 오래도록 행복을 간직할 수 있는 모습이 아닐까 하는 생각과 함께, 행복을 만들고 행복을 느끼고 행복을 전달할 수 있는 자신이고 싶다.

종종 이렇게 행복하여도 될까 하는 생각을 하게 되고 늘 조심스러운 하루 하루임을 느끼게 된다. 내가 진정 행복 전도사가 될 수 있다면 좋겠다.

2005. 5. 31.

♥ 메일로 보내준 행복에 대한 글 고마웠어요. 행복이란 작은 기쁨을 만족하게 느낄 줄 아는 것이라고 생각해요. 어떤 이는 행복을 옆에 두고도 발견을 못하고 지나친 욕심과 자만에 빠지기도 하지요. 일상의 작은 기쁨을 찾을 줄 아는 검사님은 참으로 행복합니다. 또 겸손이라는 단어를 말하고 느낄 수 있는 것도 참으로 올바른 길을 갈 수 있는 사람의 모습이지요. 회장된 것 축하합니다. 다른 어떤 회장보다 더 기쁘네요. 늘 기도하고 묵상 시간 가지세요. 관상까지 할 수 있으면 더욱 신비로움을 느낄 수 있지요. 이태리, 앗씨시 성지를 갔었는데 프란치스코 성당 정원에 있는 가시 없는 장미를 보았어요. 11세기 프란치스코 성인이 살아있을 때 성인이 너무나 심한 육체적인 욕정에 몸부림치다가 그 욕정을 이겨내려고 장미 정원에 뒹굴었대요. 물론 온 몸에 장미 가시가 수도 없이 박혔겠지요. 그 후로는 그 정원의 장미는 가시가 없는 장미가 되었는데 지금까지 장미에 가시가 없는 것이지요. 그 장미를 다른 곳에 심으면 가시가 난다고 해요. 그러나 프란치스코 성인이 뒹굴었던 정원에 다시 옮겨 심으면 장미에 가시가 나지 않는다고 해요. 신비스런 기적이지요. 그 장미를 보는데… 정말 신비스런 기쁨이…. 갈릴레아 호수는 바다 같았는데 참으로 아름다웠어요. 다 얘기할 수는 없고 검사님도 꼭 성지순례를 다녀오세요. 정말 권하고 싶어요.
-박 에메리따 수녀-

♥ 고맙다. 행복을 전해 주어^ 계속 언제까지나 행복 전도사의 역할을 계속해 나가시길 바란다. -김일-

♥ 행복이란 단어는 과거 속에 존재한다고 믿고 있었는데 네게는 현실이구만. 이렇게 행복하여도 될까? 하는 조심스러움까지도 말이야…. 좋아 보인다. 부럽구만^ -서민-

♥ 비가 그친 아침의 상큼함이로군…. 오랜만에 깊은 호흡을 해 보네. 좋다. -임운-

♥ 행복이 충분히 전달되었네요. 삶을 되돌아볼 수 있는 여유로운 마음을 가진 자가 어디 흔한가요. -서혜-

♥ 아침의 이슬처럼 싱그러움과 따사로운 햇살의 행복이 보입니다. 그 행복된 마음이 모든 사람들에게 바이러스처럼 번져서 모두 다 행복하였으면 좋겠습니다. -이일-

♥ 따뜻한 가슴을 가지신 님이시네요. 감사하는 마음은 사랑하는 마음이고, 사랑하는 마음은 이 세상을 아름답게 한다고 하네요. -정병-

♥ 하루. 하루를 즐겁고, 행복을 느끼는 것처럼. 좋은 것이 없어요. 지금 글을 읽는 순간, 검사님의 행복을 느낄 것 같아요. ^ -김미-

♥ 회장님처럼 따스한 마음을 가지신 분과 함께 활동하지 못하고 청주로 오게 되어 아쉬운 맘 그지없습니다. 저도 틈만 나면 옷을 벗어 던지고 유등천과 갑천으로 달려 나갔지요. 지난달 유등천변에 유채꽃이 활짝 피었을 때의 모습은 참으로 장관이었습니다. 나 홀로 인생을 만끽하는 검사님과 유등천에서 깜짝 조우를 기대해 봅니다. -윤병-

♥ 가실 때 제대로 인사도 못 드려서 죄송스러웠는데…. 올리신 글을 보고 반가웠습니다. 여전히 모든 사람을 행복나라로 이끄시는군요. 좋은 글 또 기대할게요.^ -조경-

떨어지는 낙엽을 보면서

올해도 떨쳐버려지는 낙엽을 본다.
늘 그러하였듯이
그 아름다운 모습들
잎사귀를 간직하고 있어도
잎사귀를 떨쳐버려도
아름답기만 하다.
내게 있는 모습 중에
떨쳐버려야 하는 것을
떨쳐버리지 못하고 있는 것은 무엇일까?
텅 빈 가지를 보면서
참 간편하겠다는 생각이 든다.
가진 것 없어 보여도
모든 것을 간직하고 있는 나무
너무 많은 것을 간직하려고
걸리적거리는 몸을 주체하지 못하고 있는
나는 아닌지!
낙엽 떨어지는 모습을 보며
낙엽 떨어지는 소리를 들으며 삶을 배운다.
나도 그처럼 그렇게 살아야 할텐데….

2004. 11. 30.

제5장
이런 일 저런 생각

아름답게 살고 싶다

내가 세상에 나온 이유는

아름답게 살기 위해서라는 생각을 하곤 한다.

세상에 나와서 세상을 위해 무엇을 해야 할 것인가.

내가 아름답게 살아가면

세상이 아름다워지는 것이고

내가 추하게 살아가면 세상도

추해지는 것이다.

내가 생각하는 그 아름다움

그 아름다움에 무엇을 채워야 할 것인가.

내가 아름다운 삶을 살고

주위 사람들도 아름답게 살아가고
모든 사람들이 아름답게 살아갔으면 좋겠다.
잘 살고 싶다.
사람답게
아름답게 살고 싶다.

고귀한 사랑의 헌혈에 상처를 주면서까지

　헌혈, 사랑의 헌혈이라고 한다. 타인을 사랑하는 순수한 마음에서 헌혈을 하게 되고 그 순수함은 누구도 부인하지 못할 것이다. 헌혈을 하는 사람들의 그 헌혈을 할 때의 마음은 한결같고 변함없음 그 자체이다. 아픈 사람들을 생각하며 건강한 내가 조금이나마 도와주고 싶은 마음 그 이하도 그 이상도 아니다. 헌혈을 한 후 대한적십자사로부터 "앞으로도 지속적인 관심과 참여를 부탁드립니다."라는 문구와 함께 헌혈검사결과를 받게 된다. "지금 이 순간에도 수혈을 받지 못해 꺼져가는 생명이 있습니다."라는 문구도 포함하여. 그러한 진실된 마음을 가지고 헌혈 업무에 종사하는 많은 분들을 존경하게 된다.

　그런데 그 순수한 마음에 씻을 수 없는 상처를 주는 사람들이 있다. 바로 헌혈 관련 업무에 종사하는 사람들 중의 극히 일부의 사람들이 그들이다. 헌혈의 집을 포함한 헌혈종사자들은 매년 8월 하순이 되면 자칭 준법근로라고 하면서 파업을 한다. 그들이 그렇게 주장하는 준법근로라면 그 동안은 왜 불법근로(?)를 했을까 하는 생각이 들기도 하고, 그 행동이 사랑의 헌혈을 하는 사람들의 그 순수한 마음에 얼마나 많은 상처를 주고 있다는 사실을 아는지 모르는지, 그 순수한 마음에 그 씻을 수 없는 상처를 주면서까지 얻어야 하는 그 무엇이 과연 무엇일까? 헌혈의 집을 닫으면서까지 얻어야 하는 것이 무엇인지 잘 모르겠지만 연례 행사로 진행되는 그것은 매년 8월 하순경 시작하여 10월 초순경까지 가곤 한다.

그들의 행사로 인하여 그 순수한 마음에 상처를 준 내용을 살펴보기 위해 월별 헌혈자수를 확인해 볼 수 있다. 2005년도 8월 200,611명, 9월 190,581명, 10월 175,734명이고, 2006년도 8월 195,301명, 9월 184,017명, 10월 175,639명, 2007년도 8월 158,864명, 9월 134,092명이다. 즉, 헌혈종사자들의 파업으로 인하여 매년 최소 3만 5천명 이상의 헌혈을 하는 사람들이 마음의 상처를 입고 헌혈의 세계를 떠난다고 할 수 있을 것이다. 물론 그 중에는 중복되는 사람도 있겠고, 파업과 무관하게 헌혈을 하지 못한 사정이 있었던 사람도 있었겠지만, 올해의 파업기간 중에는 또 얼마나 많은 사람들이 마음의 상처를 받고 헌혈의 세계를 떠났을까 하는 생각을 하게 된다. 더 나아가 수혈을 받지 못해 꺼져가는 생명을 붙잡고 있는 환자, 그리고 그 보호자 및 가족들이 받는 고통은 결코 그보다 덜하지 않았을 것이다.

요즈음은 의료기술의 발달로 수혈없이 수술하는 경우도 많다고 한다. 그렇다면 그야말로 한사람의 헌혈이 한사람의 생명을 살릴 수 있고, 수혈을 받지 못해 꺼져가는 생명이 있음을 헌혈종사자들은 망각하고 있는 것일까? 그들은 타인의 생명을 꺼져가게 하면서 과연 무엇을 얻으려 하는 것일까?

대한적십자사는 매년 10월이 되면 혈액이 부족하다는 광고를 한다.

자신들의 행동으로 그와 같은 결과를 초래하였다는 사실을 뒤로 숨기고, 자신들이 그 순수한 마음의 사랑의 헌혈자들에게 준 마음의 상처는 모른 체 하면서. 누군가는 책임을 져야할 부분이라는 생각이 든다. 10월 27일은 대한적십자사 창립 기념일이다. 그들은 변함없이 또 자화자찬을 할 것이다. 얼마나 잘 해 왔는지에 대하여.

그러나 대한적십자사 직원들, 특히 헌혈종사자들, 그 중에서도 파업까지 해도 된다고 생각하는 직원들은 다시 한번 되돌아볼 일이다. 무엇이 우선이고, 해도 되는 것이 있고 해서는 아니되는 것이 있음을 분명히 인식해야 할 것이다.

헌혈에 관심이 많은 사람으로서 그래도 헌혈하는 그 순수한 마음은 계속되어야 한다는 마음으로….

2007. 10. 7.

가슴 시린 이야기

　둘째 아이와 같은 또래인 여자 아이(6살)의 엄마 이야기이다. 어느 날 그 엄마는 유방암이라는 진단을 받고 수술을 기다리게 되었다고 한다. 아무리 의술이 발달했다고 할지라도 암은 암이고, 소중한 신체의 한 부분을 도려내야 하는 암임에도 담담하게 받아들이는 그 어머니의 모습을 보면서 주위에서 오히려 다른 말을 할 수가 없었다고 한다. 그 아이와 아이의 엄마와의 관계에서 가슴시리게 하는 한 대목이 있었다. 수술을 앞두고 더 이상 어린 딸의 아름다운 긴 머리를 손질해 줄 수 없게 될 것을 우려한 그 엄마는 그 딸의 아름다운 긴 머리를 짧게 잘라주었다고 한다. 그 긴 머리를 내가 본 적은 없지만 내 마음 한 구석이 잘려나간 듯한 느낌이 들었고, 그 짧은 머리를 한 그 아이가 우리 집으로 놀러 온 것이다. 티 없이 맑기만 한 그 모습이 너무도 예쁜 모습이었고, 그냥 바라보기만 해도 가슴이 시림을 주체할 수 없었다. 그 어린 아이의 엄마가 죽은 것도 아닌데 왜 나의 가슴은 그리도 아픈지 모르겠다. 천사의 맘을 갖고 있을 듯한 그 아이를 마음 속의 기도와 함께 안아주었다. 더욱 밝고 아름답게 자라주기를 기도하면서, 그리고 기회가 되면 더 많은 관심을 갖자고 다짐하면서….

2002. 5. 28.

가을, 가을 들녘

가을이 깊어가고 있다.
깊어가는 가을만큼
나의 가슴도
더 깊고 더 넓어져야 할텐데
가을을 잡고 싶다.

황금빛 들녘의 장엄함이 사라지면
거친 그러나 따뜻한 들녘으로 바뀐다.
추수를 마치고
그 넓은 가슴을 다 풀어헤친 듯한데
그 속에 또 무엇이 그리 많은지,
내년에도 그 가슴을 다시 볼 수 있음에
희망이 그곳에 있음도 알게 되고

들녘의 아름다운 변화,
가을, 겨울, 봄, 여름 그리고 다시
어느 한 시절 그리움이 없고, 아름다움이 없으랴.
넉넉함과 함께 늘 곁에 있어주어 고마울 뿐
이제 빈손으로 돌아가려는 그 넓은 가슴

그 가슴 위에서 이삭을 줍던 어린 시절
이제는 그곳을 지나는
또 다른 손님에게 나누어주겠지.
세상 미물에게 다 나누어주고
또 새로운 잉태를 준비하는 모습
봄의 여린 종자를 품어주기 위해
또 몸만들기에 들어가겠지.

따뜻한 품 속에 그 어린 것을 품은 채
온갖 비바람을 막아 생명을 키워주겠지.
너를 바라보면 어미의 가슴처럼 아린 가슴을 느끼게 된다.
너의 모습에서 어미의 숨결을 느낄 수가 있다.

욕심도 없고
농부가 너에게 준만큼 그대로 다 돌려주는 너
네가 어찌 부럽지 않으랴.
이제 너를 보며 다시 희망을 키우리.

2007. 11. 7.

♥ 탈곡기 도는데 뛰어다니다가 새참이 오면 반가워하던 시골에서의 어린 시절이 그립다.
　-조인-
♥ 가을들녘이 가슴 안으로 밀려오는 듯합니다. 시인으로 등단해 보시면 어떨지…. 멋집니다.
　-주*주-
♥ 가을향기가 물씬 나네요. 누구보다 가을을 만끽하는 여유가 엿보여 참 보기 좋네요. 그 여
　유, 나도 본받아야 하는데 늘 이렇게 부러워만 합니다. -신혜-

경극을 보고 나서

　중국에 머무르는 동안 많은 경험을 하고 싶은 마음으로 하게 된 것 중에 하나가 경극을 관람하는 것이었다. 마침 수업의 연장으로 교수와 함께 경극을 관람할 기회가 있었는데 중국의 경극은 창이 있고, 배역들의 연기가 있는데 많은 경우 대사가 많아 외국인들이 관람하기는 어려운 것으로 알고 있었다.

　그런데 손오공을 주인공으로 하는 경극의 경우 대사가 많지 않을 뿐만 아니라 그 내용을 알고 있는 한국 사람의 경우 쉽게 이해할 수 있으며 중국 내에서도 자주 공연된다고 한다. 우리가 관람한 것은 3편의 짧은 경극으로 1시간이 조금 넘는 시간이 소요되었고, 외국인을 대상으로 즉 여행객을 대상으로 하는 공연이었다. 대사는 거의 없었으며 그것도 자막으로 나오기에 어렵지 않았고, 또한 배우들의 연기 자체로 줄거리 전체를 이해할 수 있는 정도였는데 3편의 본래의 경극을 짧게 줄여 공연한 것이라고 한다.

　경극을 보면서 중국이라는 곳에는 무궁한 관광자원이 있고 나아가 그것을 충분히 활용하고 있구나 하는 생각을 하게 되면서 부럽다는 느낌도 들었다. 우리나라는 작은 국토이고 관광자원도 적지만 제대로 활용하려는 모습을 보여주어야 할 것이고, 비록 경제적으로야 손해를 볼지라도 한국의 우수한 문화를 알리기 위한 모습들이 필요하겠다는 생각이 들었다.

우리가 관람한 경극은 그야말로 단순한 내용임에도 교수는 흥분하여 경극에 대하여 설명을 하는 것을 보면서 자신들의 문화에 대한 자부심을 엿볼 수 있었다. 중국에서 생활하며 한국을 살펴볼 수 있게 되면서 안타까운 마음이 새록새록 든다.

2003. 11. 12.

♥ 상대는 작가로 등단해도 되겠어. 풋풋한 사람 내음이 참 좋다. -임운-
♥ 짧은 기간 동안 많은 경험을 하려고 열심히 생활하는구나. -김일-

행복나눔 이상대 검사와 함께사는 세상

그리움에 대하여

세상에 나와서 지금까지 이런 사람 저런 사람들을 만나 왔는데 현재의 나의 기억 속에 남아있는 사람들은 몇이나 될 것인가? 때로는 아름다움으로 때로는 사랑으로 만난 사람들도 있을 테지만 때로는 미움으로 때로는 고통으로 만난 사람들도 분명 있을 것이다. 내게 아름다움을 남겨준 사람들의 그 아름다움을 지금까지 내가 잘 간직하고 있는 것인지, 내게 고통을 준 사람을 나는 어떻게 기억하고 있는 것일까?

직업의 성격상 이곳저곳으로 근무지를 옮기면서 새로운 사람을 만나고 헤어지면서 내가 근무하던 곳, 직원들과 열심히 생활하던 그곳이 마치 고향인 듯한 느낌을 갖게 된다. 1년 내지 2년 동안 비슷한 생각을 가지고 같은 일을 하는 사람들과의 만남 과정에서 나름의 정이 새록새록 들고, 다시 새로운 곳으로 떠날 시점이 되면 그 정이라는 것이 마음을 서글프게 만들고 아쉬움을 만들기도 하면서 그곳이 마치 내게 새로운 고향인 듯한 느낌이 들기도 한다.

살았던 곳이 많을수록, 많은 사람을 만난 곳일수록, 정든 사람이 많을수록 그리움은 더 커간다. 그 그리움 때문에 무작정 내가 생활하던, 내가 근무하던 그곳을 가고 싶은 마음이 들기도 하고, 그 그리움이 어찌 보면 행복한 나를 만들어주는 듯도 하다. 이런 사람 저런 사람들을 만나면서 그 사람들의 아름다운 모습을 취하여 그 아름다운 모습을 나의 모습으로 만들어보려고 노력하게 되기도 한다.

오랜만에 북경에 다녀왔다. 북경에서 잠시 생활을 하다 다시 나의 나라에서 살아가면서 그곳이 마치 고향인 듯한 느낌이 들곤 한다. 그곳에서 생활하면서 있었던 모든 일들, 그곳에서 만난 모든 사람들이 그리움의 대상이 된다. 북경에 들어가기 전에 만날 사람들의 명단을 작성하여 갔는데 그 명단에 있는 모든 사람들을 모두 만나고 오니 마치 숙제를 마친 듯한 느낌도 든다.

아침 8시에 함께 해장국을 먹기 위해 나와 준 두 분, 그리고 갑자기 나타난 나의 모습에 놀라셨을 신부님, 북경에서의 40시간 정도의 머무름이 내게는 충분한 푸근함이었고, 그 시간들이 내게 정말로 소중한 시간이었다. 그래도 살아가면서 가끔 그리움을, 그리움이 아닌 반가움으로 현실화할 수 있음에 또한 삶이 풍성해지는 듯하다. 내가 그들에게 어떠한 모습일까도 궁금하다. 혹시 나만이 그리움으로 간직하고 있는 것은 아닐까! 그렇더라도 문제될 것은 없으리라. 내 마음 속에 그리움이고 내 마음 속에 아름다움이라면. 오늘도 내가 그리워하는 그 많은 사람들이 행복하기를 기도한다.

그리고 내 작은 가슴 속에 그리움으로 남아 있는 그들로 인하여 내가 행복하기에 그들에게 감사하는 마음을 갖게 된다.

2005. 6. 15.

♥ 10년이 넘게 이 땅에 살면서도 한 번도 불쑥 가고 싶다는 생각을 해 본 적이 없었는데 지난 며칠 동안 되게 가고 싶었습니다. 기억하실런지 모르겠는데, 미사 집전하면서 몇 번이나 쳐다보는 것 생각나시나요? 처음에는 제가 잘못 보았나 싶어서, 그 다음에는 아, 진짜 닮았다 그러면서, 그 다음에는 어 아닌데 진짠데 여기 웬일이지…. 제가 좀 무덤덤해서 표현을 제대로 못해서 그렇지 되게 반가웠습니다. 그리고 고마웠습니다. 잊지 않고 기억해 주시고, 또 찾아주심에 너무 고마웠습니다. 짧은 만남이었지만 게으른 저에게 많은 자극이 되었습니다. 그 사랑과 열정이 부럽기도 했고요. 하느님 뜻 안에서 항상 기쁘고 즐거우시기를…. 북경에서 김 신부-

행복나눔 이상대 검사와 함께사는 세상

나의 마음과 간호사의 마음

풀코스 마라톤을 준비한다는 핑계로 두 달여 동안 헌혈을 하지 못하였다. 왠지 준비가 부족한 풀코스 마라톤이 걱정되기도 하였고, 비록 성분헌혈이라고는 하나 헌혈 후 하루 정도는 쉬어야 하지 않을까 하는 생각에서였다. 마라톤을 마치고 그 동안 유보해 놓았던 헌혈을 다시 하게 되었다.

나의 마음

주말을 맞이하여 오전에 일을 보고 헌혈의 집에 도착한 시간은 12시 10분 경, 출입문에 점심식사 시간임을 알리는 팻말이 붙어 있고 점심식사 시간이 지난 다음에 오라는 내용이 적혀있다. 나도 오후 3시면 해야 할 일이 있었기에 빨리 헌혈을 하고 싶은 마음에 그냥 문을 열고 들어가게 되었다. 자원봉사를 하시는 분과 간호사는 내가 들어가자마자 다시 한번 강조를 한다. 지금은 점심시간이라고, 지금 점심을 하지 못하면 점심시간을 넘길 수밖에 없으니 기다리라고. 나도 바쁘다는 이야기를 잠시 하면서 2시에 갈 곳이 있다고 했으나 자신들도 점심은 먹어야 하지 않겠느냐고 반문을 한다. 내가 양보해야 함을 알면서도 나도 감정이 조금은 생기고 있음을 부인할 수가 없었다.

헌혈을 하고 있는 사람들도 있고, 간호사가 3명인데 1명 정도는 헌혈 준비를 해 주고 식사를 해도 되지 않을까 하는 생각도 해본다. 혼자 식사하는데 익숙한 나로서는 꼭 3명이 같이 식사를 할 이유가 없을 듯한 나만의 느낌과 함께 얼마나 더 기다리면 되냐고 하니 그냥 웃는다. 점심시간을 다 채워야 하지 않겠느냐는 의미인 듯하다. 그래서 신문을 보면서 기다리기로 하였다. 몇 분 정도 기다리라고 해 주면 좋으련만….

간호사의 입장에서

점심시간이 넘은 시간에 헌혈을 하겠다고 한 사람이 문을 열고 들어왔다. 밖에 분명히 점심시간임을 게시하였고, 점심시간이 지난 후에 들어오라고 하였음에도 보고도 들어온 것일까, 못보고 들어온 것일까? 이미 시계가 12시를 넘어선 지 20분을 향해 가고 있고 그 사람에게 점심시간임을 다시 한번 주지시켰으나 그래도 빨리 할 수 없겠냐고 한다. 저 사람은 점심을 먹지 않는 사람인가, 아니면 내가 점심시간에 점심을 먹는 것에 불만이 있는가, 그것도 아니면 나를 순수한 봉사자로만 생각하고 있는 것은 아닌가, 나도 월급쟁이로서 먹는 문제가 중요한 사람인데.

그래도 고귀한 봉사를 위해 온 사람임을 알기에 서둘러 식사를 마치고 헌혈 준비를 하였다. 12시 50분 정도 되었을까? 그래도 헌혈을 하겠다는 그 마음이 기특하니 내가 조금 양보를 해야겠다는 생각이 들었다. 계속하여 신문을 보던 그 사람, 그래도 내가 1시를 채우지 않고 헌혈을 할 수 있도록 해 주니 그나마 다행이라는 표정이다. 점심시간에 점심을 먹기도 힘든 직업을 가진 나의 오늘은 그렇게 흘러가고 있었다.

2005. 11. 25.

동북아법제자문위원 위촉장을 받고서

　중국에서 연수를 받게 된 행운으로 중국에 있는 동안 많은 것을 느껴 보려고 노력했고 많은 곳을 가보려고 노력했으며 또한 많은 경험을 하였다고 생각한다. 그러던 중 어느 날 후배 검사로부터 동북아법제자문위원으로 위촉되었다는 말과 함께 위촉장을 건네받았다. 내용을 살펴보니 법제처장 명의의 "동북아국가의 법제전문가를 모시고 인재풀을 형성, 각급 기관이나 기업 측에서 자문을 요청하는 경우 인재풀 여러분들과 상호 연결하여 도움을 드리는 상시적인 자문시스템을 구축하기 위해서" 라는 인사말씀과 함께 나를 동북아법제자문위원으로 위촉한다는 것이었다.

　위촉장을 준다는데, 그것도 거창하게 동북아법제자문위원으로 위촉을 해 주겠다는데 그 자체를 싫어할 수는 없겠지만 잠시 생각을 되돌려보니 한심한 나의 나라의 단편을 보는 듯하여 심히 마음이 어지러웠다. 물론 내가 중국법에 대하여 아주 조금 아는 것이 있다고 할 수도 있겠지만 과연 나에 대하여 어느 정도 파악하고 어느 정도의 수준이라는 것을 인식하고 나를 자문위원으로 위촉하였을까 하는 생각을 해보니 씁쓸함이 더 커져갔다. 실질을 살펴 자문위원으로 위촉할 사람을 선별해야 함에도 단순히 중국에 왔다는 이유로, 중국에서 연수를 받는다는 이유로, 그리고 검사로 생활하고 있다는 이유로 위촉된 것은 아닌가 하는 생각에 마음이 좋지 않았다. 이제는 간판이 아니라 실질을 살필 때가 되었다는 생각이다. 무엇이 필요하고 그것을 어떻게 처리함이 적정한 것인지 고민을 많이 해 보면 좋겠다는 생각이 들었다.

2004. 3. 10.

♥ 제도 시행 취지는 좋으나 형식이 아닌 실질을 따져 위촉하고 실행해야 함에도 그렇지 않은 느낌이 많이 들었다. 물론 아직까지 아무런 연락을 받은 사실도 없고, 모 사이트에 위와 같은 제도를 홍보하겠다는 인사말 내용을 보고 해당 사이트를 확인하였더니 위 내용에 대한 흔적을 발견할 수 없었다.

달리자는 이야기

흘러가는 시간 속에서 하루하루를 생활하면서 새로운 활력소를 필요로 할 때가 많다. 그리고 가끔은 무엇인가 재미있는 것, 새로운 것을 떠올리게 된다. 40살이 가까운 어느 시점에 자신의 몸을 살펴보면서 이것은 아닌데 하는 생각이 들었고 그래서 달리기를 시작하게 되었다. 초등학교 시절 체육대회에서 달리기 경주를 하면 나는 단지 참가하는데 의미가 있었을 뿐 한번도 등수에 들어본 적이 없다.

그러한 내가 달리기를 하게 된 것은 물론 몸관리를 위해서지만 나도 무엇인가 해보고 그것을 성취한 후의 느낌을 느껴보고 싶어서 시작을 하게 되었다. 주위의 시선은 당시의 나의 몸으로 달리기를 하는 것은 무리라는 반응들이 많았다. 그래도 결심을 하고 나니 마음 편히 달리게 되었고, 시간적인 제한이 없는 상황이므로 하루하루 달리면서 자신의 변화되는 모습을 살피게 되고 아 이런 것이 또한 행복이구나 하는 느낌들이 들었다.

첫 해에 10킬로미터를 달리고 다음 해에 하프 마라톤에 참가하고 그 다음 해에는 드디어 풀코스 완주를 하게 되었다. 처음에는 그냥 몸관리 차원이었으나 10킬로미터 달리기 종목이 있다는 사실을 알게 되어 재미삼아 참가하게 되었고 그러다보니 하프도 있고 풀코스라는 고지도 있다는 사실에 한번 해보고 싶은 생각이 들었던 것이다. 처음에는 마라톤이라고 하기에도 쑥스러웠고, 그냥 달리기라고 표현해야 하는 정도였으나 풀코스를 뛰고 나니 이제는 마라톤을 한다고 할 수 있게 되었다.

이제는 몸관리에는 달리기가 최고라는 생각이 들고 주위 사람들에게 달리기를 권하는 마라톤 선동가가 되었다. 나처럼 달리기에 전혀 소질이 없는 사람도 여유를 갖고 열심히 달리다보면 풀코스 결승점에 도달할 수 있다는 사실을 알려주고 싶다. 달리기를 하면서 직원들과도 함께 하게 되었다.

10킬로미터와 하프까지는 혼자 달렸지만 풀코스에 처음으로 참가할 때에는 같은 방에서 같이 일하고 있는 모 계장님과 같이 춘천마라톤에 참가를 하게 되었고, 각 청에서 마라톤 동호회 회장을 맡아 직원들과 달리기를 같이 하면서 좋은 추억들을 많이 나눌 수 있는 행복을 맛볼 수 있었다.

한편 아이들도 아빠의 달리는 모습을 보면서 같이 하겠다고 하기도 하고 내가 권하기도 하면서 가족들 4명 모두 같이 5킬로미터 달리기에 참가하기도 하였다. 어느 대회에서는 가족 4명이 참가하면 다복상이라는 트로피도 주는데 아이들이 무척 좋아한다. 무슨 일이건 완성을 이룬다는 것이 중요하듯이 아이들과 함께 5킬로미터를 같이 달릴 수 있다는 행복이 결코 작은 것은 아니라는 생각이 든다.

건강에도 좋고, 몸관리에도 좋은 달리기, 건강을 위해 열심히 달리는 것, 그리고 그것이 결국 돈 되는 것이 아닌가 한다. 아주 좋은 취미로서 마라톤을 권하고 싶다.

2004. 11. 10.

도봉산에서

가까이 있지만 자주 가지 못하는 도봉산에 다녀왔다. 길 옆에 그냥 그렇게 자라고 있는 풀들과의 교감을 갖고 있는 그 흙들이 반가웠다. 내가 그 이름을 알지 못하는 많은 풀들이, 때로는 들풀이라는, 때로는 들꽃이라는 이름으로, 때로는 잡초라고 불리는 그 많은 존재들이 각자의 위치를 점하고 각자의 향기로 자라고 있었다. 우리 인간의 기준에 의거 잡초라고 평가하여 뽑힘을 당하기도 하지만 인간에게 유용한 식물보다 더 아름다운 향기를 간직하고 있는 것도 많겠다는 생각을 하게 되면서 뽑혀지지 않으면 나름대로 그 자리에서 그 하나하나가 다 소중한 존재일 듯 하였다.

봄이 되어 산에 오르니 기분이 날아갈 듯 좋았다. 풀 한포기, 나무 한그루, 돌 한개, 흙 한줌 그 모든 것들이 살아 숨쉬고 있다는 것을 느끼면서 나의 산, 우리의 산이라는 생각을 하기에 이르니 모든 것이 사랑스러움의 대상이 되었다. 이제 막 싹이 나온 연두색의 각종 잎사귀들이 같은 연두색이 아닌 조금씩 다른 연두색으로 각자의 시작을 아름답게 하고 있었고 모두가 흘러가는 순간의 모습으로 다시 흙이 될 것을 알고 있는지 모두가 겸손한 모습들이었다. 잎사귀에서 생강냄새가 난다는 생강나무를 비롯하여, 작살나무, 돌배나무, 팥배나무, 노린재나무, 노간주나무 등 아름다운 이름을 가지고 있는 많은 나무들이 자신들만의 향기로 열심히 자라고 있었다.

하얀 꽃, 노란 꽃, 분홍 꽃들이 각자의 색으로 자신들의 일생의 중요한 한 때를 보내고 있었고, 연한 분홍색의 철쭉꽃보다는 뜨겁게 살고 있는 진한 분홍색의 철쭉꽃이 보기에 더 좋았고, 복숭아꽃이 벌과의 정겨운 나눔을 하고 있는 모습도 또한 보기 좋았다. 애기똥의 그 진한 노란색 꽃은 이름만큼이나 노란색으로 화장을 하고 있었고, 등산로 한가운데에, 발에 밟힐 듯한 곳에 내가 모르는 노란 꽃이 애처로운 모습을 하고 있었으나 주위의 돌멩이들이 사람의 발로부터 그 노란꽃을 지켜주고 있어 다행이었다.

하얀 꽃으로는 매화말발도리의 꽃이 있었는데 이름만큼 특이한 모습은 아니었다. 연한 연두색의 잎사귀로 시작하고 있는 그 많은 존재들이 한결같이 아름다운 모습이었고 그 모습들이 언젠가는 진한색으로 변하고 언젠가는 낙엽이 되어 떨어질 것이다. 모두가 흐르는 시간의 한 순간일 뿐인 듯하고 그 누구도 그 순간을 흘러가는 순간이라고 치부하며 소홀히 하지는 않는 듯하였다.

한해를 순서에 맞추어 다시 시작하고 있는 그 모습들이 반가웠고 자신들만의 향기로 자신을 채우고 있음을 느끼면서 나 자신의 향기는 어떠할까 하는 생각을 하게 되었다. 나의 향기는 어떠하고 주위 사람들에게 어떠한 모습으로 기억되고 있는지 다시 뒷모습이 걱정스러웠고 내가 아름다우면 사회가 아름답고 나라가 아름다울 수 있는데 과연 나는 어떠한 향기로 어떻게 생활하고 있는 것일까?

2004. 5. 1.

백천산(百泉山)에서의 봄맞이

　주말을 이용하여 북경맑은산악회를 따라 백천산으로 등산을 가게 되었다. 중국의 이름 있는 산들과 달리 그냥 북경 주변에 자리잡고 있는 백천산은 이름에서 보듯이 계곡에 물이 많아 여름에 백천산을 찾는 사람들이 많다고 하고 북경 주변에 있는 등산하기에 적당한 산이라는 생각이 들었다.

　한국의 많은 등산로에는 정상까지의 거리 등이 기재되어 있는 표지판이 많은 것에 비추어 중국의 산들은 그러한 것이 거의 없는 듯하고 방향 정도를 알리는 표지판이 가끔 있을 뿐인데, 백천산과 같이 그야말로 유명하지 아니한 산은 그러한 이정표조차 가지고 있지 않았다. 중국인들은 산의 바위 모양에 이름 붙이는 것을 좋아하는 듯한데 그곳에 있는 특이한 형태의 바위에 대하여도 거북이가 달을 바라보는 형체라는 등 그 바위들의 형체를 설명해 놓은 안내판들이 곳곳에 있었고, 물이 많은 산이라 그런지 곳곳에 무슨 샘, 무슨 폭포라는 표지판이 많이 보였으며 그 형식에 특이한 점을 이미 오래 전에 세워 놓은 표지판인 듯함에도 영문으로도 함께 기재되어 있다는 것이다.

　아직 겨울이라 계곡에는 얼음이 대부분이고, 폭포도 아직 얼음을 이불삼아 겨울잠을 자고 있었고, 그 높은 폭포가 미동도 하지 않고 있는 점이 왠지 빨리 깨우고 싶은 생각이 들면서 한편으로 조금씩 조금씩 이

불의 무게를 느끼는 듯한 소리들을 들을 수 있어 반가웠다. 동지를 기점으로 서서히 낮의 길이가 길어지면서 봄을 기다리는 여인의 마음을 느낄 수 있어 좋았다. 이미 계곡 곳곳에서 봄의 소리를 들을 수 있었고, 얼음이 녹아 흘러내리는 물소리가 마치 봄이 오는 소리인 듯하였다.

산을 오르는 사람들이 많지 않아 등산할 수 있는 길이 정리되어 있지 않은 곳이 많았고 길을 만들면서 등산을 하는 것도 등산의 새로운 맛인 듯하였으며 예전과 같이 정상에서 김치찌개를 끓여 맛있게 먹을 수 있었던 것이 한국에서 접하기 어려운 행복으로 느껴졌다. 내려오는 길에 봄을 기다리고 있는 꽃나무들이 반가웠고, 나 역시 봄을 기다리는 마음으로, 꽃이 피면 그리운 고향으로 돌아갈 수 있을 듯한 마음으로, 그리고 북경의 따뜻한 봄날을 기다리는 마음으로 행복한 하루였다.

2004. 2. 9.

♥ 무거운 침묵 뒤에서도 생명의 박동을 느낀단다. 잘 지내고, 세상이 암울하여 제대로 먹고 나 있는지 궁금하군. -임운-
♥ 봄을 찾으러 산행을 하였는가! 아직 이곳 서울에는 春來不似春이다. 하지만 아무리 날씨가 그러하여도 내 맘은 매일 매일 봄을 찾아 달려가고, 내 코는 봄 향기를 향해 열려있나니, 친구야 봄 맞으러 나아가자^ -김일-

베이징 초등학교 선생님들의 열정

　중국에서 연수를 받는 동안에 내가 경험할 수 없는 현실의 이야기들에 대하여 주변사람들로부터 많이 들어보려고 노력했고, 그 중에 하나가 학교 특히 초등학교 상황이었다. 과연 중국의 초등학교는 어떻게 운영되고 있는 것인지에 대하여 많이 궁금하였는데 속속들이 이야기를 해 줄 수 있는 사람을 찾지는 못하였고 단편적인 이야기들이 내가 들은 전부였고 내가 들어 알고 있는 것이 전부 사실인지도 구체적으로 확인할 수 없는 것이라고 할 수 있다.

　그 중에 한가지는 초등학교 내에서 학생들의 준비물을 전부 준비해 준다는 것이다. 우리나라의 경우 집에서 챙겨주어야 할 준비물이 이만저만이 아닌데 준비물을 학교에서 챙겨주니 부모 입장에서는 매우 좋겠다는 생각이 들었고, 단체로 구입하니 저렴하게 구입할 수도 있을테니 아주 좋은 방법이라는 생각이 들었다.

　학교 선생님들 사이에도 경쟁이 심하다는 말을 들었고, 각자의 반이 최고가 되기 위해 선생님들이 노력을 많이 하고 있고, 특히 한국 어린이들이 입학을 하면 반 평균 성적이 떨어질 우려가 있어 한국 학생들만을 대상으로 정규 과정외로 수업을 더 해준다는 말도 들었는데 우리 나라의 현실을 생각해보면 교육 면에서도 중국이 앞서가고 있고, 특히 의지력면에서 많이 앞서가고 있으며 국수적인 모습이 아니라 같은 제자로 보고 있다는 그 사실에 감동을 많이 받았다.

　중국의 인적자원과 관련하여 10년 전에 60만이던 대학생 정원이 이제 400만이 되었으며 단순히 대학의 정원으로 판단할 문제는 아니나 중국의 대학 역시 질적인 성장을 하고 있고, 대학별로 수익건물이 많은 점 등에 비추어 재정난에 허덕이고 있는 한국의 대학과 비교해도 경쟁력이 있다는 생각이 들었고, 교육의 질적인 측면 내지 시민의식의 문제 역시 시간이 해결해줄 수 있을 것이라는 생각이 들었으며 체제의 문제와 조화 내지 체제의 개혁이 선행된다면 어려운 문제이겠지만 해결 방안이 나올 듯하고 그들의 잠재력을 발휘할 기회가 주어진다면 충분히 두려운 경쟁 상대가 될 수 있다고 보인다.

2004. 2. 15.

행복 나눔 이상대 검사와 함께사는 세상

부산에는 유엔기념공원이 있고

　부산에는 6 25 전쟁 당시 세계평화와 자유의 대의를 위해 생명을 바친 여러나라의 영웅적인 전사자가 잠들어 있는 유엔기념공원이 있고, 충주에는 6 25 전쟁 당시 최초이자 최대의 전과를 거둔 것을 기념하기 위한 전승비가 있다.

　1955년 8월 우리나라는 유엔기념공원 묘역의 대지를 유엔에 무상으로 영구 기증하였는데 참전국 중에 전투지원을 한 나라는 호주, 캐나다, 프랑스, 네덜란드, 뉴질랜드, 남아프리카공화국, 터키, 영국, 미국, 벨기에, 콜롬비아, 이디오피아, 그리스, 룩셈부르크, 필리핀, 태국 등이고, 의료지원을 한 나라는 노르웨이, 덴마크, 스웨덴, 인도, 이탈리아 등이며 우리나라를 위해 그 소중한 생명을 바친 그들을 마음속에 깊이 느껴야 할 우리들이라는 생각이 든다.

　전시실에는 당시의 사진들이 전시되어 있는데 전쟁을 앞두고 긴장된 모습들이 많고, 비록 밝게 웃는 모습들도 있지만 그 마음속의 두려움들이 내 마음 속으로 전해오고 있음을 느낄 수 있었다. 참전국 내용에 특이한 것은 각국의 전투지원 병력 등을 적어 놓은 것이 있는데 우리나라의 경우 전국민으로 표시를 해 놓았고 그것이 맞는 내용인 듯하였고 공원 한 쪽에는 늪 비슷한 곳이 있는데 거위 가족들이 한가롭게 노닐고 있다.

전승비의 무대가 되었던 충주의 그곳은 중공군이 저녁 준비를 하고 있는 상황에서 당시 동락초등학교에 근무 중이던 김재옥 여교사가 주변에 주둔하고 있던 아군의 진지에 그 상황을 자세하게 제보하여 상상을 초월하는 전과를 거두었고 6 25 전쟁이 일어난 후 최초의 전승지가 되었고, 당시 북한군이 사용한 무기들이 소련제 등이었다는 사실에 기초하여 소련의 6 25 전쟁 개입사실을 유엔에 확인해준 중요한 자료가 되었던 것이다. 당시 승전의 중심에 있었던 김재옥 여교사를 기념하기 위한 김재옥 여고사 현충탑도 그곳에 세워져 있다.

이라크 파병이 문제되고 있는 요즈음 사람이 사람을 죽여야 하는 상황이 마음을 아프게 한다. 아름답게 살기에도 부족한 우리의 시간들인데 왜 그래야만 하는지….

2004. 7. 13.

북경맑은산악회와 함께

주말을 맞이하여 북경에 있는 한인들로 구성되어 있는 북경맑은산악회를 따라 등산을 하였다. 북경에는 두개의 한인 산악회가 있는데, 북경맑은산악회는 토요일에 등산을 하고, 다른 산악회는 일요일에 등산을 하고 있다. 이번에 등산한 산은 운몽산이고, 북경 주위에 있는 산 중에 제일 좋은 산(약 1450미터)이라고 하고, 등산 시간 4시간 정도, 점심 시간 1시간 정도, 하산 시간 3시간 정도로서 주말 등산으로는 적당한 시간이라는 생각이 들었다.

북경맑은산악회의 특이한 점은 등산을 잘하고 못함에 따라 A, B, C 세 그룹으로 나누어 잘 하는 사람들은 여유있게 더 등산을 하고 그렇지 못한 사람은 중간에서 등산을 마치는 모습이었다. 나는 아침 6시 30분에 집을 나서 7시에 왕징에 도착하여 그곳에 준비된 관광버스에 올랐고, 9시 경 등산 출발지점에 도착하여 등산을 시작하였다. 등산하던 중 얼어붙은 폭포 밑에서 빙벽타기를 하는 중국인 몇 명을 보았는데 걸음마 수준인 듯 빙벽에 붙어 있는 사람은 없고 밑에서 열심히 연습중인 모습뿐이었고, 등산을 하는 중국 사람들을 10여명 볼 수 있었는데 현재 중국인 등산 인구는 그리 많지 않다고 한다.

점심 시간에 도착한 곳은 우리나라 산장과 비슷한 곳인데 온돌 형식으로 형식적이나마 방을 꾸며 놓은 것이 특이하였으나 관리는 되고 있지 았았으며 필요한 사람들로 하여금 야영을 할 수 있도록 우물과 화장실도 허술하지만 갖추어져 있는 것이 신기하였고 자리가 좋아 햇볕이 따뜻하게 드는 장소였는데 우리들은 땔감을 주워 불을 피워 김치찌개를 끓였고, 김치찌개와 함께 먹는 밥은 정말로 맛있었다.

하산하여 늘 그러하듯이 식당에 모여, 대한민국에서 쉽게 먹을 수 있는, 그러나 중국에서는 귀한 도토리묵 등과 함께 저녁을 먹었다. 혼자 사는 처지이기에 식사 자리에 가면 그저 두 끼를 정리해야 하는 사람처럼, 마치 한 끼를 굶은 사람처럼 열심히 먹게 되면서 먹는다는 그 자체가 행복이라는 사실을 마음 속 깊이 느끼면서 맛있게 먹게 되고, 집으로 귀가하니 저녁 10시가 되었다.

하루 종일 즐거웠다.

2004. 1. 11.

♥ 항상 무엇엔가 쫓기는 삶이 피곤하여 상대의 잠시의 여유로움이 부럽구만. -임운-
♥ 나도 지난 주말에 직원들이랑 몸 풀이로 북한산 백운대에 올랐는데, 날씨가 좋아 모처럼 사방의 경치를 구경할 수 있었다. 어서 돌아와서 즐거움과 기쁨을 함께 느껴보자. -이순-
♥ 외국에서 같은 민족끼리의 만남에 감회가 새로우셨겠군요. 건강하시길…. -최*진-

상하이의 어두운 그림자

상하이를 거쳐 황산을 가게 되었고, 비행기를 타고 상하이에 도착하여 하룻밤 자고 다음 날 아는 선배님을 만나 식사를 하고 상하이를 둘러본 다음 다시 황산을 가기 위한 기차를 타는 것으로 일정이 되어 있었다. 상하이에 있는 호텔을 예약하여 놓은 상태였고 비행기 도착예정시간이 오후 10시 경이었는데 비행기가 연착하면서 새벽 2시가 다 되어 공항에 도착을 하게 되었다. 처음 가는 곳이고, 위치도 잘 모르기에 당연히 택시를 타게 되었는데 공항에 줄서있는 택시의 기사에게 목적지인 호텔로 가자고 하니 너무 가까워 갈 수 없다고 한다. 장거리 손님을 위해 한참을 기다렸는데 가까운 호텔을 가기에는 타산이 맞지 않는다는 것이다.

어찌할 것인지 고민하고 있는데 한 택시 기사가 자신이 태워주겠다고 하여 고마운 마음이 들었고 기본 요금에서 약간의 금액을 더 주는 것으로 약정을 하였다. 상하이는 국제도시답게 택시 기사도 좋은 사람들이 있다는 생각에 부담없이 택시를 타게 되었고 예약된 호텔에 도착하니 그야말로 기본요금에서 조금 더 가는 곳이었다. 그런데 막상 택시 요금을 내려고 보니 잔돈이 없었고 약정된 금액보다 3배 가량 되는 돈을 지불하면서 잔돈을 거슬러줄 것을 요구하였다. 그런데 그 택시 기사는 잔돈을 거슬러주지 않고 있어 잔돈을 달라고 수회에 걸쳐 요구를 하였으나 계속하여 묵묵부답이었다. 답답한 시간이 잠시 흐른 후 어찌해야 할지 고민하다가 이국에 와서 심야에 무슨 일을 당할 수도 있다는 두려움 때문에 그만 포기할 수밖에 없었고 상하이를 비난하면서, 중국을 비난하면서 처량한 모습으로 택시에서 내려 쓸쓸히 호텔로 발걸음을 돌리게 되었다.

그래도 다음 날 고등학교 선배님을 만나 맛있는 점심도 같이 하고, 선배님께서 비가 올 수도 있다면서 우의를 선물로 챙겨주시기에 다시 좋은 기분이 되었고 기차 시간까지 남은 시간을 이용하여 상하이 박물관도 구경하게 되었다. 나라가 크기 때문인지는 모르겠으나 박물관이 상상 외로 크다는 느낌이 들었고, 각각의 유물 역시 큰 것이 많다는 느낌이 들었다.

박물관 구경을 마치고 상하이의 번화가인 난징루를 둘러보게 되었다. 이곳저곳을 기웃기웃하고 있는데 여대생이라는 2명이 다가와서 자신들도 멀리서 여행을 왔는데 심심하니 같이 차 한잔을 하자고 하여, 누구라도 중국말을 같이 해줄 사람 그 자체가 반가운 나로서는 흔쾌히 승낙하고 그녀들이 가자고 하는 곳으로 따라가게 되었다. 주로 차를 파는 곳이었는데 그녀들은 그곳에 가자마자 이것저것을 주문하기 시작하였고 그녀들의 주문하는 모습을 보면서 금방 그녀들의 본색을 알게 되었다. 일종의 삐끼라고나 할까? 이것저것 주문하여 먹고 마시더니 잠시 후 계산서를 가져와 계산을 하라는 것이다.

당하였다는 생각을 하기에는 너무 많이 와버린 상황이었다. 주인장은 내가 평가하는 금액의 2배 이상인 듯한 금액을 요구하는 상황이 되었고 이 난관을 어찌 헤쳐나가야 할 것인지를 잠시 고민하다가 결국 같이 경찰서에 가서 어느 정도의 물건 값이 적정한 금액이 되는지 확인하도록 하자고 하였더니, 뭘 이런 것을 가지고 경찰서까지 가냐고 하면서 적정한 금액이라고 우기다가 결국 낮추고 또 낮추게 되었으나 그래도 나로서는 억울한 금액을 지불할 수밖에 없었다.

아! 국제도시라는 상하이가 이렇게 사람을 가지고 노는 곳인지 나는 정말 몰랐다. 아! 쓰라린 마음 어찌할 것인가.

2004. 3. 6.

북경원인을 만나고 와서

주말을 이용하여 북경에서 약 50킬로미터 떨어져 있는 중국의 선사유적지를 다녀왔다. 1929년에, 약 70만년전의 것으로 보여지는 '북경인'의 두개골화석이 발견된 곳이다. 당시의 지질 상태는 잘 모르겠으나 현재는 평지가 아닌 산의 중턱 내지 정상 부근에 위치해 있고 당시 그들은 동굴생활을 하면서 이미 불을 사용하였다고 한다. 비슷한 장소에서 약 2만년전의 인류가 발견되기도 하였는데 그들은 옷을 만들어 사용하였고 현재의 인류와 큰 차이가 없다고 한다.

우리나라의 선사유적지처럼 당시의 생활 형태를 모형으로 만들어 놓았고, 그림으로 그려 놓았는데 차이가 있다면 당시 발견된 화석에 기초하여 추리된 동물을 실제 크기와 비슷하게 만들어 놓은 것이 많았다는 것과 발굴된 양이 많다는 것이었고, 물고기들의 모습이 많이 남아 있는 화석과 많은 이빨 부분이 전체적으로 드러나 있는 화석을 그대로 전시하여 놓은 것이 특별하였다.

관광이라고 하기에는 장소도 협소하고 그야말로 보잘것 없는 시골의 풍경이었으나 북경인이 갖는 중요성에 기초하여 세계문화유산으로 지정되어 있었다. 입장료가 4,500원(한국 돈)인데, 중국인의 자존심을 세울 수 있는 장소이기 때문인지는 모르나 안내원의 설명을 무료로 들을 수 있는 기회가 포함된 가격으로 다른 곳과 달리 취급하고 있음이 특색이었다.

2004. 1. 21.

대한민국 임시정부 수립 기념일에

　오늘은 1919년 4월 13일, 중국 상하이에서 대한민국 임시정부가 수립된 것을 기념하는 임시정부 수립 기념일이다. 상하이 임시정부는 우리나라 최초로 3권분립의 민주공화제를 표명하였고, 내가 올해 1월 하순경 중국 충칭에 있는 대한민국 임시정부 유적지를 방문하기 이전에는 나도 상하이에만 대한민국 임시정부 유적지가 있는 것으로 알고 있었는데 충칭에도 잘 보존된 대한민국 임시정부 유적지가 있었고 앞으로 자신의 실체에 대하여 더 많은 자각의 시간이 필요하다는 생각이 들었다.

　대한민국 임시정부 유적지는 충칭 중취(中區) 옌후아디(蓮花池) 싼스빠하오(38號)에 위치하고 있고, 택시를 타고 옌후아디에 도착하여 그곳 주민 몇 명에게 38번지를 물으니 친절하게 안내해 주었는데 나중에 확인한 바로는 대로변에 유적지 입구를 안내하는 안내판도 있었다. 그곳에 도착하여 우리의 자랑스런 임시정부가 일본무리들에 수회 쫓겨 다닌 흔적을 확인할 수 있었고, 상하이에 있는 대한민국 임시정부 유적지 이상으로 깨끗하게 정리되어 있었다.

　입장권을 사게 되었는데 그곳 관리인은 예전에 누가 사용하고 버린 듯한 낡은 것을 내게 주었고, 그 모습을 보면서 입장료가 중국 정부에 들어가지 아니하고 관리인 개인에게 들어가는 것으로 보였고, 그곳에는 성금함이 있는데 관리인이 성금함에 돈을 넣으라고 하여 조금의 돈을 넣게 되었는데 그것 역시 유적지 발전을 위한 것이 아닌 관리인 개인에게 귀속되는 것처럼 보였으며, 우리들은 성금함에 돈을 넣은 다음 그곳 전부를 관람할 수 있었는데 나중에 만난 다른 한국인 관광객은 우리와 같은 우려에 기초하여 성금함에 돈을 넣지 않으니 다른 진열관의 방문을 열어주지 아니하여 관람조차 하지 못하였다는 말을 하였다. 충청에 가면 한번 들러 선조들의 발자취를 확인해 보는 것도 좋을 듯 하다.

   지금 우리는 국제사회에서 진정한 의미의 독립을 위해, 그리고 우리의 목소리를 높일 수 있도록 노력해야 할 시점임에도 너무도 시끄러운 우리의 모습이 안타깝기만 하고, 중국에서 잠시 지낸 시기에 중국이 열심히 뛰고 있는 모습을 분명히 확인할 수 있었는데 우리의 현실이 너무도 걱정스러웠고, 조만간 대한민국은 없는 것이 아닐까 하는 우려의 마음도 생겼다.

2004. 4. 14.

♥ 안타깝다고 말할 수밖에 없는 게 한심하게 느껴지네요. -윤덕-
♥ 역사의 중심에서 깊게 각인되어야 할 사실이 망각의 늪 속에서 허우적거리는 현실이 아쉽기만 하네 그려. -임운-
♥ 요즘 백범일지를 읽고 있는데 이 글을 읽으니 그 시대 의사들의 처절한 투쟁이 실감나게 그려지는 듯 하네요. 글구 이 글을 읽으니 여행 이란 게 하고 싶네요. 훌훌 떠나고 싶어요.^^ 암튼 검사님의 글 덕분에 꼭 여행을 하고 나서 사진을 보고 회상하는 기분이고 삶의 따뜻함을 느낍니다. -조경-
♥ 중국의 급물살 추격에 대한 사려 깊은 지적에 공감합니다. 마치 청 태종이 남겨준 삼전도의 역사를 되뇌이지나 않을까? 그러나 위기는 곧 찬스라고 굳게 믿습니다. -박순-

응급처치법을 배우고 나서

　요즈음은 사회가 복잡해지면서 응급상황도 많이 발생하고 그러한 상황이 발생했을 때 자신과 가족, 그리고 이웃의 생명보호를 위하여 어떻게 행동해야 하는지를 사전에 알아둘 필요가 있다. 발생한 응급상황에 잘 대처하면 소중한 생명을 구할 수 있고 신체의 위험에서 벗어날 수 있을 것이다. 결국 응급상황을 인지하고, 어떻게 행동할 것인지를 결정하고, 119에 신고하고, 119가 현장에 도착하기 전까지 필요한 응급처치를 하는 것이 필요한 것이다.

　대한적십자사에서는 일반인을 대상으로 응급처치법 강좌를 개설하고 있는데 야간 및 주말강좌도 있다. 대한적십자사 서울특별시지사의 경우 상설과정으로 응급처치법 일반과정(야간 3시간씩 4일간), 심폐소생술 과정(주말 1일, 6시간) 등을 개설하고 있으며 필요한 단체가 있으면 특별한 시간을 만들어 특강도 가능하다고 하며 강사 자격증이 있는 사람들은 대한적십자사에 신고를 하고 자신이 직접 강의를 할 수도 있고 강사 이름으로 수료증이 교부된다. 응급처치법 일반과정에서는 인공호흡 등에 기초한 심폐소생술, 고등학교 시절에 배웠던 삼각건 사용법, 드레싱하는 방법 등이 포함되어 있어 좋은 경험이 될 것이다.

　나도 이웃과 함께 나눌 수 있는 올해의 행복을 찾다가 응급처치법 강사 자격증을 취득하는 것으로 정하였고, 지난 3월 한 달 동안 토요일, 일요일 8일 동안 응급처치법 강사 자격 취득을 위한 강좌를 듣고 최종 평가를 거쳐 응급처치법 강사 자격증을 취득하였다. 강사 자격이라는 것은 매년 12시간 이상의 봉사활동을 해야 강사 자격증이 유지될 수 있고 서울특별시지사의 경우 100여명이 강사로 활동하고 있다고 한다.

올해에는 강사로서의 자질을 높이기 위해 열심히 더 배운 다음 내년부터는 내부고객인 직원들을 대상으로 응급처치법 강의를 하고 싶은 마음을 가지고 있고 그런 강의를 할 수 있는 기회가 주어진다면 행복하겠다는 생각이 든다. 한편 응급처치법 강사 자격을 취득하기 위해서는 일반과정 수료가 전제되어 있는데 일반과정 수료만으로도 많은 내용을 배울 수 있고 기본적인 심폐소생술도 익힐 수 있다.

응급상황이 발생하지 않는 것이 최선이지만 발생하였을 경우 신속한 기본적인 응급조치를 취할 수 있게 되기를, 그리고 보다 많은 사람이 응급처치법을 배우기를 바라는 마음이다. 많은 사람들이 기회를 만들어 응급처치법 일반과정을 수료하고 더 나아가 응급처치법 강사 자격증을 취득하여 봉사하는 활동을 할 수 있다면 이 세상은 더 행복한 세상으로 나아갈 수 있을 것이다.

2009. 5. 13.

중국에서의 기차여행

중국의 국경절(10월 1일)에 처음으로 중국에서의 기차여행을 하게 되었다. 목적지는 구채구였고, 북경에서 스촨성의 성도까지만 거리가 2,042킬로미터로서 특급 열차로 27시간 정도 소요된다(보통열차로 34시간). 북경서역에 도착하니 국경절 휴가를 떠나는 사람들로 인산인해를 이루고 있었다. 기차를 타고 그렇게 오래간다는 것에 대한 일종의 설레임도 있었는데 기차에 들어가보니 나의 좌석은 침대석으로 되어 있었다.

중국에는 일반적으로 빠른 기차와 보통 기차가 있고, 각 硬座(딱딱한 의자), 軟座(푹신한 의자), 硬臥(딱딱한 침대), 軟臥(푹신한 침대) 등이 있는데, 외국인의 경우 보통 여행을 생각할 경우 침대석을 선택하는 것 같고, 일반 좌석은 그야말로 이동을 위한 수단 정도 되는 듯하였다. 편안한 침대석의 경우 4개의 침대를 칸막이로 해 놓아 가족여행을 하기에 좋을 듯 하였다.

철도 주변은 그야말로 깊은 산의 골짜기 이거나 강을 끼고 이어져 있는 산에 인접되어 있기에 철도를 건설하는데 많은 어려움이 있었을 것 같다. 승무원들은 매우 밝고 친절하였는데 특히 여 승무원이 많았고, 승무원들은 승객들과도 자연스럽게 이야기를 하곤 하였으며 손을 주머니에 넣고 그야말로 자연스러운 친절을 보여주는 모습이 오히려 꾸밈이 없어 좋았다. 우리나라 열차에 비하여 승무원의 숫자가 많다는 느낌을 받았고, 사람으로 승부하는 중국의 일면이 아닐까 하는 생각도 해 보았다.

오랫동안 운행되는 기차이기 때문일 것이겠지만 승무원을 위한 별도의 객차가 운행되고 있었는데 한 승무원에게 외국인이라고 하면서 내부 좀 보자고 하였더니 거절을 하여 내부를 살펴볼 수는 없었다. 승무원들은 빗자루 등을 가지고 다니면서 자주 실내를 청소하였다. 흠이라고 할 것은 도착하기 1시간 전에 승무원들이 자신들의 짐을 싸 옮기는 모습을 보여주었다는 것이다. 조금 더 비싸다는 특급열차의 승무원들의 모습이었다.

반대편 철도를 지탱하고 있는 건조물에 빛바랜 자력갱생이라는 단어를 보면서 북한에나 있을 법한 것이 여기에도 있었구나 하는 생각을 하게 되었다. 기차 방송으로 안전, 그리고 위생에 대하여 자주 강조를 하였는데 2008년 올림픽을 앞두고 중국 전체에 위생이 특히 강조되고 있는 듯하였다. 기차 내에서 팔고 있는 식사는 여러 가지가 있고 승무원이 오며가며 식사를 판다. 중국에서는 기차역 구내의 노점상을 양성화하여 기차가 서면 허가받은 장사꾼들이 10명에서 20명 정도 모여들어 식사와 과일 등을 판매하고 있으며 옥수수도 자주 등장하는 메뉴였다.

기차 내에는 생각보다 어린이 내지 고등학생 정도의 아이들이 적었고, 침대석이 아닌 일반 좌석에 가 보니 입석이 많아 사람이 다니기 조차 불편하였으며 그 많은 사람들 가운데서 아기에게 젖을 물리고 있는 여인도 볼 수 있었다.

중국 사람들은 차를 마시기 위한 도구는 거의 필수적으로 휴대하고 다니는 듯 하였고, 기차에서 따뜻한 물을 계속하여 제공하고 있다. 중국에서도 컵라면이 많이 이용되고 있는데 침대석이 아닌 일반 좌석을 살펴보니 컵라면이 비교적 드문 점에 비추어 컵라면을 즐겨 먹을 수 있는 정도로 생활 정도를 평가할 수도 있을 듯하였다. 생각보다 기차의 쉬는 시간이 많았고, 약 20~30분 정도 연착을 하였음에도 쉬는 시간은 잘 지키려고 하는 듯 하였는데 이것이 노점상들의 장사를 위한 것인지는 모르겠다. 저녁 10시부터 아침 7시까지는 소등을 하여 일체 좌석에서 다른 일을 할 수가 없었다.

한편 기차는 석탄을 때고 있으며 열차 내의 좌석의 좋고 나쁨에 비례하여 그 좌석을 이용하는 이용객의 수준 또한 분명하게 구별되는 듯 하였다. 보일러실이 'drinking water boiler room'으로 되어 있는 것도 신기하였는데 보일러실에서 따뜻한 물을 제공하기 때문인 듯하고, 기차 내부는 항상 시끄러웠고, 장거리 기차이기 때문이겠지만 카드놀이를 많이 하였고, 기차 내부의 방송 내지 음악 소리가 커 책을 읽는데 방해가 되었다.

2003. 10. 9.

법정에서

법정이 너무 덥다.

그래도 잘 넘어간다.

직업으로, 월급으로, 사례금 등의 이유로

각자의 위치에서 나름대로의 역할을 하고 있는 사람들

피고인이 나서서

자신이 조사받던 상황을 말하며 억울했던 기억들을 늘어놓는다.

검찰에서 어렵게 조사를 받으면서

그래도 법원은 자신의 이야기를 들어줄 것이고

법원에서는 다툴 수 있을 것이라고 생각했는데

자신을 구속해버렸다고 한다.

피고인 스스로 친정이라고 생각하는 그 법원에서,

자신이 알고 있다는 보편적인 상식을 이야기한다.

자신은 상식적으로 극히 정상적으로 처신했다고 주장한다.

살아오면서 경험해서는 안 될 일들이 있을텐데

결국 그 사람에게 유죄가 인정되었고

그 사람은 죽을 때까지 억울하다는 생각을 하며 지낼까?

2007. 2. 13.

행복나눔 이상대 검사와 함께사는 세상

천진에서의 미사 참례

중국의 성당의 모습을 보고 싶은 마음과 함께 성탄을 맞이하는 자신의 모습을 되돌아보기 위하여 천진으로 발걸음을 내딛게 되었다. 중국에서 천주교 역사가 시작될 무렵 나름대로 치열했던 곳이 천진이었다는 생각과 현재의 그 모습이 궁금하였기 때문이다. 북경에서 알게 된 수녀님을 통하여 천진에 있는 성당에 다니는 자매님을 소개받고 여행 안내 책자에 나와 있는 자료를 기초로 혼자만의 여행을 하게 되었다. 북경에서 약 1시간 20분 정도 소요되었다.

처음 들른 곳은 망해루(望海樓)성당이라고 하는 곳인데 천진에서 가장 유서 깊은 성당이라고 한다. 성당 내에 청소를 하고 성탄을 맞이할 준비를 하는 모습들이 보였다. 천진에 거주하는 한국인 천주교 신자들은 자신들만의 성당을 가지고 있지 않다. 중국에서는 종교를 담당하는 종교국이 정부 부서 내의 한 부서로 되어 있는 것으로 알고 있고, 아직 로마 교황청과 관계가 정립된 것은 아니라고 들었다.

다음으로 들른 곳은 한국인들이 그곳 풍림호텔을 빌려 미사 집전을 하는 곳이었고, 다행히 자매님의 안내로 미사 참례도 할 수 있었는데 북경에서 여행 온 사람이라는 이유로 많은 사람들을 물리치고 판공성사도 우선하여 볼 수 있었음이 더 없는 행복이었다. 낯선 곳에서 미사 참례를 하니 마음의 평화와 함께 자신을 되돌아보게 되고, 고향 내지 집에

온 듯한 따뜻한 느낌을 받았다. 미사가 끝나고 그곳에서 준비한 카레밥을 먹으면서 새삼스럽게 한국 교회의 아름다운 부분을 체험한 듯하여 좋았다.

다음으로 가본 곳은 한국의 명동성당과 같이 천진의 주교좌 성당의 역할을 하고 있는 서개천주교당(西開天主敎堂)이었다. 1916년 경 프랑스 조차지에 세워진 성당이라고 한다. 중국에서는 아직도 드러내 놓고 종교활동을 하지 못하는 듯한 느낌이고, 중국 당국은 사람들이 모이는 그 자체를 두려워하고 있다는 이야기를 들은 기억도 있다. 위 성당은 꽤 넓은 부지를 점하고 있다는 느낌이었고, 성당 내에서 한 사람이 마리아의 잉태와 관련된 내용을 몇 사람에서 설명하고 있는 모습이 인상적이었다. 성탄을 맞이하여 장식을 간략하게 하여 놓은 것이 특색이라면 특색이었고, 이전의 중국 성당과 마찬가지로 구유의 모습이 없음이 특이하였다.

혹시나 하는 생각에 사무실에서 중국 글자로 된 간단한 교리본 4부를 구매하였고 수녀님의 말씀에 의하면 한국에서 공부하신 중국인 신부님이 계신데 현재 다른 곳에 미사 집전을 위해 가 계신다고 하여 조금의 아쉬움이 남았다. 중국에 와서 그래도 의미있게 하루를 보냈다는 뿌듯함이 함께 한 하루였다.

2003. 12. 21.

♥ 냉담자로 몰리는 것은 싫은데 성당에는 자주 못가고 있는 나의 현실, 내년부터는 아내에게 먼저 가자고 해야겠다. -임운-
♥ 나도 중국에 가본 지가 어언… 북경 아시안게임 때였지 아마. 1990년이었을 것. 상대가 쓴 기행문을 보고 있으니 옛날 생각이 나네. 고마 우이. -윤덕-

행복 나눔 이상대 검사와 함께사는 세상

추월산을 오르며

오늘은 새로운 날을 선택하는 날, 광주에 있는 관계로 이미 부재자투표를 마쳤고, 고등학교 친구를 포함하여 4명이 담양에 있는 추월산에 올랐다. 지난 가을 추월산을 오른 경험으로 일행들이 편하게 다녀올 수 있는 적당한 곳이라는 생각으로 다시 추월산을 향하게 된 것이다. 추월산의 등산로에는 제1등산로부터 제3등산로까지, 그리고 기타 등산로 등이 있다. 지난 가을처럼 기타 코스로 올라 제1등산로로 내려오는 길을 택했다. 기타 등산로는 정식으로 다듬어진 등산로가 아니기 때문에 더 매력이 있다. 적당히 힘들고 적당히 즐거운 길이란 느낌과 함께. 추월산을 오르는 도중 적당한 곳에서 쉬면서 뒤를 돌아보면 담양호를 비롯한 금성산성의 흔적 등이 넓게 펼쳐진 산야를 볼 수 있어 좋다.

기타의 등산로가 바위가 많아 등산의 묘미도 더 느낄 수 있었고, 그 바위의 위세에 눌려 바위를 피해 한쪽으로만 가지를 뻗고 있는 소나무들도 많다. 조용히 그냥 주어진 상황에 맞추어 잘 살아가고 있는 모습들, 그렇다고 바위에게 시비하는 바도 없고, 바위와 자리다툼을 하는 바도 없는 듯하고 부럽다는 느낌이 들었다.

어느 산이나 마찬가지이겠지만 산을 오르다보면 그 힘든 비탈길에 홀로 서 있는 나무를 발견할 수 있다. 하필이면 그 아슬아슬한 곳에 몸을 세우고 산을 오르는 사람들을 위해 지팡이가 되어 주고 있는 그 이름을 알 수 없는 소중한 나무들, 사람들이 그곳을 그렇게 오를 줄 어떻게 알고 그 자리에 자리를 잡았던 것일까? 자연이 사람을 보호하는 것은 왠지 맞는 듯하다. 모두 모두 그냥 그렇게 주어진 상황에 맞추어 잘 살아가고 있는 사람들의 그 모습들을 떠올리게 만든다.

오르고 또 올라 1시간 30분여의 오름 속에 보리암 정상에 다다랐다. 이미 그곳에 올라 점심을 맛있게 먹고 있는 사람들도 있고, 어느 사람은 먹으라고 하면서 김밥 한 줄을 나에게 넘겨주어 부실한 준비로 올라온 우리 일행에게 좋은 먹을거리를 만들어 주었다.

전라도의 인심일까, 산사람들의 인심일까? 그 꿀맛 같은 김밥의 맛! 아! 이 맛이야! 정상에서 바라보는 주변 풍광, 온통 산 그 자체, 보이는 것은 희미한 도로 외에는 온통 자연 그 자체이다. 하산 길에는 곳곳에 쇠파이프가 박혀있다. 사람이 사람을 보호하기 위해 자연을 훼손한 모습들이다. 어느 정도까지가 최소한의 모습일까 하는 생각과 함께 적당한 곳의 적당한 정도를 생각하게 되고 나아가 적당한 위치에서 적당한 일을 적당하게 잘 하는 사람들의 모습들을 떠올리게 된다.

많은 사람들에게, 대부분의 사람들에게 좋은 날이 오기를 바라는 마음으로 추월산과 함께 한 우리들의 등산, 참말로 좋은 날을 위한 오늘이 되기를 바라는 마음과 함께 하산하여 유진정에서 함께 한 점저, 오리고기로 행복한 하루를 마감하였다.

2007. 12. 19.

♥ 추월… 뭔가 생각이 날만한 것도 있는 것 같은데. 상대야 너의 여유로운 모습이 항상 좋구나. 친구들과 함께 즐거웠겠네…. 나는 관악산에 다녀왔다. -홍기-
♥ 자연주의, 인본주의. 그저 부럽습니다.^^ -이재-

피서산장을 다녀와서

피서산장은 승덕(承德)이라는 곳에 위치하고 있고 청나라 때 건설된 것으로 황제 등을 위한 여름 휴양지이다. 북경에서 기차로 약 4시간 정도 소요되는 곳에 위치하고 있고, 소위 침대좌석은 없고, 루완주어(軟座), 잉주어(硬座)라는 좌석으로 구분되는데 루완주어는 좌석이 비교적 부드럽고 입석이 없으며 잉주어는 입석까지 있는 것이 특이한 점이고 잉주어 입석 승객이 루완주어 칸으로 넘어갈 우려 때문인지 루완주어와 잉주어 칸이 연결되는 통로를 막아 놓은 것이 특이한 점이다.

'피서산장' 이란 이름 그대로 더위를 피하기 위한 산장이지만 그 규모 면에서 엄청 큰 것이 특이하다고 할 수 있고, 당시 여름에 황제가 이곳에서 약 4달 동안 머물면서 정사를 본 장소이기에 요즈음의 휴양과는 다른 측면이 있다(평시에는 북경에 있는 자금성에서 정사를 보고). 한편 여름을 위한 휴양지이기에 여름에는 사람들로 분비지만 가을이 되면 사람이 뜸하고 겨울이 되면 거의 관광객이 없다고 한다. 시간 관계상 추위와 상관없이 다녀야 하는 나는 겨울에 여름 휴양지를 다녀온 것이고, 호수는 얼어서 스케이트와 썰매를 타는 사람들이 많았다.

청나라 주인공인 만주족이 다른 종족과의 융화를 위해 비석의 비문을 적을 때 한어, 만주어, 티벳어, 몽고어 등으로 함께 새긴 것이 특이한 점이다. 또한 피서산장은 연암 박지원의 열하일기의 무대가 되었던 곳이

기도 하다. 건륭황제를 알현하기 위하여 중국에 온 박지원이 열하(熱河)를 아홉 번이나 건넜다는 그 열하가 있는데 커다란 하천이 아니라 그야말로 조그마한 시냇가 정도이고, 박지원이 열하가 아닌 그 넓은 다른 호수들이 있는 곳에서 길을 잃었다면 무척이나 고생을 했을 듯하다. 그 당시 북경을 거쳐 피서산장까지 황제를 만나기 위해 온 박지원의 지친 모습이 눈에 선하였다.

2003. 12. 15.

♥ 연암이 방문하였을 때는 온천처럼 뜨거웠는데 세월이 지나면서 그냥 일반하천이 되었다는…. 언젠가 TV에서 본 듯하네. -조인-
♥ 역사 선생인 나도 못 가본 중국 명소 등을 답사하고 있는 네가 부럽구나. 많이 보고 오고 소식 전해주렴. -최재-

산토끼 한 마리

내 마음 속에 항상 포근함으로 간직되어 있는 충주. 아직도 제법 잔설이 남아있는 뒷동산에 혼자 올라가 보았다. 내게 넓은 가슴을 갖게 해주려고 그렇게도 노력했던 뒷동산이었는데 나는 아직도 그만큼의 넓은 가슴을 만들지 못한 아쉬운 모습임을 느끼게 되고 내가 뛰놀던 그곳을 거닐면서 푸근함도 느끼게 되고 산토끼들의 노닐던 흔적을 보면서 어린 시절의 나의 모습들도 떠올랐다.

초등학교 시절 새 한 마리를 잡고 즐거워했던 그 모습. 산토끼, 꿩, 고라니 등을 잡기 위해 추운 겨울을 이 산 저 산으로 그렇게도 열심히 뛰어 다니던 그 시절이 있었다. 산토끼 한 마리를 잡아 집으로 향하던 길은, 승리를 거두고 돌아오는 개선장군의 그 모습 이상이었고 때로는 다른 사람의 덫에 걸린 것도 내가 먼저 발견하면 나의 것이 되었었다.

이제는 그러한 것들을 보호해야 한다는 목소리가 커지고 그러한 것을 잡는다는 것 자체를 벌하는 시절이 되었으니 시간이 무척 많이 흐른 듯하다.

낙엽 밟는 소리가 들리지 않을 정도로 촉촉한 산길을 거닐면서 그 시절의 그 모습이 눈에 선하고 포근한 흙을 밟는 걸음걸음마다 정겨움이 넘쳐흐르는 느낌이다. 산에 오르면서 이쪽 계곡에서 저쪽 계곡으로 한달음에 도망가는 고라니의 모습을 보고 싶은 마음도 들고, 그 모습에 놀란 가슴을 만들어보고 싶은 생각도 들었으나 고라니는 그의 모습을 더 이상 보여주지 않았다.

　어디에선가 산토끼 가족들이 이 추운 겨울을 나고 새 가족들을 맞이할 준비를 하고 있을 듯 하고, 그곳에는 이 겨울의 마지막 추위를 녹여줄 수 있을 만큼의 따뜻함이 함께 할 것이라는 생각과 함께 산수유의 진한 향기만큼이나 따뜻한 봄날이 기다려진다.

　이제부터라도 뒷동산이 내게 희망하는 그 만큼의 넓은 가슴을 만들기 위해 노력해야겠다. 따뜻함이 있기에 즐거움이 있고, 즐거움으로 희망을 만들 수 있기에 행복이 있다. 포근함, 즐거움, 행복이 함께 하기를 기원하면서.

2003. 2. 10.

헌혈을 하면서

현실을 살아간다는 것이 시간의 흐름을 느끼면서 조금씩 죽어가고 있다는 것을 의미하는 것은 아닐까? 하고 싶은 것도 많고, 해야 할 일도 많은 시간 속에서 과연 오늘의 나의 과업을 얼마나 잘 수행하였는가를 되돌아보게 된다. 대학교 4학년 시절, 이런 저런 사유로 힘들기 그지없던 그 시절에 초등학교 가을 운동회가 있었다. 나름대로 잊고 싶은 일도 많았고, 괴로운 일도 많던 그 시점에 시골에서 술을 조금 마신 상태에서 오토바이를 운전하게 되었고, 도로 한복판에서 아주 멋있게 넘어지게 되었다. 아무런 생각도 없던 그 순간 살아있음을 느끼면서 오토바이를 세우며 그 짧은 시간동안에 많은 생각들이 스쳐지나갔다. 내가 잘못하여 나의 얼굴에 몇 바늘의 바느질이 필요하였을 뿐 차가 많이 다니던 그곳에서 내가 살아남아 있다는 것, 누가 나를 많이 돌봐 주고 있다는 것, 나의 삶이 내가 인식하지 못하고 있는 그 많은 사람들의 덕분임을 느꼈고, 나도 조금이나마 그 사람들에게 도움이 될 수 있는 존재가 될 수 있기를 바라는 작은 소망을 갖게 되었다. 그러면서 무엇을 할 수 있을 것인가를 생각하게 되었고 2달에 한번 헌혈을 하기 시작하였는데 얼마 전 50 고개를 넘어서게 되었다. 가진 것 없어도 나누어 줄 수 있는 것이 헌혈이 아닐까 하는 생각을 해 본다. 직접적으로 들리지는 않겠지만 주위에서 피를 부르는 소리가 들리고, 남는 피가 조금 있다고 생각이 된다면 그 부르는 소리에 가끔 호응해 주는 것도 아름답고 행복한 삶의 하나가 되리라 생각한다.

무등산을 오르며

　3월 1일 광주에서의 가족과의 만남 후 가족들을 12시 5분 고속버스를 태워 서울로 보내고 홀로 광주에 남아 광주의 상징이라고 할 수 있는 무등산에 올랐다. 중심사에서부터 중머리재, 입석대, 서석대 등을 통하여 하산하니 약 3시간 30분 정도 소요되었는데 왠지 광주에 내려와 광주의 상징 중의 하나라고 할 수 있는 무등산에 신고를 한 듯하여 마음이 뿌듯하였다. 입석(立石)대를 보면서 중국 윈난성의 石林(무등산의 입석 모습이 마치 수풀처럼 널려있는 곳)이 생각났다. 어찌 광주 사랑을 할 수 있을 것인가에 대한 생각과 함께 한 무등산과의 첫 만남이었다.

　내게 주어진 광주에서의 생활
　아름답게 살아야 할텐데…
　광주 사랑은 어찌 하면 될까
　잘 되겠지.

2007. 2. 13.

피자를 먹으며

　중국에는 많은 패스트푸드점이 있다. 나에게 중국어 개인교습을 해주고 있는 학생(농업대학 4학년)에게 저녁을 사주겠다며 원하는 곳을 선정해 보라고 하였더니 주변에 있는 피자집에 가자고 하여 같이 중국에서 처음으로 피자집을 가게 되었다. 셀프서비스를 의미하는 자조(自助)라고 하여 궁금하였는데 소위 말하는 뷔페식이었다. 그 학생이 이것저것 맛있는 것이라고 선정해주리라 생각하였는데 그렇지 않기에 궁금하던 차에 자주 오는 집이 아니냐고 물었더니 태어나서 처음으로 피자를 먹어본다고 한다. 한국 돈으로 1인당 약 6,000원 정도 되니 결코 적은 금액은 아닌 듯싶었다.

　피자가 여러 판 나와 있는데 그 누구도 설명을 해 주지 않음에도 사람들은 피자의 모양 등을 보고 대충(?) 가져다 잘도 먹는 모습이고, 저녁 시간이 되자 가게는 문전성시를 이루고 줄을 서서 기다리기도 한다. 나 역시 피자에 중요성이 없을뿐더러 어렵게 설명을 들을 입장도 아니기에 예쁘게 생긴 피자 몇 조각을 담아 학생과 함께 먹게 되었다. 학생과 함께 피자를 먹으면서 이것저것 물어보니 태어나서 처음으로 피자를 먹을 뿐만 아니라 포크와 나이프를 어떻게 사용하는 것이냐고 나에게 묻는다. 그저 신기한 동물을 구경하는 기분마저 들었다.

　그 친구의 고향은 우리 역사책에도 나오는 '산해관'이고, 물론 큰 도시는 아니지만 농촌도 아니고 아버지가 회계업무를 하고 계신다고 하는데 그 생활 정도에 대하여는 가늠하기 어려운 상황이었다. 그래도 맛있게 먹는 모습이 좋았고, 3번이나 갔다 왔다 하면서 즐거워하는 모습이 내게는 아이를 데리고 외식을 나온 기분이 들었다. 그 친구의 즐거운 모습을 보면서 오히려 내가 즐거운 느낌이 들어 좋았다.

중국에는 맥도날드, 켄터키 프라이드, 피자헛 등을 비롯하여 각종의 유명한 패스트푸드점이 성업 중이다. 그러나 그 사실보다 더 중요한 것은 그 패스트푸드점의 가격이 세계의 각 지역의 가격과 큰 차이가 없음에도 성업 중이라는 사실이 중요한 점이다. 중국에는 못사는 사람도 많지만 부자가 한국의 인구만큼 많다는 사실이 증명되는 부분이 아닐까 하는 생각을 하게 되었고, 역시 세계적인 체인점들의 그 놀라운 영업능력을 우리도 배워야 할 듯 하다.

2003. 11. 24.

학교 통합 문제

내가 다닌 초등학교는 이제 전교생이 41명이고 그것도 다른 학교에서 3명을 빌려와서 그 인원을 유지하고 있다고 한다. 조만간에 분교 내지 폐교가 되지 않을까 하는 생각을 해 보면서 장기적으로 농촌에 있는 초등학교, 중학교 등을 통합하여 하나의 학교로 만들면 좋겠다는 생각으로 국민신문고에 제안을 한 적이 있는데 아래에 제안 내용과 답변 내용을 적어 보았다.

현실태 : 농촌의 초등학교 내지 중학교가 학생 수의 부족 등으로 파행적으로 운영되고 있음

1. 초등학교의 경우 학생 정원을 채우지 못하는 상황이 되어 다른 초등학교에서 학생을 빌려와 운영하는 사례까지 발생하고 있음.
2. 중학교 역시 겨우 한 학급 정도를 유지하고 있는 경우가 많아 초등학교 통합만으로 의미가 없음.
3. 분교가 되더라도 파행적 운영은 피할 수 없고 결국 폐교가 되고 같은 절차가 반복될 수밖에 없음.
4. 초등학교 학생 대 교직원의 비율이 2 : 1 상황까지 되고 있음.
5. 가족 모두 농촌으로 이전하려 해도 아이들의 학업 문제 등으로 이

주를 꺼리는 사례가 많음.

6. 학생 수 부족으로 사회화 교육(교우관계 유지 등)에 문제 있음.

개선방안 : 초등학교, 중학교를 광역단위로 통합

1. 정상적인 학사 운영이 가능할 정도의 광역단위로 통합 필요.
2. 초등학교, 중학교를 동시에 통합하여 교장 1명, 초등학교 교감 1명, 중학교 교감 1명으로 운영(싱가포르의 아메리칸 스쿨도 동일 방식).
3. 유휴 학교 용지를 수련원, 운동장, 체육관 부지 등으로 활용 가능.
4. 교직원들간의 경쟁 유발 및 부실 교직원의 퇴직 유도.
5. 경쟁력 있는 명문 통합 학교 가능.
6. 도시 거주자들의 지방 이전에 도움이 됨(도농 교류 활성화에 기여).

답변 내용 (교육과학기술부)

우리부는 소규모학교의 교육과정 운영을 정상화하고 학생의 학습권을 보장하기 위해 적정규모학교 육성사업을 추진하고 있습니다. 이를 위해 소규모학교통폐합 사업뿐만 아니라 초-중-고등학교를 통합 운영하여 질 높은 교육과정을 만들어가는 방안 등을 추진 중에 있습니다.

헌혈 100회를 마치고

지난 주 화요일에 전남대 헌혈의 집에서 헌혈을 함으로써 헌혈 횟수 100회에 이르렀다. 물론 대한적십자사를 통해서 헌혈을 한 숫자일 뿐 개인적으로 다른 혈액원과 병원에서 한 것을 포함하면 110회 정도 되고 대학교 4학년때부터 시작하였으니 정기적으로 헌혈을 한 것이 이제 20년이 넘어선 것이다. 왠지 그 동안 내가 착한 일을 한 것 같아 기분이 좋다.

광주고검에서 같이 근무하던 법무관들과 동행하여 같이 헌혈을 하게 되었는데 한 명의 법무관이 혈압이 높아 헌혈을 할 수 없을 정도라는 결과를 얻게 되었고 그 친구는 헌혈의 집 방문으로 자신의 몸 상태를 비로소 확인하게 되어 오히려 더 큰 소득을 얻은 것이 아닌가 하는 생각을 해 보게 되고 내가 그의 행복한 생활에 조금의 도움을 준 것 같은 생각도 하게 되었다.

앞으로도 주~욱 헌혈을 하면서 살겠다고 다짐을 해 본다. 아이들과 함께 헌혈의 집을 방문하여 아이들에게 헌혈하는 모습도 보여주곤 한다. 우리가 살고 있는 이 세상에 착하게 살려고 노력하는 사람이 많다는 사실을 느끼게 해 주고 싶은 생각으로. 앞으로도 변함없이 건강한 모습으로 이웃 사랑을 실천할 수 있기를 바라는 마음이고 1초의 찡그림을

오래오래 하고 싶고 주위의 많은 사람들이 함께 헌혈을 할 수 있도록 홍보도 하려 한다.

2007. 11. 29.

♥ 대단한 우리 상대라는 말 외에는 달리 표현이 없을 듯. -조인-

♥ 몇 번 시도하였으나 성분헌혈(?)인가 해야 한다고 해서 못함-말라리아 서식지역에서 숙박해서라나(희안하지). -최재-

♥ 나두 해보고 싶다. 난 거의 안 잡아. 말라서 불쌍해 보이는지. 이번에는 내 발로 내가 들어가 봐야지. -윤덕-

♥ 자기를 희생하며 그 많고 많은 생명을 살린 훌륭한 삶에 하느님께 많은 상을 받으리라 믿습니다. 자랑스런 토마스 아쿠나스. -서혜-

♥ 자네는 모두가 일등이네. 누구나 부러워 할 직책은 물론이려니와 자네 자당 어른께 바치는 효심이나, 타인을 위한 헌혈 등 무엇 하나 쉽게 따라할 수 있는 것이 없네. 나이 들어 간간이 자신을 뒤돌아보면서 자책을 많이 하는데, 늦었지만 이제라도 자네처럼 사람다운 일도 조금하면서 살아야겠다고 작심을 해보네. -양기-

♥ 축하드립니다. 선배님이 너무 자랑스럽습니다.^^ -이재-

♥ 참 뜻 깊은 일을 하고 계시네요. 우리 병원도 해마다 봄가을로 원목실 주관으로 헌혈을 합니다. 헌혈은 참 좋은 일입니다. 누군가를 도와주는 것, 그리스도의 이념을 실현하는 일이지요. -박-

♥ 우와 대단하십니다.^^ 저도 겨우(?) 53회 해서 금장받긴 했는데 저 보다 배로 더 하셨네요.^^ 사실 헌혈하는 사람들 그 기분(?)으로 많이들 합니다. 저 또한 그랬었고…. 목표(?)가 없어진 후로는 별로 안하게 되던데…. 암튼 한결같이 헌혈하시는 모습이 너무 좋습니다. ^^ -최정-

♥ 제 개인적인 생각으로 이상대 부장님은 금장, 은장이라는 훈장을 받을 때 느끼는 야릇한 기분을 맛보기 위해 헌혈에 관심을 갖고 있지는 않으십니다. 남을 돕는 것이 그분의 천성인 것이지요. 그분은 하늘이 내린, 아니 검찰이 내려준 천사입니다. -이병-

조손가정 아이들과 함께

　조손가정 아이들 4명과 후원의 만남을 가졌다. 조부모 밑에서 지내고 있는 중학생 1명, 고등학생 1명 자매와 외조부모 밑에서 지내고 있는 중학생 2명 자매와 함께 저녁 식사를 하면서 살아가는 이야기를 듣고 해 주고 싶은 이야기도 해 주었다. 한 달 전부터 전화 연락을 하기는 하였으나 막상 만나려니 나도 설레는 마음이 든다. 어떤 아이들일까?

　신니중학교 학생 3명을 차에 태우고 충주여상 학생 1명을 만나 같이 점심 식사를 하기로 하였다. 4명을 데리고 충주시청 부근에 가서 아이들에게 식당을 고르라고 하니 어려운지 아무데나 가자고 한다. 결국 아이들에게 이곳저곳에 대한 의견을 묻게 되었고 아이들의 의견을 존중하여 간 곳이 이동갈비 식당이었다. 아이들에게 돼지왕갈비를 사주면서 이야기를 시작하였다.

　아이들과 함께 자기소개도 하고 아이들의 꿈에 대하여 듣는 시간도 가졌다. 모두들 잘 자라고 있다는 생각이 들었고, 특히 그 중 첫째인 충주여상에 다니고 있는 학생은 겉보기에도 착하고 성실한 모습인 듯하였고, 나이에 비하여 많이 성숙한 모습이었다. 학생 한 명 한 명을 보면서 모두들 좋은 인연으로 좋은 만남이 되기를 바라는 바람을 갖게 되었다. 간호사, 미용사, 조리사 등등 자신들의 꿈에 대한 각자의 이야기들을 들려주어 잘 되기를 바라는 맘도 같이 하게 되었다.

모두 다 잘 될 수 있게 열심히 공부하자는 말도 하고, 아이들의 할아버지, 할머니들에게 드리기 위해 족발을 하는 식당에 가서 족발을 하나씩 포장하여 건네주었다. 그리고 아이들을 데리고 서점에 가서 참고서를 고르라고 하여 4권씩 사 주었다. 열심히 공부하라는 말과 함께. 아이들을 태우고 집에 데려다 주는 것으로 아이들과의 만남의 하루가 끝났다. 아이들이 고등학교를 졸업할 때까지 후원자가 되어주려고 한다. 조금이나마 위로가 되고 위안이 되기를 바라는 마음으로.

2007. 4. 3.

진도국악공연을 보고

진도라는 곳에서 무료 국악공연을 303회째 하고 있다는 사실을 알게 되어 무척 놀랐고 우리도 그것을 발전시켜야 하겠다는 생각이 들었으며 나름대로 방법에 대하여 생각해 보았다.

1. 유료 가능성 : 주민과 외지인들을 구별하여 주민들에게는 무료로 할지라도 외지인들에게 유료로 해도 좋겠다는 생각, 단체관광객들에 대하여 사전에 예약을 받는 것도 좋겠다.

2. 홍보의 문제 : 여행사들을 통한 홍보, 단체 여행의 일정 중에 넣으면 좋을 듯. 특히 외국인을 대상으로 한 홍보, 기타 홍보방법을 적극적으로 개발할 필요성이 있다.

3. 진행상의 문제 : 단체들을 소개하는 시간의 필요성 - 단체를 소개하여 주면 그 단체 소속원들에게 일체감을 갖게 할 수 있고, 외국인 여행객들도 무척 좋아할 듯하다.

4. 방법의 문제 : 외국인 관광객들이 늘어날 경우 영문 자막 필요(간략한 설명이라도), 처음 보고 듣는 사람들을 위해 한글 자막 도입에 대하여도 검토해볼만 하다.

5. 시간의 문제 : 적당한 듯하고, 홍보를 충실히 하여 늘리는 문제를 검토해볼 필요가 있다.

6. 연계문제 : 주위 관광지와 연계하여 1일 내지 2일의 일정 패키지 상품을 개발하면 좋겠다.

7. 가이드 양성문제 : 진도의 모든 것을 설명할 수 있는 가이드 및 관광지별로 설명이 가능한 가이드, 외국인들을 대상으로 한 영어가 가능한 가이드를 양성해야 하겠다.

2006. 4. 10.

작은 꿈

종종 내가 행복을 느끼고 행복을 만들고 행복을 나눌 수 있는 현재의 나의 모습을 되돌아보게 된다. 한 사람으로서 세상에 나와 행복을 이야기 할 수 있게 해 주신 부모님께, 나의 행복의 원천이 되어주고 있는 가족들께, 검사생활을 하면서 그런 기회를 준 검찰 가족들께, 그리고 나를 열심히 응원해주고 있는 장인, 장모님을 비롯한 주위의 많은 분들께 항상 감사하는 맘을 갖고 있다.

또한 내가 현재에 살아있다는 것을 확인시켜 주는 것들이 있어 좋다. 지나온 시간들의 흔적들, 시간의 흐름과 함께 내가 남겨 놓은 흔적들이 나를 부끄럽게 만들기도 하지만 간직하고 싶은 시간과 아름답던 모습들이 기억 속에 남아있다는 그 자체만으로도 즐겁다. 자신의 아름답던 모습들을 떠올려 보면서 자신만의 아름다움을 잘 가꾸어 나가고 싶은 생각도 해 보게 된다. 또한 주위의 많은 사람들이 "이러한 것이 행복이구나" 하는 느낌들을 많이 느끼면서 살아가기를 소망해 본다. 나의 주변을 아름답게 만들어야 할 책임이 나에게 있음을 인식하고, 자신이 아름답게 산다면 세상은 그만큼 더 아름다운 세상이 될 수 있을 것이다.

내가 세상에 나와서 현재까지 43년이라는 시간이 지났다. 앞으로 살아갈 날이 많을지 살아온 날이 더 많을 것인지 나는 모른다. 다만 이 시점에 지나온 자신의 시간을 정리하고 싶었다. 지나온 시간이 잘 되었는지 잘못된 부분은 무엇인지 확인하고 앞으로 주어질 시간을 열심히 다시 시작하고 싶은 생각이 들었다.

　처음 검사 생활을 할 때는 5년만 하려고 하였고 그 후 10년만 하려고 하였는데 이제 15년이라는 지점을 향해 흘러가고 있다. 무엇이 나를 검사라는 자리에 더 머물게 하였는지는 모르겠다. 검사라는 자리에서 행복을 꿈꾸고 검사로서 만나는 사람들과 행복을 생산하고 같이 공유하려고 노력해 왔는데 과연 어느 정도의 행복이 만들어졌고 나로 인하여 주위 사람들이 얼마만큼 그 행복을 느꼈는지 모르겠다.

　검사 생활을 하면서 오래 전부터 꿈꾸던 작은 꿈이 있다. 봉사활동을 하면서 만났던 그 많은 소년소녀가장, 고아들, 방과후학교에서 만난 많은 학생들을 대하면서 많은 것을 배우고 느끼게 되었다. 힘들게 하루하루를 살아가고 있는 소년소녀 가장들과 함께 하고 싶은 작은 소망, 소년소녀 가장들이 성인이 될 때까지 그들이 거주할 수 있는 행복한 작은 공간을 만들어 주고 싶고 그들이 꿈을 잃지 않고 밝은 모습으로 세상에서 빛과 소금의 역할을 하면서 살아갈 수 있도록 도와주고 싶은 작은 꿈이 있다.

　그런 공간을 만들어 그들에게 좋은 선배로서 좋은 부모로서의 역할을 해주고 싶다. 그런 일을 같이 하고 싶은 사람들을 만나고 싶고 소년소녀 가장들에게 조금의 힘이 될 수 있는 존재가 되기를 소망하고 있다. 정신적으로, 경제적으로 어려운 소년소녀가장들에게 어른들이 따뜻한 손을 내밀어 그들의 손을 잡아주면 그들에게 많은 힘이 될 것이다. 지금까지 주위 사람들과 함께 행복을 만들고 공유하려고 하였듯이 앞으로의 생활도 그러한 모습이기를 바라는 마음으로….

행복나눔 이상대 저자 프로필

1966. 1. 충주(중원)시 신니면 문락리 동락에서 태어났다. 남한강 초등학교(충주), 수유중학교, 동성고등학교, 고려대학교 법과대학을 졸업하였고, 1989년 제31회 사법시험에 합격하였다. 1995년 인천지검에서 검사생활을 시작하여 부산, 대전, 광주, 홍성, 성남 등을 거쳐 현재 서울고등검찰청에서 검사로 재직하고 있다.

수상 경력
대한적십자사 총재로부터 헌혈유공 포장증(은장, 금장)을 받았고, 법무부장관 및 검찰총장으로 부터 각각 표창장을 받았으며, 2008. 11. 27. 법조협회장(대법원장)으로 부터 법조봉사대상(본상)을 수상하였다.

이상대 검사와 함께사는 세상

2010년 3월 10일 발행
2010년 3월 17일 1쇄

지 은 이 / 이 상 대
펴 낸 이 / 윤 현 호
펴 낸 곳 / 뿌리출판사
홈페이지 / www.rootgo.com
E- mail / rootgo@dreamwiz.com / bp1115@naver.com
주   소 / 서울시 성동구 성수 2가 3동 317-10 우편번호 /133-835
전   화 / (代)2247-1115, 466-4516, 팩 스 /466-4517
출판등록 / 서울시 등록(카) 제 1-551호 1987.11.23.

ⓒ 2010. 이상대
값 / 10,000원
ISBN 978-89-85622-71-4